中公文庫

天皇陛下萬歳

爆弾三勇士序説

上野英信

中央公論新社

目次

天皇陛下萬歳　爆弾三勇士序説

プロローグ

　こんな形であなたに手紙をさしあげなければならなくなったことを、なにより心苦しく存じます。恐らく、再度の電話の時とおなじように、私ひとりのぶざまな弁明のくりごとに終ることでしょう。そしてまた、あなたのきびしい拒絶を受けるだけでしょう。かさねがさねの非礼の責任は、痛いほど覚悟しております。しかしこのまま過ごせば一層心苦しくなるばかりですから、思いきって書くことにしました。手にとる気もなさらないでしょうが、もし万が一にも目を通してくだされば望外のしあわせです。

　忘れも致しません、思いがけずあなたから電話をいただいたのは、私が爆弾三勇士の取材でかけまわっている最中の一九六九年二月三日でした。

　三勇士の一人の妹であるあなたが小学校の教師としてご健在であることは、かねてあなたのお兄さんたちからおききしておりましたので、ぜひ一度お目にかかりたいと思っているところでした。あなたを深く愛されていたお兄さんが廟巷鎮《びょうこうちん》で戦死をとげられた時、あなたはまだ十歳の少女でした。生前のお兄さんについての思い出もおのずから幼ければ、それほど多くの記憶もなかったかもしれません。しかし、それだけに三勇士の遺族としての栄光と悲惨の重みは、誰にもましてあなたのやわらかな心の肉に鋭くくいこんだにちがいありません。そのこととあなたが長じて教育者の道を選ばれたこととの間にどのような結びつきがあるのか存じませんけれど、いずれに致しましても「真の皇国民としての本分に邁進《まいしん》する心」を小学校児童に培うべく、このうえない教材として国定国語読本に掲載されるに至った「三勇士」のもっとも親しい血縁の一人が、みずから教壇に立たれるようになったというのは、やはりなんといっても稀有《けう》の運命的なことと申せましょう。戦争と平和の問題について、あるいは戦争と人間の問題について、さらにいえば天皇制と教育の問題について、三勇士の妹であると同時に教育者であったあなたの苦悩は、他のどんな教師にもまして熱かったにちがいありません。できることならば、そのあたりのところを親しくお伺いしたいと切望していました。いまにして思えば、まったく身のほど知らずのおこがましい願いだったわけですが。また、お兄さんの遺品や戦場からの手紙類、その他あらゆる関係資料は、すべて一括してあなたの所に保存されているとのことでしたので、それもぜひ拝見したいと希望していました。

しかし、まさかあなたのほうから連絡をいただこうとは夢にも思っていませんでしたから、電話でお名前を耳にした時、私は少なからず狼狽《ろうばい》しました。一瞬、なにか暗い重い不安が私の胸をかすめたのを、私は今もはっきりと覚えています。なんと不幸な予感だったことでしょう。私の挨拶を払いのけるようにして受話器からきこえてくるあなたのお言葉は、骨を刺すように冷厳でした。「兄のことについてはいっさいふれてほしくない」と、あなたは宣告されました。いかにも長い教壇生活を経た女教師らしい、あくまで落着いて静かな口調の底に、いっさいの歩みよりを許さない拒絶の意志がひめられていることを、私はとっさに感じてたじろぎました。私は不意に足をすくわれた感じであわてふためきながら、なんとかして私のこころざすところを訴えようとあせりました。しかし、あなたは私の言葉などきこうという意志を、最初からもっていらっしゃいませんでした。私はすがりつくような思いで、とにかく一度お目にかからせてほしいと懇願しました。が、あなたはまったく冷静に「会う必要を認めない」と拒絶されました。もはや私にはいうべき言葉もなく、ただ茫然自失するのみでした。

かねがね私は幾人かの友人たちから、できれば三勇士の問題にはふれないほうが無難ではないか、よほど慎重にやらないとうるさいぞ、と注意されていました。じっさい、不用意に三勇士のことにふれたばかりに、右翼団体の脅迫や、旧在郷軍人組織の抗議を受けたマスコミの事例など、直接関係者からきいております。むろん、私は全力をつくして慎重でありたいと思っていました。圧力を避けたいがためではありません。可能なかぎり正しく事実をつかみたかったからです。そのうえで私は悪びれることなく裁きを受けたいと思っていました。しかしこのたびのように、発表はおろか、まだ筆もとらない前から、しかも書くべき人物のもっとも親しい血縁の一人から、このような拒否を受けようとは、それこそ夢想もしないことでした。ただ一人選ばれて教職にあるあなたからの拒否であることが、私を一層絶望的にしました。それも、せめて一度でもお目にかかって、双方の意見をだしあったうえでの結論であれば、どんなにか私は救われたことでしょう。

正直なところ、突如まっさかさまに断崖から突き落されてゆくような気持でした。もしこれが半年前であったら、私はさぞかしあなたの態度を恨んだにちがいありません。しかし、わずか半年間の短い接触ではありましたが、あなたのお兄さんたちを通して、あなたがたが三勇士の遺族であることによってどれほど深い傷を負わされているか、現になお負わされつつあるか、私はいやというほど思い知らされました。愛する弟を失ったお兄さんたちは、その苦痛を必死に堪えようとされており、愛する兄を失った妹のあなたは、必死に堪えまいとしていらっしゃるだけの違いかもしれません。その違いがどこからきているのかということは、あなたを知らない私にはよくわかりませんけれど、いずれにせよ、あなたに堪えなければならないと要求する権利は、もとより誰にもありません。「いまはただそっとしておいてほしい」とあなたはいわれました。そのお言葉をかみしめながら、私もやはり必死に堪えるべきだったかもしれません。

しかし、未練がましく私は希望を棄てきれませんでした。ひょっとしてあなたが思いなおしてくだされば……と、溺れる者が藁《わら》をもつかむ気持で、今度は私のほうからあなたに電話をしました。思いがけずあなたから電話をいただいた日から百四十日ばかり過ぎた、六月下旬のことです。そしてその結果は、あなたの意志が、厳として固いことを再確認しただけでした。前回とまったくおなじように冷静な口調であなたは「書いてほしくない」「会う必要を認めない」「資料はいっさい見せられない」の三つをくりかえし主張されるのみで、依然として一歩もゆずろうとはなさいませんでした。もはやこれ以上どんな努力をしても、到底あなたの意志を変えることはできないであろうことは、愚かな私にも明らかでした。

あなたのお言葉に従っていさぎよく断念するか。それとも、たとえお心に背《そむ》くことになっても断行すべきか。ついに二者択一を迫られる時がきてしまいました。そしてひとたびは、あなたの同意がえられないかぎり、やはり断念しようと思い定めました。あなたは終始、兄のことについてはいっさいふれてほしくない、書いてほしくない、いまはただそっとしておいてほしい、と主張しつづけてこられました。それは決してあなた一人の要求ではありません。言葉にこそされませんが、恐らく三勇士の遺族全員のもっとも切実な心情そのものでありましょう。遺族の皆さんと会うたびに、私は痛いほどそのことを感じ、顔を見るのもつらい思いに沈むばかりでした。見てはならない人の姿を見る思いとでも申せましょうか。生きながら殉死をしいられた人のおもかげのみ濃密でした。そっとしておいてほしいというお言葉は、いまの私には、かぎりなく深い地底からきこえてくるような気がしてなりません。かりそめにもそれを無視して三勇士にかかわりあうことはぜったいに許されないことだけは、私にもよくわかっているつもりです。

「どんな立場からでも書いてほしくない」と主張されるあなたが、あくまでも私と会うことを拒まれ、資料の閲覧を許そうとなさらないのは当然です。もし書くとすれば、ぜひ拝見したいものも幾つかありました。戦死されたお兄さんが上海からだされた葉書もその一つです。ある本にその便りは掲載されていましたが、あなたのお兄さんの一人はこれを読んで、前半の部分は確かにそのとおりだったが、後半はまったく原文と違っているといわれました。お兄さんの記憶の誤りか、それとも編著者の意識的な改竄《かいざん》なのか、そんな点も確認しておきたいと思っていました。残念ながら原文にふれることの許されない私としては、いまここでなんら具体的な比較検討はできませんけれど、もしそれが中国とその民族に対する優越と差別を助長するためにおこなわれた故意の書きかえであったとすれば、きわめて憂うべきことといわなければなりません。そんなところを一つ一つ突きとめてゆかなければ、三勇士問題の深部を明らかにすることは到底不可能でありましょう。私がひとたびはあなたのご要求に従って執筆を断念しようとした理由の一つに、このことも含まれています。
――にもかかわらず、私はついにあなたのお言葉に背いて三勇士のことを書こうと決意しました。あなたはさぞ激怒していらっしゃることでしょう。あなたの憤りと悲しみを思えば思うほど、私は私のとった行動の罪深さにいたたまれない気持です。もっとも大切にしなければならない人の心をふみにじってしまったその罪は、永久につぐなうことはできません。私はそのことを自覚しています。もはやいっさいの言葉がむなしいところにきてしまいました。あなたもまた、きく耳をおもちにならないでしょう。それでいいのです。私はただ私自身に対する罪状として、以下のことを書きとめておきたいと思います。

あれほどあなたから「書いてほしくない」「そっとしておいてほしい」と要請されながら、その心情は私にも痛いほどわかるといいながら、なぜ私はあえて書くことを選んでしまったのか。誤解を恐れずにいえば、まさにその「書いてほしくない」「そっとしておいてほしい」ところこそが、私に書くことを迫ったのです。その点だけは、包み隠さず、ここではっきりさせておきます。

といっても、もちろんこれは、ここでかりにあなたのお言葉を使わせていただいただけであって、あなたのお言葉に触発されてのことではありません。その点は誤解なさらないでください。と同時にまた、最初からそのことを意図して三勇士にとり組もうとしたわけでもありません。いまから考えればまことに慙愧《ざんき》にたえませんが、福岡市で発行されている『夕刊フクニチ』新聞の「ノンフィクション・シリーズ」の短い連載読物の依頼を受けるが受けるまで、私は三勇士のことなど、一度として書こうと思ったことはありませんでした。にもかかわらずこの時にかぎって、どうしてひょっこりと三勇士の名が私の頭に浮かんだのか、われながら不思議な気がしてなりません。あるいは、幼年時代から北九州で育った私の脳裏に軍神爆弾三勇士の記憶が焼きついていたこと、その勇士の一人が炭鉱労働者であったことなど、三勇士についてのもろもろの印象の断片が、たまたま私が連載を受けもつことになった一九六九年の七、八月という、七〇年安保を目前にひかえた敗戦の月と重なりあって、にわかにある形をとったのかもしれません。

ふりかえってみれば、九州は古き神話のふるさと、神々のふるさとであると同時に、二十世紀日本神話のふるさと、軍神のふるさとであります。日露戦争の広瀬中佐、橘中佐から日米戦争の火ぶたを切った真珠湾攻撃の古野、横山両少佐に至るまで、あまたの軍神がこの九州島から生まれており、その数は全国でもっとも多いといわれています。その理由について、さまざまな解釈がおこなわれていますが、なんといってもこの九州が、明治以来もっとも長期間にわたって軍国日本の主戦場であった中国大陸と至近距離にあるという地理的条件を見落すことはできません。戦乱のたびにまず九州軍が応急動員され、敵正面に投入されてきました。上海事変における久留米混成第二十四旅団の運命も、むろんその例外ではありません。それだけに戦死傷者の数も圧倒的に多数を占めています。「向う見ずで熱しやすい」といわれる九州健児の血が、さらでだに犠牲を多くしがちであったという一面は、否定しがたい事実であるかもしれませんが。

ともあれ、軍国主義日本の歴史的な犠牲の悲運を至上の〈栄光〉として負荷された西陲《せいすい》軍は、まさしく久留米工兵隊歌にうたわれたごとく、「血河屍山」をなす「硝煙弾雨」のまっただなかで幾多の軍神を生み落してきましたが、そのなかでもとりわけ特異な位置を護国の神壇に占める存在として、あなたのお兄さんたち三名の勇士があります。他のもろもろの大軍神たちを圧して三勇士の名をひとしお高からしめた原因は、確かにその壮烈凄惨な死にざまにもよりましょうが、「爆弾三勇士」「肉弾三勇士」という、すぐれてオリジナルな呼称に負うところも少なくありません。いまなお人々は好んで、しかもごく自然に、「三銃士」または「肉弾三銃士」というふうに呼びならわしています。かつて一世を風靡《ふうび》した桜井《さくらい》忠温《ただよし》の戦記『肉弾』と大デューマの『三銃士』の抱きあわせにちがいありませんが、「三勇士」とか「三烈士」というような固い厳めしい公称をもちいず、おのずから親しみをこめて「三銃士」と呼んだのは、やはりこの三人が、他の軍刀をつるした職業軍人の神々とちがって、いかにも身近な「鉄砲かついだ兵隊さん」というイメージの共感が強かったからでしょう。

しかしそれにしても、一介の無名の兵卒たちが、あれほどまでに偶像化されるに至った原動力は果たしてなにであるのか、その点だけは私なりに突きとめておきたいと思いました。『夕刊フクニチ』の連載を快くひき受けたのも、もっぱらそのためでした。七〇年安保を前にもう一度日本人と戦争の問題を根本的に考えなおしてみたいというのが、三勇士に託した、私の心情のすべてです。「作者のことば」として、私は同紙に次のように述べています。

「最近の戦記物ブームほど腹立たしいものはない。日本の戦争文学は、どうしてこんなに偉大な将軍ばかりを主人公にしなければならないのか。ほんとうに戦争を文学として捉えようとすれば、無名の兵士こそ、唯一最大の主人公でなければならないと思う。命令のままに死んでいった『肉弾三勇士』を、軍国美談の主としてではなく、名もなく草むす屍《かばね》と化した、無数の兵士の運命そのものとして書きたい。戦争に参加した日本人の一人としての責任において。」

あまりに主観的な見方であるという非難を受けるかもしれませんが、私は、三勇士を、日本の軍国主義の生みだした軍神像の最高の傑作であると信じています。戦争のたびごとに、多くの偶像がつくられました。しかし、これほど美しい偶像はありません。それはまさに、〈おおみこと〉のまにまに戦野に屍をさらすことをおのが運命と観じた無数の民草の、血と涙、絶望と歓喜そのものの結晶であります。それは決して他のもろもろの大軍神たちのように、菊花かがやく軍校の禁欲の白砂に磨かれた偶像ではありません。無名の民衆の底知れず深い沈黙の泥濘《でいねい》にまみれた神々であります。しかし、もとよりこれは、この神々の美をいささかも損うものではありません。目もくらむばかりの燦然《さんぜん》たる虚構としての天皇制美学の秘密がここにあります。

私はいささか不用意に「軍神」という言葉を使ってまいりました。そのことについて、ある人――彼は父の代からの職業軍人として幼年学校から士官学校へと選良コースを歩いた人でしたが――から、私は次のような注意を受けたことがあります。軍神、軍神というけれども、三勇士はあくまでも「三勇士」であって、「三軍神」ではないのだと。なるほど、そういわれてみれば、確かにそのとおりです。一九三二年二月二十二日払暁の廟巷鎮総攻撃における、江下、北川、作江たち、三名の工兵隊員の壮烈な戦死の報が伝わるやいなや、新聞もラジオも雑誌も、一斉に「軍神」「三軍神」の称号をかかげましたが、それも暫《しばら》くのことで、やがて「三勇士」に落着いております。国民学校の第五期国語読本のタイトルも、もちろん「三勇士」であって、「三軍神」ではありません。うかつにもそんなこととはつゆ知らない私は、ある新聞社の資料室の暗い書庫のかたすみで、三勇士の戦死の翌年三月十日に発行された宗改造編著『軍神江下武二正伝』を閲覧したさい、誰がいつ記入したのか、表紙題名の「軍神」の二字が赤鉛筆でかこまれ、わざわざ「軍神の二字は要らない」と大きく注意書きがされているのを見て、奇異の感を抱くとともに、傷ましい思いに襲われたことがあります。その時、まだなにも知らない私は、恐らく戦後になって誰かが私意で抹消したのであろうと思って、そのまま見過ごしておりました。だが、後になってそれと注意を促されて思えば、私の早合点だったような気もします。ひょっとしたらこの本が出版されてまもなく、それもある確かな指示にもとづいて、責任者がとった処置だったかもしれません。いまとなっては確認のしようがありませんけれど、どうもそんな気がしてなりません。

三勇士が「勇士」であって「軍神」でない点を私に注意してくれた人の話によれば、もし公式に彼らが「軍神」として認められたのであるとするならば、かならず彼らを祭神とする「神社」が建てられているはずだ、ということでした。これまた、なるほど、そういわれてみれば、まったくそのとおりです。実現のいとまもないままに敗戦を迎えてしまった真珠湾攻撃の九軍神の場合は例外として、他の軍神は、乃木神社や東郷神社はいうにおよばず、橘神社、広瀬神社、というふうにそれぞれ神社が建てられています。しかし、江下たち三兵士の場合、彼らの郷里や久留米、東京など各地に、勇士の忠烈を顕彰する銅像や記念碑こそ建ちましたが、ついに神社は建ちませんでした。彼らが戦死した日から五日後の一九三二年二月二十七日、『朝日新聞』の「天声人語」は、感涙のむせびをこめて「神社奉祀《ほうし》の行動」を訴えていますけれども、「出身地の村社の無格社の摂社末社」も実現しなかったようです。「天声人語」子の憂うる「喧《やかま》しい手続きや、口銭のいる寄附金や、地方政客の昇格利用や、よって衣食する手段や、さかしき批判」など、祭祀に便乗しようとする「不純な動念」は、結果的には、まったくの杞憂《きゆう》にすぎなかったわけです。

これは余談ですが、「不純な動念」といえば、「三勇士の遺骨を天皇陛下のお膝もとに祭ってあげよう」といって、はるばる東京から西下してきた万年山青松寺の坊さんたちの魂胆は、四十七士の墓所として有名な泉岳寺の繁栄にあやかって、三勇士の遺骨で頽勢《たいせい》を挽回しようということであったという話もききました。四十七士対三勇士――なかなか機を見るに敏な商魂といえましょうが、まさか二十余年にしてうたかたの夢と消え去ろうとは、それこそお釈迦さまでもご存知なかったのでしょう。墓といえば、西本願寺大谷御廟のかたわらにそそり立つ三勇士の墓所について、京都のある呉服店の女主人は、「戦争中はお非人さんの名所でございました」と話していました。善男善女が踵《きびす》を接するようにして詣である三勇士の聖域は、きびしい戦時下の乞食たちにとって、絶好の稼ぎ場所であったようです。ふりむく者とてない路傍の露のいのちの護り神として、彼らこそ、もっとも純粋な感謝を英霊にささげた人間であったかもしれません。地下の勇士たちもさぞかし苦笑したことでしょう。

もう一度、「軍神」と「勇士」のことに戻りますが、なぜ三勇士を「三軍神」と呼んではいけないのでしょう。なぜ九軍神を「九勇士」と呼んではいけないのでしょう。これは小学校の一年生でも抱く素朴な疑問であるはずです。どちらもおなじように護国の英霊として靖国神社に祭られたつわものであるならば、ひとしく「軍神」と呼んでさしつかえないのではあるまいか。誰しもそう思うにちがいありません。にもかかわらず、両者の間に厳然たる区別があるとすれば、その基準はなになのか。将校と兵卒という階級差別なのか。それとも、私たちしもじもの人民には目もとどかぬ、遥遠なる帷幕《いばく》の奥で、気の遠くなるような厳密周到な計算にもとづいておこなわれる身分差別なのか。はたまたそこには、いかなる「不純な動念」も働いていないのか。ゲスのかんぐりといわれるかもしれませんけれど、私はその仕組みを具体的に知りたいと思っていましただけに、それをしも明らかにすることのできなかった自己の無能が無念でなりません。なぜならここにこそ、世界に冠たる日本軍国主義支配のメカニズムとしての〈神〉と〈祭り〉の論理が、もっとも端的に表現されているはずですから。

天皇とは、いったい、この国の無名の民衆にとってなにであったのか。三勇士の死を前にして、私は、あらためてその問いに直面せざるをえません。それを問うことを避けて、いったい、この国の無名の民衆にとって、戦争とはなにであったのかということを問うことはできないからです。

――別に心残りのこと無之《これなく》、立派なる帝国の干城として靖国神社の偉霊の中に加わる名誉を得ることは男子の本懐のことと存候。父母様には何等孝養も為さずに終ることは唯〻心残りのことに候えども、之間接に孝行なせるものと思い候えば何分共我死を喜びを以て褒《ほ》め下さる様御願申上候。（高田歩兵第三十連隊・故陸軍歩兵伍長・小野塚武）

――母上様御壮健の事と思います。生れてから二十四年永い間不孝ばかり、許して下さい。御恩を報ゆる時が只今まいりました。只今二十九日午前二時真夜中です。十二時に明日は目的地を死しても占領せねばならんの命令を受けました。第一番に突入致す目的でございます。私が戦死と御聞きになられましたなら、宮城の空を拝して萬歳を三唱して下さい。生ある者一度は死す。老いたる母上様を宜敷く、預金通帳に少し今月分俸給主計科にありますから母上様の小使にして下さい。これが私の願いです。ではさようなら。

――父母様国軍の為に大いに奮闘必ずや陛下の純真なる股肱《ここう》として果します。父母よ吾の戦死を聞き愉快なれ。喜び大いに吾の戦死を永久のほこりとして呉れ。何分共に吾の戦死により御家繁栄を期せよ。（上海陸戦隊・故海軍三等兵曹・奥田吉丸）

――思い遺すこと更になし。唯《ただ》至誠を以って君国に倒る。（大村歩兵第四十六連隊・故陸軍歩兵曹長・安永正光）

――其後私は敵の弾の中に立働いて居りますが、まだ当らず生きて働いて居ります。明二十日の早朝より出動する事になって居ります。それで今日は休養日であります。小崎君等と別れの酒を呑みました。今度の敵は支那軍の内でも一番強く、兵員も沢山居りますので、我軍にも相当の犠牲者が出る事と考えて居ります。人間は必ず一度は死ぬものでありますれば、同じ死ぬなら皇国の為め死に度いと考えて居ります。今後は皆様御身を大切に幸福に暮して下さい。（第十五駆逐隊萩・故海軍二等機関兵曹・西田信治）

――拝啓其後永らく御無沙汰致しました。母上様始め兄姉上様御障《さわ》りありませんか。私も元気旺盛奮闘いたしています。只今呉淞《ウースン》から故国を眺めて出征当時あの吾同胞の心からなる御見送りを追憶して、感慨無量なるものがあります。軍人になり得たればこそ、去る秋の大演習にて君の馬前に参加することも出来、今回はまた軍人の本領たる戦場に幾多戦友と共に加わる事を得て、私初め一家の非常な光栄と思って只一死君国の為に働く覚悟であります。（中略）実戦は思ったよりも面白く、始め上陸した時は流弾が足下に来るとビク〳〵したものでありましたが、此頃は敵兵の死体を見たり耳をつんざく銃声をきくと、独りでも敵陣地に突入したくて仕方がありません。（中略）大隊本部の談によれば一日約一里敵地に前進し約十日間戦闘致すと聞き、戦友一同非常に喜んで銃剣の手入を一生懸命にやっています。私も今度こそは万死を期して、立派な働きをしたいと覚悟しています。（中略）最後に母上様始め兄姉上様方の御健康を御祈り申します。

（大村歩兵第四十六連隊・故陸軍歩兵上等兵・深堀義光）

——男子と生れ国家の干城として警備の第一線に立って奮闘する事の出来るのは武門の誉、一家の名誉と思う。何事も天皇陛下の御ため一身を犠牲に奉公する考えです。

（上海陸戦隊・故海軍二等水兵・野林博）

——御一同様へ、御一同様永々御心配かけました。私は此の度は此の上海にて我が国家の為に一命をささげます。私は男の中の男として軍人になり、天皇陛下に尽される体を持って此の上の喜びはありません。私は喜んで尽して行きます。

（富山歩兵第三十五連隊・故陸軍歩兵上等兵・西川兵吉）

——余りにも不孝なりし私儀何とぞ御許し被下度候。子としての勉めもせず、又此度はさしたる働きもなさず此の世を去るは残念の至りに候え共何分天の裁きに候間よぎ無く。然し此の時局に於て陛下の股肱としての名誉の戦死をとぐるは自分とて幸にて、我等八千万の同胞のたてとなり東洋平和の為死するは満足にて、本望のいたりに御座候。何とぞ断然断念被下れ御喜び被下様。私し笑って母の下に参り候。此処に一人の父親を寸時も安楽を味あわする事をせざるのみか、返って苦し味のみを致させ申せし事は、くれぐれもおわび申上候。先は老の身なれば何とぞ御身大切に被成、一刻たりと長命あらん事をいのり、別れに臨んで御わび迄。

（若松歩兵第二十九連隊・故陸軍歩兵軍曹・安斎盛弥）

——姉様の手紙ただいま夜十二時うけとりました。ありがとうございます。ねえさんはきがよわい。わたしのねえさんです。もっとしっかりしてください。わたくしにくにのためにしねとかいたてがみをください。このてがみだすまいと思いましたが死んだあとで、どうして死んだかわからんようではと思いましたからだします。ねえさん、ねえさんは父母よりきづよい人です。私は姉さんを一番たよりにしていました。くれぐれもねえさん、おとうさんや、おかあさんにいわないで、十日ほどまって下さい。

（軍艦夕張・故海軍一等機関兵・甲斐友市）

——私が生れてから二十三年慈愛深き御両親様に育てられ今では一人前になり名誉ある軍人に入隊致し奉公の道に励んで居ります。来る満期を期して御両親様へ御恩を報いようと思うて居り楽しみに思うて居りましたが今度の戦争ではとても生きて帰るとは思いません。支那兵位の者の為めに倒れねばなりません。戦争中途で倒れるのが残念です。だが軍人として戦いにのぞんで戦死するのは本望です。嬉んで死に行きます。何時死んでも覚悟はして居ります。決心して居ります。私先立つ不幸は私が死ぬ前に許して下さい頼みます。私が死んだ後は御両親様始め祖母様妹弟の者も無事お暮しあらんことをお祈り致します。明五時三十分の整列です。勇んで戦いに行きます。今は準備中でせわしいです。親類や近所の人々にも手紙をやらねばなりませんが今のよの事ですから父様より宜敷く御伝え下さい。此手紙を書いた所は南支那上海呉淞附近です。若《もし》も助かったならば後で知らせます。最後に天皇陛下萬歳を三唱します。天皇陛下萬歳　天皇陛下萬歳　天皇陛下萬歳　終りです。

（大村歩兵第四十六連隊・故陸軍歩兵上等兵・久間喜久雄）

これは、当時文部大臣であった鳩山一郎の序文によれば、「忠勇義烈死を視ること帰するが如く、剣戟《けんげき》に殪《たお》るる者にして、陛下の萬歳を三唱し、欣然として瞑目する等の芳躅《ほうたく》美談を蒐《あつ》めて之を後見に伝えん」がため、満洲事変と上海事変において戦死（公務死）した日本陸海軍将兵・軍属・嘱託、千五百二十五名の略歴、戦死当時の状況、身上逸事、通信文などを集録した『満洲上海事変尽忠録』に見られる、兵士たちの絶筆の一部です。あなたのお兄さんと共に東島小隊に属し、廟巷鎮では共に強行破壊班員として鉄条網の破壊にあたり、不運にも途中で斃《たお》れた林田上等兵が、戦死の三日前に故郷長崎県喜々津村の母と兄に寄せた手紙も見られます。

もちろん、こんな手紙が、兵士たちの手紙のすべてではありません。貧しい肉親の生活を気づかったり、「火の用心第一」を呼びかけたり、断ちがたい愛恋の思いをこめた便りも少なくはありません。それらの素朴な人間的感情にあふれた手紙を、私は涙なしに読むことはできません。しかし、そうした手紙にもまして私が深い悲哀に襲われるのは、ここに書き写したような手紙です。日清・日露戦争以来、幾百万の兵士たちが、避けがたいおのれの死を前にして、おなじような手紙を書いてきたことでしょう。書かねばならなかったことでしょう。そのことを思うたびに、私は、感動といってもよいほどの悲しみにとらわれてしまうのです。類型的といえば、これほど類型的な手紙はありますまい。だが、こう書くよりほかに、いったい、なにをどう書くことができたでしょう。

死んでいった兵士たちは、果たして彼らが切々と訴えているように、「天皇陛下の御ために」一命をささげることを、このうえないしあわせと信じていたのかどうか。それを問うことは、もはやここではなんの意味もありません。すでに生還期しがたしと観じた兵士たちの内なる〈天皇〉と〈死〉との結びつきこそ重要でありましょう。刻々にふくらむ死の影におびえながら、ひたすら「天皇のために」とみずからにいいきかせる兵士たちのあえぎが、私には耳もとできこえるような気がしてなりません。もとよりそれは、決して自己の死を観念的に合理化するための方便などではありません。生まれてはじめて、かぎりなく深い死の淵から、〈天皇〉が、まごうかたもないみずからの絶対者として、たちあらわれたということです。「天皇のために」死すべき存在としての日本兵士にとって、それはきわめて自然なことです。彼らの〈死〉は〈天皇〉と結びつかぬかぎり、実体をもちえません。〈天皇〉もまた、兵士の〈死〉と結びつかぬかぎり、実体をもちえません。両者が一つに結びつくことによって、〈天皇〉と〈死〉とは、はじめて共に実体を獲得したのです。そうでないかぎり、しょせん、〈死〉は〈いわれのない死〉にすぎず、〈天皇〉は〈いわれのない神〉にすぎません。日本人ばかりが、むろん、そうであったわけではありません。まったき意味における〈死〉の統治者としての〈天皇〉の下におかれた他民族にとっても、やはりそうであったのです。暗澹《あんたん》たるファシズムの嵐の中でみずからを坑夫と化した井上光晴は、強制徴用されて異国の地底に追いこまれてゆく朝鮮人労働者たちが、舟虫のざわめく離島の炭鉱桟橋に下りたって例外なく発した、あの戦慄《せんりつ》にみちみちた日本語を、こんなふうに書きとめています。

——テンノヘイカ　パンザイ　パンザイ

——テンノヘイカノタメ　タンコユク

彼らもまた、あすは死ぬぞと決めた日本兵の場合とおなじく、疑いもなく〈天皇〉を見たのです。もしこれを否定する人があるとするならば、彼は〈天皇〉という存在についてまったく無知であることを、みずから告白しているだけです。戦場であれ、炭鉱であれ、日本人であれ、朝鮮人であれ、〈いわれなき死〉の煙のたちのぼるところ、そこにかならず〈天皇〉はたちあらわれるのです。この一世紀の長きにわたって、どれほど多くの死者たちが、その真姿に接したことでしょう。その真姿は、恐らく、私たち生者が見たり想像したりするそれとは、まったく異なったものでありましょう。しかし、それは、生きている人間が死後の自己の姿を見ることができないのとおなじで、もとより私たちのうかがい知るべくもないことです。したがって私の臆測もまた、到底、皮相かつ浅薄の譏《そし》りは免れますまい。ただ、戦歿兵士たちのこのような絶筆を読めば読むほど、私にはいたたまれない孤独の感のみ切実でなりません。確かにこれらの手紙には、「天皇陛下の股肱《ここう》として」「陛下の御馬前に一命を捧げ」「靖国の英霊に加わる」ことを、日本人としての至上の光栄、幸福、名誉、親孝行と思うというような言葉が、血のように滴っています。一兵卒にまで滲透《しんとう》した「天皇帰一」「殉忠愛国」の至誠のあらわれとして称揚されるゆえんですけれども、果たしてそれでよいのか。そうした受けとめかたは、わが国の知識人といわれる人たちが、ともすればこのような手紙を、その発想の救いがたいまでの類型性のゆえに無視してきたのと同様に、なにか大きな誤りがあるのではないのか。そんな憂いを私は禁じえません。ほかならぬあなたのお兄さんたち三勇士の死に象徴される、帝国陸海軍兵士の栄光と悲惨は、これらの手紙にこそ、もっとも端的に表明されているにもかかわらず、一方は栄光のみを見て悲惨を見ず、他方は悲惨のみを見て栄光を見ようとしません。

しかし、ひるがえってみれば、私自身、まったく同罪なのです。あなたのお兄さんたちが戦場へと召しだされていった時代の状況をかいま見るにつけ、一層そのことが痛感されます。もっぱら軍国日本の栄光を讃えるために編まれた『満洲上海事変尽忠録』すら、なおかつ当時の絶望的な闇の深さを私に教えるのに事欠きはしません。この本は、さきほど申しましたように、満洲・上海事変に斃れた陸海軍将兵・軍属・嘱託、千五百二十五名の「忠勇義烈の戦死者全部の事蹟を紹述し、之を千古に伝え、もって尊き英霊の瞑目を祈るとともに、広く八千万同胞に之を知らしめ、『吾人は日本人なり』の自覚を喚起せしめんとする」顕彰録ですが、これに収められた戦死者の陸海軍別、階級別（但し戦死前の階級）の内訳は次のとおりです。

	兵	下士官	士官・準士官	軍属・嘱託	計
陸軍	一、〇七九	一六一	八八	四五	一、三七三
海軍	一一五	二六	一一	〇	一五二
計	一、一九四	一八七	九九	四五	一、五二五

私はこの中から、陸海軍の兵および下士官の戦死者千三百八十一名について、幾つかの統計をとってみました。もっとも、この『満洲上海事変尽忠録』は、主として遺家族から提供された資料に基づいて作成されたものであり、かならずしも全部が全部、正確とはいいがたいようです。(例えばあなたの名も遺族欄に記載されていません。)また、精疎不同、とくに遺族のない戦死者の場合、不詳な点が目立ちます。したがって、もとより正確な数字は期すべくもありませんが、それほど大きな誤差はあるまいと思います。

まず戦死者の生年についてみますと、一九一〇年生まれが圧倒的に多く、全体のほぼ四二%を占め、つづいて一九〇九年生まれが二八%、一九〇八年生まれが一一%、一九一一年生まれが六%、というような順位になっています。あなたのお兄さんとおなじく一九三一年に入営した二年兵、満二十一歳から二十二歳にかけての若者たちが、最大の犠牲となったわけです。

次に学歴をみますと、尋常高等小学校の高等科卒が一番多くて全体のほぼ五四％、二番目が尋常科卒の二四％、三番目が高等科一年中退の七％、という順位です。ここで目立つのは、中退者が高い比率を占めていることでしょう。高等科中退ほど多くはありませんけれど、尋常科の中退、あるいは不就学も少なくありません。「八歳にして父に死別し、母は三男三女を擁して家計困難なる為め尋常科第二学年修業にて退学し、一時禅寺の小僧となり其後帰宅、十一歳より或は扇骨職見習、或は建具職見習、大工見習と、艱難《かんなん》辛苦を続け……」というような、あるいは「幼にして実母に死別し、加之《しかのみならず》家庭豊かならざりしため幼時より逆境に育ち、早くより父を助けて農業に従事せり。大正四年学齢に達せしも不幸にして夜学に通学せざるの止《やむ》なきに至れり」というような、あるいはまた「営業の失敗に因《よ》る負債と、当時長女さだ（十八歳）、長男勇夫（十二歳）、次男正喜（十歳）、次女ぬい（八歳）の幼少なる子供を背負いし母の困難なる状態は目も当てられざる状態なりしなり。茲《ここ》に於て長姉、長兄と共に家計を扶《たす》くべく学業を廃し家を出でて奉公すべき事となるや、慕しき母親とも別れ難き兄姉とも涙を呑んで別れ、大阪に出て雇われて店員となり、数カ年一日の如く毎月得る処の給料を母に送り、負債の整理生活費の補助となせり」というような記述に見られるとおり、いずれもみな、家庭の生活苦による、義務教育の放棄です。なお、ここにいう「次男正喜（十歳）」なる少年は、前に手紙も紹介しておきましたが、三勇士とともに鉄条網の破壊作業に散った林田正喜その人であります。

こうした義務教育の継続困難であった兵士たちの場合、生活苦と並んで、父母の欠損が顕著に認められますが、全体としてはどんな状態だったのでしょうか。義父母を含めて両親の揃っている家庭が約五八%、母のみの家庭が二五%、父のみの家庭が一六%、という順位であり、片親の家庭がほぼ四一%を占めています。『爆弾三勇士の真相と其観察』の著者である小野一麻呂中佐は、「三勇士の内父親のあったのは作江氏のみで、他は母の虚弱《かよわ》き手によりて教養せられた。其家庭に於ける教育は実に母の力に待つこと大である。賢母とは勇士の母の様なのを称するもので母も亦女性の亀鑑でなければならない。一太郎の母と並び讃して然るべきではあるまいか」と絶賛していますが、もしそうであると致しますならば、小野中佐は、その論理をさらに演繹《えんえき》しなければなりますまい。しかし、このような不幸な家庭が多いにもかかわらず、兄弟姉妹（義兄弟姉妹を含む）の数は、本人を含めて約四・五人を示しています。多きは十二人兄弟というような子沢山が、不況下の経済的窮乏を一段と強め、教育の機会均等を〝画餅〟と化したことは、否定しがたい事実でありましょう。

最後に職歴ですが、入隊直前の職業に限っていえば、およそ次のとおりです。第一が農漁林業の五五%、第二が職人およびその見習いの一六%、第三が商店員の一三%、次位の工場労働者はぐんと落ちて四%、という順位になっています。これまた、深刻な不況を端的に物語るものといえるでしょう。つづいて郵便局その他の事務労働者、鉄道・乗合自動車等の運輸労働者、金属・石炭等の鉱山労働者、船舶労働者となっています。まともに不況の波をかぶった近代産業の疲弊が、飢餓に閉ざされた村からの農民の流出を阻み、さらに農村の飢餓を堪えがたいものにする結果を招いているのです。

軍隊における三勇士の勤倹貯蓄が、彼らの孝心を立証する行為として高く評価されていますが、むろんこれは、ひとり三勇士のみの美挙ではありません。

「家計裕《ゆたか》ならざるに加えて又実弟二名は病弱にして、剰《あまつさ》え実兄は職を求めて上京後行方知れず、一家は正に困窮の極に在りたり。この間に処して君は自己の腕一本を頼みとする家族を背負いて励精刻苦し、常に孝養を怠らず克《よ》く弟妹を愛撫せり。而《しか》もその間補習学校に青訓に克く出席して成績抜群、洵《まこと》に涙ぐましき君の精励振り誰一人として涙をそそられざるものなかりき。斯かる中にも適齢に達し昭和六年一月十日徴兵として歩兵第三十五連隊に入隊せり。その後の家庭は救護金として拝受する僅少なる額と実母の家政婦として、又唯一人比較的健康なる実弟梅治君の箸製造見習工としての収入にて、病者三名を抱えた一家の家計を立つるの止むなきに立至れり。君は即ち隊より給与される少額の小遣銭をも蓄えて実母に与え、弟妹養育の資に充つる等常の孝養を怠らざる……」

「大正十二年三月尋常小学校を卒業するや明治印刷会社に入社勤務して刻苦精励、永年病床に在りし実父に事《つか》えて孝養を怠らざれども、遂に十三年実父に死別す。爾来金沢市尾張町谷口商店に店員たり、漸く家計を維持し来たり。斯くする中、昭和五年適齢に達するや、甲種合格となり、翌六年一月十日金沢歩兵第七連隊に入隊服役して勤務に従い、精励恪勤《かくきん》、毎休暇には帰宅して家計の状態を見、僅かの俸給を蓄えては母に与え、常の孝養を一日とても怠らざりき。翌七年二月上海事変の悪化とともに勇躍国民喚呼の見送裡に出征せり。出征に当りては一言だにこの窮迫せる家庭の事情に触れず、唯〻尽忠報国を云うのみ」

「出征に際しては軍隊貯金三十余円の通帳を両親に渡し家計を補助せり」

「出征に際しては在隊中の全貯金三十円を母へ小使として送金せる等……」

ほとんど枚挙にいとまがないほどの孝養美談をもって『尽忠録』はいろどられていますが、編者の意図するところがどこにあったかは別として、軍国日本の深い苦悩が、たくまずしてあざやかに浮き彫りされているように思われます。見方によっては、ちまたに氾濫《はんらん》する戦記文学よりもはるかにリアルに、戦争の悲劇を訴えているとさえいえましょう。

「なんが無念じゃったというて……、徴兵検査で、耳の悪かというて、はねられたときほど、無念なこた、なかったない。兵隊にいって、戦争にいきたかった。戦争にいって、戦死がしたかった、わしゃ。戦死をすれば、国からお金のさがって、親に孝行することがでけたとに。それが、それだけが、このわしの、たった一つの心残りじゃ。それがさかさまになってしもうて、ほら、みてつかさい、あれを。あれが、戦死したわしのせがれの写真たい。親孝行一つでけんじゃったわしに、あいつが親孝行してくれる。わしを、養うてくれる。どうやら非人にもならずに、生きていける、あれのおかげで……」

こう、私に語ったのは、三勇士の一人、江下武二とおなじように、親の代からの坑夫として、炭鉱から炭鉱へと流れ歩いた老人でした。死にたえた廃鉱できく老人の呟きに、私は底知れず深い日本の暗黒を見る思いで必死に堪えながら、しきりに魯迅の言葉が思いおこされてなりませんでした。

「――暗黒はただやがて滅亡していく事物に付随しうるだけであって、それが滅亡したとなれば、暗黒もいっしょに滅亡してしまって、いつまでもあるものではありません。――ただ暗黒の付随物になるのではなくて、光明のために滅亡するものであれば、わたしたちにはきっと悠久の将来があり、またそれはきっと明るい将来であります」

光明のために滅亡するものであれば……。私たちの将来が、どんな将来であるか、私には想像もつきませんが、少なくともこれ以上暗くしないために、いまはただ、〈いわれなき神〉があるかぎり、〈いわれなき死〉があるという関係だけは、それだけは、かならず絶たねばならないと思っています。

一

一九四五年九月二十日、文部省は、〈終戦ニ伴ウ教科用図書取扱ニ関スル件〉と題し、次のような長文の通牒《つうちょう》を発した。日本帝国政府がポツダム宣言を受諾し、連合国に無条件降伏した日から三十六日目である。

「中学校、青年学校及国民学校ニ於ケル教科用図書ニ付キテハ、追ッテ何分ノ指示アルマデ、現行教科用図書ヲ継続使用シ差支ナキモ、戦争終結ニ関スル詔書ノ御精神ニ鑑《かんが》ミ適当ナラザル教材ニツキテハ、左記ニ依リ全部或ハ部分的ニ削除シ、又ハ取扱ニ慎重ヲ期スル等、万全ノ注意ヲ払ワレ度此段及通牒」

これとほぼ同じ趣旨の通牒が、既に早く八月二十八日に発せられているが、それと較べて九月二十日付通牒の指示は、遥かに具体的であり、綿密周到な配慮に溢れている。「一、省略削除又ハ取扱上注意スベキ教材ノ規準概《おおむ》ネ左ノ如シ。(イ)国体軍備等ヲ強調セル教材。(ロ)戦意昂揚ニ関スル教材。(ハ)国際ノ和親ヲ妨グル虞《おそれ》アル教材。(ニ)戦争終結ニ伴ウ現実ト著ク遊離シ、又ハ今後ニ於ケル児童生徒ノ生活体験ト甚シク遠ザカリ、教材トシテノ価値ヲ減損セル教材。（ホ）其他承認必謹ノ点ニ鑑ミ適当ナラザル教材」

補充教材の指示がこれに続く。

「二、教材省略ノ為補充ヲ必要トスル場合ニハ、国体護持、道義確立ニ関スル教材、文化国家ノ国民タルニフサワシキ教養、躾《しつけ》等ニ関スル教材、農産増強ニ関スル教材、科学的精神啓発並ニ其ノ具現ニ関スル教材、体育衛生ニ関スル教材、国際平和ニ関スル教材等ヲ夫々《それぞれ》ノ教科科目ノ立場ヨリ、土地ノ情況、時局ノ現実等ニ稽《かんが》エテ、適宜補充スルコト」

さらに一項、削除または要注意教材の具体例が列挙される。

「三、削除スベキ教材又ハ取扱上注意ヲ要スル教材（◎印）ノ一例ヲ国民学校後期用国語教科書ニツキ示セバ概ネ次ノ如シ」として各巻ごとに指示し、「尚全教科科目ニツキテハ追ッテ之ヲ指示ス」と結んでいる。

問題の国語教科書のリストは左のとおり。

『ヨミカタ二』の巻では、「四、ラジオノコトバ」「十六、兵タイゴッコ」「十八、シャシン」

『よみかた四』の巻では、「三、海軍のにいさん」◎「十、満洲の冬」「十五、にいさんの入営」「二十、金しくんしょう」「二十一、病院の兵たいさん」「二十二、支那の子ども」

『初等科国語二』の巻では、◎「一、神の剣」「七、潜水艦」「八、南洋」「九、映画」「十

四、軍旗」「十五、いもん袋」「二十一、三勇士」『初等科国語四』の巻では、「一、船は帆船よ」「三、バナナ」「四、大連から」「五、観艦式」「十一、大演習」「十二、小さな伝令使」◎「十七、広瀬中佐」「十九、大砲のできるまで」「二十三、防空監視哨」『初等科国語六』の巻では、「二、水兵の母」「三、姿なき入城」◎「五、朝鮮のいなか」「九、十二月八日」「十、不沈艦の最後」「十八、敵前上陸」◎「十九、病院船」『初等科国語八』の巻では、「三、ダバオ」「十三、マライを進む」「十五、シンガポール陥落の夜」「十六、もののふの情」「二十一、太平洋」『高等科国語二』の巻では、「二、単独飛行」「三、鋲を打つ」「八、輸送船」「九、ハワイ海戦」

この九・二〇通牒によって、全国の国民学校では一斉に、該当教材の抹消作業に取りかかった。教師の指示にしたがって、児童たちは一頁また一頁と、教科書を墨で塗りつぶしていった。墨が薄くて、少しでも活字が透けて見えると、さらに塗りなおされた。荒廃しきった教室で、空き腹をかかえた、栄養失調の教師と生徒たちとが、ただひたすら墨を塗って過ごす日々が続く。それは他のどんなみじめな敗戦風景にもまして暗い、救いのない、もっとも悲劇的な敗戦風景であった。

墨塗り作業は、簡単のように見えながら、じつはひどく骨の折れる労働であった。塗りつぶすべき部分のほうが、その必要のない部分よりも遥かに多かったからである。

十月二十二日、連合軍総司令部よりの覚書一号〈日本教育制度に対する管理政策〉が発せられるに及んで、その範囲はさらに拡大する。追討ちをかけるごとく十二月二十二日、国家神道・神社神道に関する覚書が発せられ、該当教科書並びに教材からの即時削除が指令される。教師と児童の墨塗り作業はますます多忙をきわめ、黒い頁はふえるいっぽうとなる。こうしていつのまにか、「アカイ　アカイ　アサヒ　アサヒ」に始まる第五期国定国語教科書は、「墨塗り読本」と呼ばれるようになる。

もちろん、これは、国語教科書だけの運命ではない。他の教科書もほとんど例外ではありえない。しかし、たとえ全身まっ黒になったとしても、このような大嵐のまっただなかにあっては、生きのびられた本はまだしも幸運であったというべきかもしれない。〝焚書《ふんしょ》の刑〟が、ついに執行される日が到来するからである。

歴史的な一九四五年が今まさに暮れようとする十二月三十一日、連合軍総司令部は、覚書〈修身・地理・国史の授業停止に関する件〉を、日本政府に突きつける。文部省は翌四六年一月十一日、省令によって指定三科目の授業停止を公示したが、総司令部はなおも追撃の勢をゆるめず、それら三科目の教科書と教師用書はもとより、いっさいの関係教材を掛図まで含めて、全国から東京に回収するよう命じた。〈本巻挿入ノ写真ハ昭和×年×月陸軍省海軍省ト協議済〉という厳めしい活字の旧教科書にかわって、見なれない横文字で扉または奥付に〈APPROVED BY MINISTRY OF EDUCATION〉（文部省認可済）と刷りこまれた新教科書が、ごく限られた主要科目を優先的に、ほそぼそと出版され始めるのは一九四六年春、廃墟で迎える、戦後初の新学年からである。敗戦の疲弊と欠乏を象徴するかのように粗悪な用紙の刷り放し教科書であった。それもわずか十六頁で五十銭という定価がつけられたために、新聞でこっぴどく叩かれて三十五銭に訂正された。

こうして、日本歴史始まって以来の大変革の嵐の中で、第五期国定教科書は非運の死を遂げてゆく。一九四一年からわずか五年の命数であり、他のどの期の教科書よりも短命であった。第一期国定教科書は、一九〇四年から六年間。第二期は、一九一〇年からの八年間。第三期は、一九一八年から十五年間。そして第四期は、一九三三年から八年間であった。

それぞれの生命の長短はともかく、日露戦争以来——五代四十年にわたる国定教科書の歴史は、ついにこの第五期教科書を最後として終りをつげる。それはある一つの巨大な歴史の終焉であり、第五期教科書の栄光と悲惨は、まさしく〝皇国日本〟最後の栄光と悲惨そのものであったといえよう。

他の各期教科書がいずれもそうであるように、この第五期教科書も大砲の口から生まれている。『教科書の歴史』の著者・唐沢富太郎は、その序文を「教科書が日本人を作った」という言葉で書きおこしているが、これになぞらえるとすれば、「戦争が教科書を作った」というべきであろう。戦争が教科書を作り、その教科書が日本人を作ったのである。じじつ、帝国日本が倦《う》まずたゆまず戦争を作り出していった努力は、そのまま、倦まずたゆまず教科書を作り出してゆく努力でもあった。昭和に入って二度にわたる大改訂も、むろんその例外ではありえない。

「ハナ　ハト　マメ　マス」に始まる第三期国語読本が、次の第四期の「サイタ　サイタ　サクラガ　サイタ」の国語読本にかわったのは、満洲事変や上海事変に続く、狂暴なファシズムの時代であった。さらにこの一九三三年生まれの「サクラ読本」が、次の第五期の「アカイ　アカイ　アサヒ　アサヒ」の「アサヒ読本」にかわったのは、日本がいよいよ国運を賭しての決戦に突入してゆく一九四一年であった。そしてこの歴史的な年の三月一日、国民学校令が公布され、日本の教育体制そのものが根底から作り変えられる。明治以来親しまれてきた尋常小学校の名も国民学校と改められ、教科は国民科、理数科、体錬科、芸能科の四科に統合されるが、その中でもとりわけ「皇道教育」を中心とする国民科に重点が置かれたのは、けだし当然のなりゆきであろう。

初等科国語教師用書はこう力説している。

「国民学校は〝皇国ノ道ニ則《のっと》リテ初等普通教育ヲ施シ国民ノ基礎的錬成ヲ為スヲ以テ〟その目的とする。国民科はこの目的を全うするために設けられた教材の一つであって、特に国体の精華を明かにし、国民精神を涵養《かんよう》し、皇国の使命を自覚せしめる点に於いて重要な任務を有する」

国民科における教科と科目との関係は、どう捉えられるか。

「皇国の道とは教育に関する勅語に示し給える〝斯ノ道〟にほかならないのであるが、〝斯ノ道〟を学ぶとすれば、まず道の教に即して国民道徳を体得し実践することが、国民科の任務の一重点となる。しかも〝斯ノ道〟は皇祖皇宗の宏遠なる肇国《ちょうこく》、深厚なる樹徳を始め奉り、国史的事実に基づいての道であるから、こうした国史的事実に即して皇国発展の相を明かにし、皇国の大生命を感得せしめることによって、皇国の道を学ばしめることが大切であり、ここに国民科内容の第二の重点がある。しかも歴史と分つべからざるものはわが国土であり、わが国土国勢を明かにすることによって皇国の道を学ぶことが大切である。ここに第三の重点がある。（中略）更になお〝斯ノ道〟及び〝斯ノ道〟に基づいて発現する国民性・国民精神・国民文化等は、わが国の言語によって表現され、理解される場合が極めて多いのであるから、国語の習得もまた国民科の重点となる」

空前絶後の竿頭《かんとう》に立った軍国日本の至上命令である。いっさいの批判は圧殺された。

もっとも、このような超国家主義的な国民学校の教育方針が、最初から何らの抵抗なしに受け容れられたわけではない。窮鼠《きゅうそ》猫を噛むの譬《たと》えにもれず、土壇場に追いつめられ、抜き差しならずに抵抗したのは、ほかならぬ文部省図書局の局員や監修官たちであった。

「元来図書局の編集者は、あの〝皇国の道に帰一する〟といった国民学校の根本方針に大きな疑惑を持っていた。この根本方針から国語修身地理歴史が統合されて国民科となり、算術理科が統合されて理数科となり、そうして各教科がそれぞれ皇国の道に帰一するというのは、どこまでも一個の理念であって、これまでの教育の実際に於いて築き上げられた具体的方法もなければ理論もないのである」

こう批判するのは、一九二一年から敗戦前夜の四四年三月までの二十三年間、もっぱら文部省図書局にあって、国定教科書の編纂にたずさわった井上赳《いのうえたけし》である。

「いよいよ編纂を実行に移してみると、私が予想した以上に困難が続出した。まず編集方針が出来上ると、待っていたといわぬばかりに、数百項にわたる教材細目を整然と並べ立てた大きな紙片数枚が、軍の教育総監本部長の名に於いて図書局へ移牒されて来た。軍はこれによって国民学校の教科書を軍事教科書にぬりつぶす計画かと、疑えば疑えるのであった。なかんずく国語読本には、そのもっともめぼしいものが割り当てられている。私はこれに目を通し、監修官諸君をも集め一応会議をした形にして、〝この要求は技術上到底実現し得る見込なし〟という趣を、局長を通じて総監部へ送り返すことにした」

突き返されて教育総監部の若手将校たちは激怒した。もしこの時の総監部本部長が今村大将でなかったとしたら、井上赳は、恐らく編修課長の座を追われたにちがいない。いきり立つ若い部下をなだめて今村大将は、「技術上むずかしいというなら、軍から出かけて協力してやろうじゃないか」と説得し、どうにかひとまず井上は危機を脱する。が、一難去ってまた一難、高橋少佐等総監部付の佐官数名が、今村本部長の作戦に従って、嘱託という名義で文部省図書局へ出向し、積極的に〝協力〟することとなる。

「軍のいちばんねらっているのは国語読本である」ことを井上は見抜く。「そこで私は、国語の教材は、低学年では童謡、童話、児童の遊戯生活の表現が中心であること、上級に進むに従って文学でなければならぬことを説き始めたのである。けだし、軍にとってそれがいちばん苦手であり、また軽蔑する処でもあったからである。そしてこの事は、結果においては成功だったと私は思っている」

こうしてどうにか、「軍が最初に考えていたように〝そもそも総力戦とは……〟といった正面切った軍事教材は、国語はもちろん、国民学校のあらゆる教科書にのせられない結果になった。かれらのめざした教材系統も、めちゃめちゃになったらしい。それというのも高橋少佐が次第に教育に共鳴するようになったからである。——教育総監部は軟化した。高橋少佐なんかだめじゃないかという声が、軍の他の方面では起りつつあり、高橋少佐もこの板ばさみに大分苦労したように後で聞いた」

それにしても軍部が最重要拠点として狙ったのが国語読本であったという事実はきわめて興味深い。

——とはいえ、もちろん、国民科以外の教科や科目が、軍部の圧力と干渉から自由でありえたわけではない。今しばらく、矢面に立って悪戦苦闘する井上赳の証言をたどってみたい。

「いちばんひどい見幕であったのは、海軍である。海軍は早くから笈田光吉の絶対音感教育を支持し、それを軍に実際やってみて、国防上大いに役立つというところから、国民学校の音楽を、絶対音感教育に改むべしという意見である。この問題について、海軍と文部省との交渉には長い経緯もあったようであるが、いよいよ図書局に移って来たのは、戦争直前であったと記憶する。そこで一度、図書局の音楽教科書委員と、海軍の将校、それに防空関係から陸軍の将校も参加して、会談をしたことがある。海軍といえばこれまでどこか文化的で、やさしいものがあるように考えていたが、この時の海軍将校は実に猛烈で、乱暴に近いものがあった。教科書委員の小松耕輔氏など、ちょっと質問したために、のっけから悪罵され、散々の攻撃を蒙《こうむ》った。何でもこのため、小松氏には当分尾行がついたと聞いている」

戦局が苛烈になるにしたがって、軍部と右翼からの干渉はますます強まり、在来のメートル法までが尺貫法に改めさせられる。苦心の国民科国史教科書も槍玉にあがる。加えて文部大臣岡部《おかべ》長景《ながかげ》みずから教科書原稿をいじりまわして、その修正はとどまるところを知らないありさまとなる。もはやこれでは教育どころではない。一九四四年三月、ついに意を決して編修課長井上赳は辞表を提出し、文部省を去る。

「かえりみれば二十三年の国定教科書編修生活——それははからずも私のほとんど一生の生存意義を打ち込んだものであったが、やめるに際しては一片の未練もなかったほど、時勢は悪化の一路をたどっていたのである」と彼は書いている。

ところで、このように生まれる前から軍靴に踏みにじられてきた第五期国定教科書には、当然のことながら、数多くの軍国美談、戦場美談が登場する。特に修身と国語においてそうである。修身のほうでは、乃木希典、大山巌、橘中佐、横川省三、沖禎介、佐久間艇長、加藤建夫、岩佐中佐たち九名の特別攻撃隊員、飯沼正明、国語のほうでは、おなじく乃木希典、東郷元帥、広瀬中佐、江下武二たち三勇士、水兵の母が、それぞれ顔を並べている。その数は、むろん、過去四期のいずれの期よりも多い。そしてこれとは対照的に、欧米諸国の英雄偉人はすっかり影をひそめる。

修身のほうでは、第四期まで名をつらねていたベンジャミン・フランクリン、コロンブス、ソクラテス、ジェンナー、ナイチンゲールの五名の中の四名が消え、かろうじてジェンナー一人が生きのびる。国語のほうでは、第四期の九名が三名に減じ、乃木将軍との引き合いに出されるステッセル将軍と、ガリレオ、ベートーヴェンが残るのみとなる。剛直の天文学者と音楽家が九死に一生をえたのは、それぞれさいわいにして〝枢軸国〟独・伊を祖国に持ったがためであろう。

わが国の国定教科書に名をつらねる陸海軍将兵は、まさに皇国臣民としての活模範であり、期待される人間像そのものであるが、この期、新たに顔を見せたのは、江下、北川、作江の三勇士、飯沼正明、特別攻撃隊の岩佐ら九軍神である。そしてこの中で国語読本に採り入れられたのは三勇士であるが、前に述べたごとく「特ニ国体ノ精華ヲ明カニシテ国民精神ヲ涵養シ、皇国民ノ使命ヲ自覚セシメルコト」を目的とする国民科のもっとも重要な「分身」の一つとして、「日常、国語ヲ習得セシメ、其ノ理解力ト発表力トヲ養イ、国民的思考感動ヲ通ジテ国民精神ヲ涵養ス」べき国語教育の理念よりすれば、けだしこれほど好個の教材はなかったのであろう。

三勇士が春まだ浅い上海戦線に散ってよりあたかも十年、勇名は既に全国津々浦々に轟《とどろ》きわたっており、国定教科書にのせてほしいという要望またひとしお熱烈であった。無名の村夫子ばかりではない。つとに文人提督として名の高かった海軍中将子爵小笠原長生は、その最先鋒であった。

「余は第一に各種の教科書、就中《なかんずく》文部省編纂の国定教科書に永久に掲載することを望む。這《これ》は余が『水兵の母』に就いて実験した所で、其の事件の起りし時より、既に三十八年を経過しているが、今日でも諸地方の少年少女より、右『水兵の母』に関する質問等の書面が、殆んど毎日のように余の机上に達するので、余は実に其の効果の大なるに愕いている次第である。これは何でもない事のようであって、三烈士の事蹟を永く国民の脳裡より忘却せしめざるには絶好の方法であると確信する」

十年にしてその願望どおり、国定教科書に――それも軍部がもっとも重要視する国語教科書に「永久に掲載」されることになったのである。純情熱血の老提督の喜び、さぞ深甚《しんじん》であったにちがいない。

掲載されたのは、一九四二年度発行の初等科国語二の二十一課。題は「三勇士」。巷間称せられるところの「爆弾」あるいは「肉弾」等の形容語はいっさいこれを冠せず、単純にただ「三勇士」の三文字である。このためにかえって粛々たる戦場の殺気がみなぎる。あっぱれの心くばりというべきか。本文もまた簡潔そのものである。

「ダーン、ダーン。」

ものすごい大砲の音とともに、あたりの土が、高くはねあがります。機関銃の弾が、雨あられのように飛んで来ます。

昭和七年二月二十二日の午前五時、廟巷の敵前、わずか五〇メートルという地点です。

今、わが工兵は、三人ずつ組になって、長い破壊筒をかかえながら、敵の陣地を、にらんでいます。

見れば、敵の陣地には、ぎっしりと、鉄条網が張りめぐらされています。この鉄条網に破壊筒を投げこんで、わが歩兵のために、突撃の道を作ろうというのです。しかもその突撃まで、時間は、あと三十分というせっぱつまった場合でありました。

工兵は、今か今かと、命令のくだるのを待っています。しかし、この時とばかり撃ち出す敵の弾には、ほとんど顔を向けることができません。すると、わが歩兵も、さかんに機関銃を撃ち出しました。そうして、敵前一面に、もうもうと、煙幕を張りました。

「前進」

の命令がくだりました。待ちに待った第一班の工兵は、勇んで鉄条網へ突進しました。

一〇メートル進みました。二〇メートル進みました。あと一四、五メートルで鉄条網という時、頼みにする煙幕が、だんだんとうすくなって来ました。

一人倒れ、二人倒れ、三人、四人、五人と、次々に倒れて行きます。第一班は、残念にも、とうとう成功しないで終りました。

第二班に、命令がくだりました。

敵の弾は、ますますはげしく、突撃の時間は、いよいよせまって来ました。今となっては、破壊筒を持って行って、鉄条網にさし入れてから、火をつけるといったやり方では、とてもまにあいません。そこで班長は、まず破壊筒の火なわに、火をつけることを命じました。

作江伊之助、江下武二、北川丞、三人の工兵は、火をつけた破壊筒をしっかりとかかえ、鉄条網めがけて突進しました。

北川が先頭に立ち、江下、作江が、これにつづいて走っています。

すると、どうしたはずみか、北川が、はたと倒れました。つづく二人も、それにつれてよろめきましたが、二人は、ぐっとふみこたえました。もちろん、三人のうち、だれ一人、破壊筒をはなしたものはありません。ただその間にも、無心の火は、火なわを伝わって、ずんずんもえて行きました。

北川は、決死の勇気をふるって、すっくと立ちあがりました。江下、作江は、北川をはげますように、破壊筒に力を入れて、進めとばかり、あとから押して行きました。

三人の、心は、持った一本の破壊筒を通じて、一つになっていました。しかも、数秒ののちには、その破壊筒が、恐しい勢で爆発するのです。

もう、死も生もありませんでした。三人は、一つの爆弾となって、まっしぐらに突進しました。

めざす鉄条網に、破壊筒を投げこみました。爆音は、天をゆすり地をゆすって、ものすごくとどろき渡りました。

すかさず、わが歩兵の一隊は、突撃に移りました。

班長も、部下を指図しながら進みました。そこに、作江が倒れていました。

「作江、よくやったな。いい残すことはないか。」

作江は答えました。

「何もありません。成功しましたか。」

班長は、撃ち破られた鉄条網の方へ、作江を向かせながら、

「そら、大隊は、おまえたちの破ったところから、突撃して行っているぞ。」

とさけびました。

「天皇陛下萬歳。」

作江はこういって、静かに目をつぶりました。

以上が国語教科書の「三勇士」の全文であるが、おなじ年度に発行された初等音楽教科書一の二十課にも、やはり「三勇士」の歌がのせられている。参考までに併せて書きとめておきたい。

一、大君のため、
国のため、
わらってたった、
三勇士。

二、鉄条網も、
トーチカも、

なんのものかは、
破壊筒。

三、その身は玉と、
くだけても、
ほまれは残る、
廟巷鎮。

音楽教科書の歌詞のほうはともかくとして、国語教科書にのった「三勇士」の文章は、いったい誰の筆になるのだろうか。私はぜひそれを知りたいと思った。そして出来ればその執筆者に会い、当時の事情を詳しく聞きたいと思った。

教科書で読んだかぎりでは、江下、北川の両兵士は、作江とおなじように、破壊筒が爆発した後も暫く生きていたのか、それとも爆発と同時に即死してしまったのか、さっぱり不明である。それでよいのか。児童は疑問を持たないだろうか。それは説明すればわかることとしても、じっさいに作江一等兵は、最期の一言、「天皇陛下萬歳」を口にすることが可能だったのであろうか。果たして誰がそれを確認したのであろうか。

時の陸軍大臣荒木貞夫をして「これこそ我が皇軍の亀鑑、日本魂の精華」と讃嘆せしめたこの三勇士の壮烈な最期については、既におびただしい量にのぼる報告、記録の類が発表されているが、残念ながら、正確な事実を伝えていると思われるものはごく少ない。「ある時代には官権の御用記述に過ぎないもの、あるときは大衆の趣好に迎合した人気取りや、営利本位になったものなどで、後世になってからは事実の真相が判明しないことが多い」と、陸軍中将山内静夫が『爆弾三勇士の真相と其観察』（築城本部員・陸軍中佐小野一麻呂著）の序文で指摘しているとおりである。

ところで、上海事変が終って間もない七月十五日発行になる、この『爆弾三勇士の真相と其観察』の著者小野中佐は、「三勇士を出せる工兵隊に勤務すること実に十有一年」「特に勇士の中隊長たる松下大尉とは父子の如き縁故」の軍人として、「彼の忠誠無比壮烈鬼神を泣かしむる所の壮挙に対し、国民に少しでも疑義を懐かしむる様な事があっては、前に述べた如き関係にある予としては、到底黙視して居るわけには行かない。之が為め諸勇士の真相を大いに天下に闡明《せんめい》し、工兵の認識を国民に伝うるの義務があるものと自覚」するがゆえに、あえてその著を公刊することにしたという。

三勇士の戦死前後の情況に関するかぎり、もっとも信憑性のある、貴重な記録と見なされるが、この本にもやはり「天皇陛下萬歳」云々の事実は見受けられない。

「轟然たる爆音と共に勇士は肉弾と化し鉄条網と共に飛散し、作江一等兵は左手右脚を失い、顔面臀部《でんぶ》を重傷したが、即死するには到らない。で、苦悶の中にも小隊長を呼んでいた。察するに組長としての報告を、死に瀕しても尚行わんとして居たのであろう。内田伍長は破壊の成果を見届けに行ったら丁度此の惨状に出遭うたから、歩兵が突撃するや、直ちに流血淋漓《りんり》たる作江一等兵を左腕に抱きかかえ、『鉄条網は破れたぞ、傷は浅いぞ、しっかりせよ』と呼ぶ。吉田看護兵も馳せ寄り水筒を口に当てて水を飲ます。其瞬間、憎しや敵弾飛び来りて内田伍長の右大腿部を貫通し、父子相抱くが如く上官と部下とは共に傷つき共に倒れ、間もなく作江一等兵の英霊は彼の肉体より去ってしまった」

こう記録されているだけである。

ふたたび陸軍工兵一等兵作江伊之助の最期について問えば、この小野中佐著わすところの『爆弾三勇士の真相と其観察』の記述が真実なのか。それとも第五期国定国語教科書の「三勇士」のほうが真実なのか。ことは、銃弾が右脚を貫通したか、左脚を貫通したかというような問題とは、根本的に違うはずである。

「天皇陛下萬歳」を唱えて戦の庭に散ることこそ、帝国軍人として最高の理想であり本懐であるとすれば、作江がこれを口にしたかぎり、小野中佐たるもの、ぜったいに書き落すことは許されず、まして無視することはできないはずである。一方また、いやしくも大日本帝国文部省編纂の国定教科書が、そのあたりの三文小説のように、ありもしないことをさも真実らしく捏造することなど、もちろんぜったいに許されはしない。もし万が一にもそのようなことがあったとすれば、それこそ山内中将の指摘のごとく、「官権の御用記述に過ぎないもの」であるか、「大衆の趣好に迎合した人気取り」「営利本位になったもの」の三つに一つである。

とにかく何よりもまず、国語読本二の二十一課「三勇士」の執筆者をつきとめることが肝腎である。いったい、誰であろうか。ちらりと私の頭を高橋少佐の名がかすめないではなかった。第五期国定教科書の編纂にあたって、高橋少佐ら、教育総監部の佐官級数名が、文部省嘱託という名義で図書局につめることになった経過は、前に述べたとおりであるが、井上編修課長は次のように書いている。

「私にもっとも親しんで来た高橋少佐が、まず次第に私のいうところに耳を傾けるようになり、書いて来るものも、書いて来るものも、恥ずかしそうに『これじゃ文学じゃありませんな』と自ら頭をかく始末であった。もちろんその間、断片的によく出来たもの、質のよさそうなものは、採り上げなければならないこともあった」

とすれば、高橋少佐執筆の可能性も想定できないことではない。まずは当時の編修関係者、とりわけ監修官一人一人にあたってみることだ。第五期国定国語教科書の編纂は、井上赳を編修課長とし、三名の監修官――倉野憲司、石森延男、松田武夫のメンバーで構成されていた。私はまず倉野憲司（現在福岡女子大学長）をたずねてみることにした。が、残念ながら、まったく関与せずとの回答である。やむをえず私は次に石森監修官（現在昭和女子大教授）をたずねた。

「井上さんです。確かに井上赳さんです」

こう、『コタンの口笛』の作者は、遠くを眺めるような目つきで答えた。

もしや高橋少佐では？

「いや、井上さんです。これは間違いなく井上さんの文章です。高橋少佐が、なかなかよく書けているじゃないか、といって賞めていたのを記憶しています」

あと一歩で疑問の解ける所までたどり着けた、と私は思った。井上赳に会ってただしさえすれば、彼がみずからの意志で、作江一等兵に「天皇陛下萬歳」を唱えさせたのか、それとも教育総監部の圧力によって書き加えさせられたのか、おのずから明らかになるはずだ。私はせきこむようにして彼の所在を問うた。「もう数年前に亡くなられました」という返事であった。

白い鉄線蓮の匂う石森家を辞すると、私はすっかり力の抜けた体をひきずるようにして光村図書出版へ向かった。そこに、石森延男の手掛けた教科書、教師用書の類はすべて寄贈され、丁寧に保管されている。私はそれらの蔵書の閲覧を乞うた。その中になにかヒントのえられるような書き込みでも……と、私はなおも未練がましく希望を棄てきれなかった。

それぞれの表紙の見返しに毛筆で、あるいは「昭和十七年二月十五日見本刷完了。この日正にシンガポール陥落す。石森延男」、あるいは「シンガポール入城祝賀の佳日一七・二・一八」などと記された第五期国語教科書見本刷の各頁には、確かに赤や黒の鉛筆で多くの文字が書き込まれていた。しかしそれはいずれも、戦後の占領体制に対応するための緊急処置であり、〈全文削除〉〈一部削除〉等の指定や、個々の用語の訂正指示ばかりであった。戦車は自動車に、軍艦は貨物船に書き改められていた。もちろん「三勇士」の頁も変りはなかった。〈全削〉と非情の二文字が記入されているのみで、ほかにはなんの書き込みも見あたらなかった。

また一方では、直接の執筆者たる井上赳が戦後に書き残したものの中から、少しでも手掛りをえたいと私は努めたが、「三勇士」についての記述は、ついに一行一句も発見されなかった。

いわば文部省版「国定三勇士」に対して私が抱き続けてきた疑問も、無念ながら、どうやら未解決のまま〈全削〉の羽目に陥ったようである。しかし考えてみれば、馬鹿げた執着であったのかもしれない。

「本教材は、この児童に親しみのある三勇士の戦場に於ける感激的な場面を活写し、勇ましい戦場の情景に触れさせつつ、大命のままに従容として死地に突入する三勇士の行動と精神とを、児童の感動を通して、魂に強く焼きつけようとしたものである。かくして、〝海行かば水づく屍、山行かば草むす屍、大君のへにこそ死なめ、かえりみはせじ〟の精神を自然に体得し、平戦時を問わず、常に真の皇国民としての本分に邁進する心を培おうとしたものである」

教師用書は、まずこのように教材の主旨を説き、文章の具体的な指導要領に入っているが、ここでもやはり、もっとも多くの字数を費やして強調されているのは、作江一等兵の死にぎわであり、その描写である。こうなればもはや事実か否かというようなことは、この「国定三勇士」の執筆者にとって、まったく問題にならないであろう。「天皇帰一」こそ「皇国民としての本分」である以上、すべてさかしらの論理を超えて、おのずから、「天皇陛下萬歳」の一言にしぼられてゆくのは、むしろ当然すぎるほど当然のことわりといわなければなるまい。ここにおいて「三勇士」は、単なる軍国美談ではなく、まさしく「皇国神話」にまで高められたのである。そしてじつはここにこそ、文部省版「国定三勇士」の存在理由があったのである。

国定教科書の教材として文部省の筆にかかる時、あたかも魔法の杖で触れるがごとく、たちまちいっさいは「神話」に変じた。第五期国定教科書の特長は、「神の剣」その他、おびただしい古代神話の復活にあるのではなく、さまざまの軍国美談をことごとく神話に復活させたことにある。「三勇士」はその一例であり、一例であるにすぎない。それが時代そのものの要求であったとすれば、その要求の中に、日本のもっとも大きな悲劇は存在したのである。

二

伊万里湾にそって国道二〇四号線を、伊万里市から平戸のほうへ進んでゆくと、やがて浦之崎に出る。伊万里市と松浦市とのほぼ中間にあたる、小さなわびしい漁港であるが、バス停留所のすぐ傍の番小屋に掛かっている「密航監視哨」という看板が、いかにも朝鮮半島と一衣帯水の海岸であることを、見る者に思い知らせる。圧制で有名な海底炭鉱のある福島へ渡る通船も、ここから出ている。

このあたり一帯は、かつて九州におけるもっとも代表的な産炭地の一つであり、多くの炭鉱が密集していた。しかし今はほとんど軒並みにつぶれ、見るかげもない。うらぶれた廃鉱のたたずまいは、伊万里湾の風光が美しいだけに、一層もの悲しく胸にせまる。失対事業や生活保護でほそぼそと生きのびる炭鉱離職者たちの表情は、清澄な大気の下でひときわ暗い。

浦之崎にあった向山炭鉱も、一九六三年七月、浦之崎炭鉱とともに閉鎖された。私が初めてこの向山炭鉱を訪れたのは、閉山からまる五年後の六八年七月の末であった。熱した油鍋のような伊万里湾を背に、細長い谷ぞいの炭住街を登ってゆくと、やがて私のたずねる家があった。

「江下福市」

私はもう一度表札の文字を確かめてから、恐るおそる案内を乞うた。ひとたび戦争に参加した人間にとって、戦死者の遺族をたずねることほど重たい苦痛はない。自分が一個の死にそこないであることを、びしびしと痛いほど感じさせられるからだ。

初対面の江下福市さんは、すこぶる不機嫌であった。その原因はすぐにわかった。彼は私の前に一枚の新聞を突きつけた。西日本新聞の佐賀版である。「残るは〝むなしさ〟「死に感じられる〝かげり〟」という大きな見出しが私の目を射た。連載企画「はがくれ百年」の「昭和維新(一)」「肉弾三勇士と空閑《くが》少佐」という記事である。そしてこの家のある じ福市さんを怒らせているのは、その四千字余りの活字の中の「三勇士への疑問」という部分であった。

筆者の杉谷昭(佐賀女子短大教授)は、まず三勇士の壮挙が当時の日本に巻きおこした熱狂的な興奮ぶりを紹介した後、「しかし、その興奮が静まりかけてくると、一部の人々には一つの疑問がわいてくるようになった」と述べ、次のように書き進めていた。

「この爆破作業に当った久留米の工兵隊三十六人のうち、戦死したのは三勇士を含めて七人だけであった。他の二十九人は生還していたのである。人々は三勇士も生還が不可能でなかったことを考え始めた。三勇士が速燃導火線と緩燃導火線とを取り違えたのではないか。緩燃導火線をつけておれば、爆弾を置いて走り帰ることができたという結論を出した。軍の主脳部は下からツキあげられて困った。当時、世間一般には伝わらなかったが、久留米の工兵隊では教育がしにくくなった。厳密な作業と適確な判断力を教育するに当って、純技術的に不成功だったものが、軍神とあがめられたからである。三勇士の上官であった某少尉が新聞社にニュースとして流したため、三人が軍神にまつりあげられ、事が大きくなりすぎたと、大いに責任を感じたという」

この記事の左肩には、大礼服に威儀を正した空閑少佐と、背嚢《はいのう》に銃剣も雄々しい江下伍長の写真が並べられていた。

「こんなことを書かれて、黙っておられますか。私の弟は、武二は、いったい何のために死んだと思いますか。お国のためと思えばこそ、すすんでいのちをささげたのではありませんか。それに、よくもこんなことを書いて」

江下福市さんの語気は、ほんの今はじめて顔を合わせたばかりの私をすくませるほど強かった。彼がしんから憤慨していることは明らかだった。彼の体はこみあげてくる憤りを抑えかね、震えを帯びていた。私はまるで自分がつめ寄られ、仮借なく責任を追及されているような感じにとらわれた。彼は、今日にも福岡へ出かけて、新聞社に抗議しようと思っているところだった、と告げた。私の急な訪問のために予定を狂わせてしまったことを、私は心から彼に詫びなければならない。

が、これより既に早く抗議が出されていることを、おなじく西日本新聞佐賀版は報じていた。抗議者は、上海事変当時、三勇士の小隊長だった東島時松少尉（現在佐賀県杵島《きしま》郡白石町在住、六十九歳）である。同紙の伝えるところによれば、東島さんは、杉谷昭佐賀女子短大教授が書いた記事で「肉弾三勇士は速燃導火線と緩燃導火線とのとり違いをしたため生還できなかったのではないか」とあったが、その二種類の導火線は性能も表装の色もまったく違うし、現地には持って行っていないので間違えるはずがないと主張、「直接の指揮官として三人の死に疑惑を持たれるのはたまらない気持だ。その後三人は英雄あつかいをされ、信頼性のない本もたくさん出たので、杉谷先生が誤解されたのでは……」と同教授に会って説明した。

これに対して杉谷教授は、「現場にいた指揮官として東島さんの意見は非常に貴重だ。ただこの問題は歴史家の間でも意見が分かれ、いま絶対的な真実を究明することは不可能だと思う。しかし私には東島さんの気持はよくわかるし、三人の死を冒瀆するつもりもまったくない。むしろ、当時の軍やジャーナリズムのとりあげ方に疑問を提供したかったのだ」と述べた。――

このような報道も、もとより江下福市さんの感情をやわらげることはできなかった。最愛の弟の死因を、こともあろうに導火線の選び誤りに帰せしめられたことは、福市さんにとっては、犬死、無駄死と罵られ、嘲《あざけ》られたに等しい屈辱だったからである。彼は極度に新聞や雑誌、その他もろもろの活字を警戒していた。その原因の一つは、むろん、この四十年に近い歳月、ありとあらゆる種類の活字によって翻弄され続けてきたからである。そして今なお翻弄され続けているからである。

しかも「はがくれ百年」の記事で無念やるかたないところに、またしても私までが飛びこんでいったのである。福市さんが一挙に憤怒を爆発させたのも無理からぬことであろう。

やがて、しかし、彼の怒りは徐々に静まっていった。激情と苦悶の色が彼の面からさめると、見るからに朴訥《ぼくとつ》で誠実な人柄が匂ってきた。

「世の中ほど皮肉なものはございません……」こうつぶやいて福市さんは、ほっと溜息を吐いた。

「どうにか読み書きのできる弟たちは、二人とも戦争で死んでしまって、生き残ったのは、満足に字も書きえん、私たち二人の兄ですから」と、福市さんはさびしそうに笑った。

「佐々に住んでおる兄貴と顔を合わすたびに話すことです、選りに選って俺たちのごたる屑ばっかりが残ったもんだというて。恥をさらすようですが、兄は小学校の三年まで。この私はそれこそ学校の門をくぐったこともありません。炭鉱で働きはじめたのは、数え年九つの時です」

彼の語るように江下家は男の兄弟が四人——上から多一、福市、愛四郎、武二であるが、肉弾三勇士の一人として一九三二年上海で散った弟武二の後を追うかのごとく、愛四郎もそれから十年後にビルマで戦死している。

その弟二人の凜々しい軍服姿の肖像画をはじめ、江下兄弟の数々の武勲を語る感状、叙勲状、有名な将軍たちの揮毫《きごう》になる扁額などが、天皇の写真を中心に、低い炭鉱長屋の鴨居いっぱいに掛け並べられてあった。さらに仏壇には、相撲の化粧回しも美々しい、武二の炭鉱時代の写真が飾られている。位牌に記された彼の法名「忠誠院釈祐武」は、当時の京都西本願寺法主みずからの染筆といわれる。

正直なところ、このような光景は、最初、少なからず私をとまどわせた。しかしそれが決して時代錯誤の虚しい感傷でもなければ、まして輝かしい栄誉の誇示でもないことを理解するのに、多くの時間はかからなかった。真夏の昼さがり、灼けつくような太陽の下でこの家だけは、それら数々の遺影や遺文とともに、空気までが深い悲しみに凍っているように思われてならなかった。江下家の時計の針は、今なお一九三二年の二月二十二日午前五時を指し続けているのではないのか。そうしてその日以来、江下家はひっそりと喪にこもり続けているのではないのか。

私は福市さんの言葉に耳を傾けながらも、そのようなとりとめのない想念に沈んでいた。

福市さんは、訥々とではあるが率直に語り続ける。

「なにしろ炭鉱のどんぞこ生活ですから、家族に一人でも故障がおきるとたちまち終りです。すぐ下の弟の愛四郎も、高等科の一年の時に学校をやめました。父親は坑内で脚の骨を折って休業中、兄は現役で兵隊に出ており、私一人が働き手でした。不幸なことは重なるもので、そのうちに今度は生まれて間もない妹のアサ子が、眼病を患いました。その時のことは忘れも致しません。武二が、俺も学校をやめて働くといいだしました。それは妹思いの子でした。なんとしても自分の力で妹の病気をなおしてやりたいの一心からでしょう。兄さんだって九つの年から働いておるではないか、俺にできんことがあるか、といってききません。確か、小学校の四年のころだったと思いますが……」

福市さんは深い感慨にふけるかのように煙草の煙を見つめた。

「何をいうか、見てみろ、兄貴は三年まで、俺はまったく一日もいっておらん。愛四郎もとうとう高一でやめてしまった。せめてお前だけは、立派に高等科を卒業してくれ、と叱りつけて、どうやら思いとどまらせましたが……。ほんとうに昔の炭鉱は、話にならんほどみじめなものでした」

到底言葉では言いあらわせない無念さを噛みしめるように、福市さんは口をつぐんだ。

「ゲズの木に逆《さか》しに登るか、炭鉱に下るか」

こんな言葉が今も佐賀県の杵島地方に残っている。ゲズの木とは茨《いばら》のことらしい。カラタチをそう呼ぶ老人もある。いずれにせよ、まるで針の山のような有刺灌木であるが、地上での生活を奪われて炭鉱へと追いつめられていった貧しい農民の鋭い痛覚は、あますところなくこのひとことに籠められている。

江下武二の父徳松が、生まれ故郷の佐賀県神崎郡蓮池村（現在佐賀市）を後に、それこそ「ゲズの木に逆しに登る」ような気持で炭鉱へ落ちのびていったのは、一九一一年のことである。山村の事情を、徳松の従妹江下たけはこう語っている。

「……さんざん失敗してこの蓮池を出たのです。出村の理由は矢張り家計が困難でしてね。徳松さんは立派な身体で力も強く、諸所に雇われて働いたり、自分を中心に一座を組織して自分が座長格になって芝居を興行して歩いたりしました。百姓しながらやったのです。徳松さんは二十歳の時結婚したのでしたが、角力《すもう》もとるし道楽も相当やった様でした。二十五六歳頃は馬車引を始めて居ました。その頃はもう百姓は廃《や》めていました。借金があったりして村を出たのですが、家と屋敷は官一さんが借金のカタにとったのです」（江下武二正伝刊行会版『軍神江下武二正伝』）

　また、徳松の妻タキはこう語っている。

「あの頃は不景気でした。その上貧乏でしたので、どうにもこうにもなりませんでした。村では食って行ける見込がつかぬので、炭坑の方へ稼ぎに出ることにしたのでした」

　徳松夫妻は四人の子をつれ、朝暗いうちに故郷を出て佐賀駅まで歩き、そこから汽車に乗って東松浦郡相知《おうち》へと向かった。目指すヤマは三菱相知炭鉱であった。この時、長男の多一は数え年の十歳、二男の福市が八歳、三男愛四郎が五歳、そして四男武二は生後まだ八カ月目である。

　江下一族にとって最大の試練と苦難にみちたこの時代は、あたかもまたこの地方の石炭産業が、大資本による独占体制へと組み替えられてゆく、歴史的な激動期であった。

「佐賀県における炭坑資本は、明治四十四年以降いちじるしい変化を示している」と『佐賀県史』は指摘する。

「捲上機動力の電化、穿孔機、自家発電所の設置など、機械化の進行にともなって、炭坑経営にとって必要な最低資本量が増大。機械化をおこなえず、最低資本量を整えない小炭坑資本は淘汰され、大資本が炭坑を支配する体制が進行したのである。財閥資本と筑豊炭田で成長し資本蓄積をおこなった貝島、麻生、安川などの大手炭坑資本が、その資本力を背景に、佐賀県の炭坑経営にのりだしてきた。この動きが活潑化するのが、明治四十年代からである」

麻生進出の一九〇九年には、芳谷、三菱、貝島、麻生の四社あわせて県内出炭量の七二%を占めるに至る。また、三菱の地位は一九一一年度に決定的に高まる。一九〇六年度における同社の出炭率は一二%程度にすぎなかったが、県下最大の炭鉱であった芳谷炭鉱を獲得し、一九一一年には県出炭総量の五〇%を独占する。続いて翌一九一二年には岸岳炭鉱を買収する。

この激浪にもまれるように、江下家の親子六人は、ヤマからヤマへ転々とさすらい歩いてゆかざるをえない。が、もとよりこれは彼ら一族だけのことではない。数多くの農民たちが、共通の運命の糸にあやつられて辿る、絶望的な足どりであった。当時、江下家とおなじように農村から脱落した貧農や雇農層が、ゲズの木か炭鉱かの二者択一を迫られて、凄まじい勢いで独占化の進行する地底へ地底へとなだれこみつつあったが、その移行はむろん決して順調におこなわれたわけではない。それどころか、むしろ想像以上に悲惨な犠牲をともないながら実現していったのである。

「明治の終りから大正の始まりのころのことで、いちばん印象に残っておるのは、なんというてもやっぱり、非常に死人が多かったということです。あんなに次々に死人が出たことは、後にも先にもありません。いや、坑内事故ではなか。首吊りやら、身投げやら、親子心中やら、それはもう目もあてられんような、むごい死にざまばっかりでした。それがみな、つい近ごろ百姓をやめて炭鉱で働きだしたばっかりの連中です。そのころは家も田畑も地主に食われてしもうた百姓が、ぞろぞろ、ぞろぞろ、炭鉱へ来ておりました。そしてやっと働きだしたと思えば、もうぞろぞろ死んでゆく。まるで合点のいかん話です。死ぬほど苦しければ、さっさとケツワリすればよか。米代がないなら、しこたま前借金をふんだくればよか。そうは思うものの、それはわしらみたいに餓鬼の時分から坑内で育った下罪人のやることで、あの人たちに望むほうが無理というものでしょうな」

江下親子が入った当時の佐賀地方の炭鉱の思い出を、そんなふうに語る老人もあった。

明治の終りから大正の始まりのころのことといえば、わが国の石炭産業がもっとも悲惨な大災害を続出した時代である。九州の炭鉱だけでも、一九〇七年には豊国炭鉱ガス爆発（死者三百六十五名）、一九〇九年には貝島大之浦炭鉱ガス爆発（死者二百五十六名）、一九一一年には住友忠隈炭鉱ガス爆発（死者七十三名）、一九一三年には八幡製鉄二瀬炭鉱ガス爆発（死者百三名）、一九一四年には金田炭鉱ガス爆発（死者六十三名）、三菱方城炭鉱ガス爆発（死者六百八十七名）、其の他、おびただしい災害のために労働者の生命が一瞬にして奪い去られている。

しかし、芳谷炭鉱で生まれ、当時十八歳の若い先山《さきやま》として相知炭鉱で働いていた彼にとっては、このような悲惨な事故死にも劣らず、農民坑夫の相次ぐ自殺や一家心中は、忘れがたい強烈な印象を与えたのである。

「その時分はもう相知炭鉱は長壁式採炭で、イギリス製のコールカッターが何台も動いておりました。機械化はどんどん進むわ、先山の技術は追いつかんわ、ということで、それはもう深刻な〝先山ナグレ〟でした。しかもぞろぞろ入ってくるのは、鍬《くわ》か犂《すき》の使い方しか知らん百姓ばっかり。〝先山日照りの後山《あとやま》洪水〟ですから、いきおい、なりふりかまわず先山の奪い合いです。いい先山をつかまえそこのうたが最後、おまんまの食いあげですから。親も子もないというような浅ましさでした。気のやわい、田舎出の人間こそ、哀れなものです。いっそ首をくくろうという気にもなりましょう」

とはいえ、不安にみちた炭鉱生活の第一歩が、ほかならぬ相知炭鉱であったことは、江下武二たち親子にとって、きわめて幸運であったといってよいだろう。

相知炭鉱は、立坑の開削された一八九六年四月から一九〇〇年十一月までの間、後に佐賀県の炭鉱王となった高取伊好によって経営され、四十八万円で三菱合資会社に売却された。以来、三菱の手で経営されること十年、明治末期には佐賀県下最大を誇る芳谷炭鉱と比肩する雄山となった。出炭量は一九〇九年度には二二万トンを突破。同一九一〇年六月末現在労働者数は、坑夫二千五百四十八、運搬夫二百四十二、運転夫百十、職工八十五、雑夫七百七十五、計三千七百六十人となっている。

この時代に一度でも相知炭鉱で働いた経験をもつ人々は、半世紀たった現在なお、相知の名が出たとたんに目を輝かす。彼らにとって、相知はまさに近代文明の象徴であった。驚異にみちた新世界であった。夢想だにしなかった革命であった。次々に導入される外国製の機械はもちろんのこと、日々労働者を規制する鉱則のはしばしまでが、労働者を唸らせた。

——入坑の時には、かならず腰札ちゅうもんば着けさせたもんたい。ドコソコ納屋ノナンノナニベエ、何歳、というふうに、所属納屋、氏名、年齢が、きちんと記入してある。いつ坑内で死んでも、すぐに身元がわかるようにな。軍隊の認識票とおなじもんたい。そんな札を着けさせるヤマは、どこにもなかった。さすがは三菱、頭が違うというて、それは感心したもんばい。

——服装もやかましかった。脚絆に手袋を着けんと、入坑させてくれん。明治時代に、坑夫が手袋をして炭を掘るなんち、考えたこともなかったばい。

——選炭婦がモンペを穿くごとなったとも、相知炭鉱が始まりたい。うったまげたばい。選炭場が二階になったので、下から覗かれんごつ、あんなもんを穿かせたちゅうて、色気ざかりの若い連中が恨んだもんたい。

しかし当時の労働者の間で、にわかに相知炭鉱の名が高まったのは、その生産の機械化や合理化の目覚ましさにも劣らず、労務政策のあざやかな近代化に負うところが極めて大きい。

――ほかのヤマのごと、労務係が暴力をふるうということは、絶対になかったな。そのかわり、ちょっとでも規則にふれるようなことをすれば、すぐに警察へ渡しよった。

――バクチを打ちよっても、他所のヤマの労務のごと、取締りにかこつけて金をかっぱろうていくげなことはなかった。「するなとは言わんが、鉱所内では止められておる。山へでもいってやれ」という調子たい。

――エーセー、エーセー、と朝から晩までやかましかった。衛生のことたい。わしが相知に入った時は、もう二十歳やったが、生まれて始めてここでエーセーという言葉を聞いた。年に二度はかならず大掃除をさせる。ごみも残飯も定めた場所に捨てさせて、集めに廻る。肥汲みも来る。消毒薬もまく。徹底したもんたい。

――ここの畳は踊らるるちゅうて、子どもが喜んで跳びまわったもんたい。いちばん大きな芳谷炭鉱でも、まだ畳はなかった。竹のスノコにムシロを敷き、台湾からバナナを包んできたゴザのようなものを、その上からかぶせる程度やった。どんな荒くれ男も抜き足差し足、まるで社長夫人のげな小笠原流たい。ところが相知にいってみれば、お殿さまの屋敷のようなパリパリの畳敷き。しかも表替えまでやってくれる。なんともかんとも驚いたもんじゃ。

こと相知炭鉱のこととなると、万事手ばなしの讃えようであるが、当時のヤマの人々にとっては、やはりそれほど驚異的なことだったのである。そのことは同時に、他の炭鉱での生活が、いかに劣悪な、非人間的なものであったかということを、なにより雄弁に物語るものといわなければならぬ。人々は相知へ相知へと集まり、そのために絶えず会社は「志願止め」をする状態であったという。

江下家の親子六人は、この相知炭鉱で、およそ一年にわたる悪戦苦闘の日々を過ごしている。

しかし、新興の熱気溢れる三菱経営の大炭山も、もとより彼ら一族の生活苦をやわらげてはくれなかった。いつの時代にも、石炭は高く、人間は安い。まして農村から出てきたばかりの、不慣れな新参坑夫の賃金ほどみじめなものはない。鉱山局の調査によれば、一九〇九年度、相知炭鉱における坑夫（男）平均賃金は六十三銭五厘となっているが、江下夫婦の場合はどうであったろうか。

「私達夫婦が坑内に下って汗水垂らして働いても、日に三十銭宛位しかとれません。働いても働いても足りませんでした」と、江下タキは語っている。もしこの『軍神江下武二正伝』の証言を信じるとすれば、徳松とタキ二人掛りの労働で、なおかつ坑夫一人の平均賃金に及ばなかったのである。まさに飢餓賃金というほかはあるまい。むろん、こんな状態では子どもの教育どころではない。

「多一は尋常三年で学校をやめさせ、武二の守りをさせていました。可哀想なのは福市です。とうとう学校へは出さずに大きくなってしまいました。済まんとは思っていますが、どうにもならなかったのです。武二は多一の手で育った様なものです。私は坑内に下るので、着物もおしっこでぬれたままでした」

父母が入坑中の家事一切は、長男の多一と次男の福市にゆだねられた。そのころの多一少年の暗い孤独な日々の思い出を、『正伝』は次のように記している。

「両親が入坑の留守に武二の守りをしながら魚や野菜を買い出しに行き、そして飯を炊くのが私の役目でした。学校へ行く段ではありません。夏の夜、その頃はまだ電気はありませんでした。両親が夜の入坑の時等、雷が鳴ると兄弟相擁して泣いた事をよく覚えています。その頃十時過ぎるとランプを消さねば、会社の取締係の人がやかましかった。それで枡《ます》を立てて、その中に小さなランプを入れて武二の枕元に置いて寝たものです。ある時フト気がついて見ると枡が焼けているので、驚いて消した事がありました」

だが、必死の苦闘も空しく、江下一家の生活はじりじりと追いつめられてゆくばかりであった。ついに徳松夫婦は相知炭鉱に見切りをつけ、芳谷炭鉱へ向かった。

相知炭鉱の西北方約五粁《キロ》、岸岳をへだてて東松浦郡北波多村にあるこの芳谷炭鉱は、当時佐賀県一の規模を誇る大炭山であった。しかし、新興の相知にくらべて歴史も古ければ、坑内外の施設すべてもかなり劣悪であった。そのころの模様を知る老人たちは、思いだすだけで身の毛がよだつような気がする、と語っている。

「納屋なんか、今から思えば馬小屋同然でしたろう。竹のスノコの四畳半が一間。入口はムシロを下げただけ。裏は押上げ窓。そんな家ばっかりでした。労務係もひどかった。人手が足らんから、少し年がいって体のできた子がおると、見逃しはせん。親に仕度金の十円もつかませて、さっそくあけの日から坑内に下げる。それが当り前とされたもんですたい」

しかし、どんな封建的なヤマであろうと、背に腹は替えられない。食えなければ「お殿さまの屋敷」のような相知の畳敷きも、労働者には〝針のムシロ〟である。

相知炭鉱から芳谷炭鉱への絶望的な道中は、徳松夫婦はもちろんのこと、まだ少年の多一と福市にとっても到底忘れがたいものとなった。後年、江下多一はその日をふり返ってこう語る。

「私達はあのきんたまごすりの峠を越えて、芳谷炭鉱へ行きました。その頃の武二は大変弱く、その上病気をしていました。母が懐に入れて行きましたが、早く芳谷に着かぬと死ぬかも知れぬと、父や兄弟が峠の中程で休んで、顔を見合わせて心配した事を覚えています」（『軍神江下武二正伝』）

俗に〝きんたまごすり〟と呼びならわされるこの峠道は、岸岳の山中をぬって相知と芳谷を結ぶ近道である。人間の通る道というより、兎がやっと一匹通れるような細い道だったという。四粁余りのこの長い峠道の両側は、うっそうと大樹が繁り、足もとも見えないほど竹笹が蔽っていた。追い剝《お　は》ぎに襲われたり、女が殺されたりした。この峠を越えて使いに出されるとき、子どもたちは一銭の小使賃を二倍要求し、その一銭を友達に与えて道連れにした。血気盛りの若い坑夫も、竹槍を作ってたずさえるほどであった。

このさびしい、恐ろしい〝きんたまごすり〟の峠道がにぎわうのは、年に一度、相知炭鉱のある和田山の神社の祭日だけだった。その夜、芳谷炭鉱の人々は、提灯代りに蠟燭《ろうそく》を蓮の葉でかこみ、足もとを照らしながら、この峠を往復した。えんえんと連なる、青いあかりが夢を見るようだった、と老人たちはいう。

しかし——この日、風前のともし火のような幼い生命を気づかいながら、あえぎあえぎ峠を越えて辿りついた芳谷炭鉱も、江下親子にとって、しょせん安住の地ではなかった。

やがてふたたび、彼らは貧苦に追われるごとく〝きんたまごすり〟の峠を越えて相知炭鉱へ舞いもどり、次にはまた、小城郡東多久《おぎ》の古賀山炭鉱へ、さらに舞いもどって三たび相知炭鉱へ、またもや相知を後にして厳木村の岩屋炭鉱へ、そこからさらに足をのばして杵島郡大町の杵島炭鉱へと、放浪を重ねる。そして当時のヤマの子どもたちの多くがそうであったように、多一と福市兄弟も家計を助けるために、早くから炭鉱で働き始める。『軍神江下武二正伝』は、母親タキの言葉を次のように記している。

「その中に多一も十四になり、まだ年は足らぬけれども丈が大きかったので、一つ年を多くいって坑内で働かせました。福市は十歳の時から選炭夫に出しました」

――これは誤りです、と私に訂正を求めたのは、現在向山炭鉱に住む福市さん自身であった。彼はいう。

「兄貴の多一が働きだしたのは数え年十一からで、私が岸岳炭鉱の選炭で働くようになったのは九つの年からです」

いっぽう、長い炭鉱生活の最後を長崎県佐々の日鉄神田炭鉱で送り、現在も佐々に居住する多一さんもいう。

「小学校三年の一学期です。数え年の十一でした。故郷の蓮池村から祖母がきて一緒に暮らすようになり、祖母が武二たち弟の世話から炊事までしてくれることになったので、私はすぐ入坑して父母と一緒に働きだしました。体が大きいといっても、やっと炭函の縁に手がとどく程度でした。朝から晩まで、炭函を押し出すのが仕事でした。忘れきりません」

江下多一、福市兄弟の記憶に誤りがあるはずはない。貧しい、あまりに若くして働き始めた労働者は、ともすれば自分の年齢は忘れがちであるが、自分が働き始めた年齢だけは、その日のすべての光景とともに、決して忘れることはないものである。

とすれば、『江下武二正伝』の記述の誤謬《ごびゅう》は、母親タキの記憶違いか、『正伝』の編著者宗改造の聞き違えであろう。もしそうでないとすれば、母親としての心くばりからか、炭鉱職員としての編著者の配慮からであろう。宗改造は江下武二の入営直前まで、彼が働いていた杵島炭鉱の職員として勤めていた。

「お前十五か、十五にゃ細《こま》い、まるでカルイが歩くよだ」という坑内歌もあるように、数え年十五にならなければ、男女ともに坑内労働を差止められている時代であった。が、それとて要するに表向きの形式であって、裏口入坑の途はいろいろ開かれていた。法や掟で腹が太るのは金持であって、貧乏人ではない。しかも、食わんがために貧乏人に法を破らせることによって、ますます太ってゆくのが金持である。

福市少年も数え年九つの時に岸岳炭鉱の選炭場で働き始め、次いで相知炭鉱の営繕に雇われて納屋のクド造りを手伝いつつ、十二歳になるのを待って坑夫となり、父母や兄とともに地底へ下る。「内田三郎という人の名を借りました」と彼は苦笑する。

「どんなに学校へいきたかったかしれません」

むずかる弟の武二をあやしながら坑口へゆき、いつまでも上ってこない母を待ちわびながら思うのもそのことばかりだった。人一倍体が弱くてカンが強く、たえずヒキッケを起こしていた武二を背負い、医者へ走ってゆきながら思うのも、そのことであった。やっと祖母が故郷から出てきて、子守りから解放され、選炭場で働きながら思うのも、やはりそのことばかりだった。

九つの年、彼は学校へいかしてくれと、泣きくどくようにして母に頼んだ。やっと貰ってきた入学手続きの紙を、父の徳松は、九つにもなって学校へいって何になるか、と怒鳴って破り棄ててしまった。その日の強烈な記憶とともに、読み書きのできない悔恨は、一生彼の心を嚙み続ける。

「いちばん弱ったのは軍隊に入ってからです」と告白する福市さんは、長い軍隊生活を送った、歴戦の勇士である。廃山の鉱員長屋の壁には、戦死した二人の弟たちの額と並んで、彼の武勲を語る表彰状や叙勲状が見られた。

「昭和十三年五月十五日、馬淵支隊長馬淵久之助」と記された表彰状には、「江下上等兵ハ敢然身ヲ挺シテ前進シ障害物ニ近接、敵ノ猛火ヲ犯シテ作業ニ従イ、幅約六尺余ノ破壊口ヲ構成シ大隊ノ突撃路ヲ可能ナラシメタリ」と。「昭和十五年四月二十九日」付の叙勲状には、「天祐ヲ保有シ万世一系ノ帝祚《ていそ》ヲ践《ふ》メル大日本帝国天皇ハ江下福市ヲ明治勲章ノ功六級ニ叙シ金鵄《きんし》勲章ヲ授与ス」と。

一九三八年五月三十日の福岡日日新聞は、徐州攻略第二期作戦における、その輝かしい戦功のさまを、次のごとく大々的に報道している。

「橋上の突撃路開く。馬淵部隊決死の二勇士」「敵の斉射を浴びて単身、夜陰の爆破作業。奇しくも一人は江下伍長の兄。敵橋に歓声揚る！」

さらに江下兵士の壮烈果敢な戦闘のさまを、〔杭州にて福田特派員〕は、あたかも目の前に見たかのようにいきいきと記す。

「……嗚呼遂に第一回は不成功だ。二回目に飛び出したのは江下福市一等兵、彼は過ぐる上海戦の肉弾三勇士江下伍長の兄である。あの壮烈な最期を遂げた弟伍長の血が矢張り兄江下一等兵の体内で湧き立ったのであろうか。彼は決死の意気を眉宇に刻んで第二回目の破壊作業に進んだ。敵の猛射は寸刻の余裕も与えぬ文字通り弾丸雨飛、戦友の成功を祈る友軍にはその弾丸の音が耳が痺れるほど痛い。江下一等兵は破壊作業を続けている。一分、二分、その待ち遠しさ。おお成功だ！　突撃路が開いた」

この勲功によって陸軍歩兵一等兵江下福市は上等兵に昇進し、さらに一九四一年九月に「赤紙」がきて再度広東方面へ、やがてシンガポールからスマトラへと進軍してゆくが、その間に伍長に昇進する。彼が伍長に任ぜられるのを誰よりもひどく恐怖し、嫌悪したのは、江下上等兵その人だった。昇進し、しかも下士官に任ぜられるのを断わる人間なんて、帝国陸軍始まって以来、江下上等兵が初めてだろう、こういって上官達から笑われたという。それでもなお江下上等兵は、

「小さい時に弘法大師さんとケンカをして、字を習うておりませんから」

こういって、なんとかして逃れようと努めた。下士官になるのが恐いのではない。下士官になれば宿直日誌や戦闘日誌を書かねばならない。それが何より恐かったのである。「俺を殺す気か」と吹鳴りちらしたこともあったという。

「とうとう伍長になって、いちばん泣かされたのは衛兵日誌です。一日の日誌を書くのに、字引きをめくりめくり、二晩は徹夜の苦しみでした。俺は弾の飛んでくる所はちっとも恐ろしくないが、文字だけは恐ろしい。字を見たとたんに怖気《おじけ》づいて足が震える。よくこう話したものですが、ほんとうにそうでした」と、福市さんはさびしそうに微笑む。

「なんとしても愛四郎と武二だけは学校にやってやろう」

江下福市として相知炭鉱の特設小学校へではなく、内田三郎名義で坑内へ通う少年の心

は、当分そのことでいっぱいだった。

二度目に舞いもどった相知炭鉱では、彼ら江下一族は寺崎納屋に身を寄せていた。この寺崎納屋のことを、相知の坑夫たちは「大学納屋」と呼んでいた。「なんでも納屋頭の息子が大学校にいきよるげな」というところから、誰も寺崎納屋と呼ばず、もっぱら「大学納屋」として有名になったのだといわれる。他の納屋頭たちもあまりの評判をねたみがちに「ふうむ、あんなつまらん納屋でも、息子を大学にやれば、こんなに名が売れるのか。それなら俺のところも、ぜひ大学を出さんば！」と力み返ったものらしい。

もちろん、これは貧しい坑夫の中間搾取者にのみ可能なことであって、その日暮らしの労働者たちにとっては、わが子を小学校にあげることさえ、まるで大学にやるほどの非常な決心と苦労が必要だったのである。

多一と福市の兄弟は、たくましい坑夫として成長していった。幼くして働き始めただけに急速に腕もあがり、稼ぎも多くなった。しかし、江下家の台所は、依然として火の車であった。

江下武二たちの父徳松は、若いころから大の〝カムキ〟道楽で、まだ生まれ故郷の蓮池村にいた時分はみずから一座を結成し、ほうぼう興行してまわるほどの熱中ぶりであったが、炭鉱に入ってからはもっぱら相撲に凝った。もともと好きでもあり強くもあった。おまけに人の世話を見るのが何より好きで巧みな男であったから、たちまち頭取におさまり、あちこちの炭鉱や農村を興行して歩くこともしばしばであった。

彼の家のことを、炭鉱の住人たちは「相撲取り屋敷」と呼びならわした。屋敷というにはあまりに貧弱な坑夫納屋だったが、その狭い部屋いっぱいに、牛のような体格をした〝関取〟坑夫連中が、いつもごろごろしていた。外部からの出入りも頻繁であった。

いきおい、坑内通いのほうは二の次になりがちだったが、なにかにつけて口やかましい労務係も、これに限っては頗《すこぶ》る大目に見てくれた。なんといっても健全な体育であり、質朴な娯楽であったし、強ければ大いにヤマの名も上るからであった。当時の炭鉱は、どこも競って相撲に力を注いだ。坑夫たちを賭博に凝らせるより、相撲に凝らせようとした。そしてじっさい、この相撲の奨励は、バクチ退治に少なからざる効果があったという。

何によらず道楽好きの江下徳松であったが、どうしたことか彼自身、賭博だけは決して手をつけようとしなかった。あるいは、家屋敷をとられて炭鉱へ流亡しなければならなくなった原因そのものの一つに、賭博があったのかもしれない。彼は自分が打たないばかりでなく、家人にも容赦しなかった。花札一枚見つけても火をつけて燃してしまうほどの徹底ぶりだった。

その代り、酒のほうには目がなかった。相知炭鉱の酒屋が、店を開いて三十年になるが、こんな大酒呑みは初めて、と驚嘆するほどであった。客と二人で、軽く一斗近くは平らげていた。トックリをさげて家と酒屋を往復するのは、もっぱら福市少年の役目であったが、「お前んところは、いったい客人は何人あるか」と、店の親爺さんに問われたものである。

酔えば得意のタンスナガモチ歌を歌った。特にその本番は名人芸のうまさであったといわれる。憂悶のありったけを吐くがごとくに歌う彼の胸を去来するのは、二度と帰ることのない故郷へ寄せる、農民坑夫の身を切るような思慕であったろうか……。「ビキがションベンまっても大水になるげな」土地を追われて炭鉱で働く坑夫たちは、息をするのも忘れて、彼の名調子に聞きほれていた。

この「相撲取り屋敷」の大黒柱は、時がたつにつれて、当然のことながら、多一、福市兄弟となった。相知炭鉱を中心に、東松浦郡の幾つかのヤマを歩き、小城郡東多久の古賀山に移ったころには、兄の多一は早くも仕操《しくり》の名人といわれる腕になった。「まだあの若さで、いかなる大難業でも見事にやり遂げておった！」と、若い日の彼を知る老人は今でも忘れずに感嘆する。「武二さんが死なずに働いておったとしても、到底あんな名人にはなれなかったろう」

一家の移動とともに、末弟江下武二も相知炭鉱和田山小学校から東多久小学校に転校する。彼が五年生の一九二二年一月であった。そして翌年三月卒業までこの地で過ごす。

有田焼の祖、李参平が始めて窯を開いた多久の地は、かつて多久聖廟の名をもって知られる儒学の府であった。この聖廟建設に先立って、多久藩第四代の主茂文は、一六九九年（元禄十二年）東原庠舎を起こす。佐賀地方における最古の藩校の一つである。その東原庠舎学制の最後の項には、「百姓町人といえども、志次第、師範へ申し達し、学舎道場へ相勤むべき事」とあり、その当時としては異例の学問奨励であった。その効あってか、多久では雀《すずめ》も論語をさえずり、農夫は鍬をおろして道を説くという評判であった。

しかし、代は明治新政府に移って石炭の需要が高まるにつれ、様相は一変する。早くも一八七八年には、小城郡下の炭鉱だけでも十九鉱を数えるに至っており、一八七九年には多久西の原の人、横尾庸夫が、会社組織で柚木原に西洋式による炭鉱開発を行なった（『多久の歴史』）という。後の炭鉱王高取伊好は、この横尾庸夫の実弟である。

こうなればもう、孔子孟子どころではない。雀も石炭を運ぶ川舟歌をさえずり、農夫は鍬をかついで坑内へとばしこんでゆく時世であった。そのころ、横尾庸夫の経営する蜂の巣炭鉱から山崎土場へ石炭を運びながら歌われた歌の中に、次のような皮肉な調子の文句が見受けられる。

いくら横尾さん
大事の身でも
俺がかせがにゃ
炭は出ん

横尾さんは釣竿
わしゃ池の鮒《ふな》
釣られますばよ
まま粒で

釣りたかったら、もっと飯粒をふやすがよか、というわけであるが、空き腹かかえた百姓坑夫の切実な〝賃上げ要求〟の訴えであろうか。それでも農民たちは、我も我もと先を争うようにして、石炭掘りに従事した。多久図書館の細川章さんの話によれば、ある部落では「掘らなかったのはお地蔵さんと観音さんだけ」といわれているとのこと。つまり、石と木の仏さまを除いて、部落中の人間が石炭を掘っていたのである。

江下徳松親子がこの多久へきて働いた古賀山炭鉱は、明治末期に三菱鉱業が鉱区を設定し、一九一七年に立坑を開いた新鋭炭山であった。しかし、わずか六年後の一九二三年五月、石炭不況のために閉山してしまった。江下親子もこのヤマで暮らすこと十三ヵ月で、またもや東松浦郡の相知炭鉱へと引き返してゆかなければならなかった。しかし、この古賀山閉山の春三月、武二少年は無事に東多久小学校六年を卒業することができた。妹の病気をなおしたいの一心から、学校をやめて炭鉱で働くと主張し、兄の福市を手こずらせたことがあるだけに、福市の喜びは親以上であった。相知へもどった武二少年は、兄の勧めでさらに和田山尋常小学校高等科へと進み、夏休みなどには相知炭鉱の坑内にさがって家計を助けながら、めでたく卒業する。

「まったくもう、我が子を大学でも卒業させたようなうれしさでしたばい」

こう語る福市さんは、感無量の表情であった。

卒業した武二少年はただちに相知炭鉱の採炭夫となり、短い坑夫生活の第一歩を踏み出す。——一九二五年四月。

江下武二はこの相知炭鉱で十ヵ月間働き、一九二六年二月、父母とともに岩屋炭鉱へ移った。そしてこの年の九月初めまで仕操夫として岩屋炭鉱で働いた。

この年、ようやく数え年十七になった彼は、海軍を志願したいと父親に頼んだ。しかし、父の徳松は許可を与えなかった。これ以上兵隊にいったら、家の生活はどうなるのだ、と徳松はいった。武二には返す言葉はなかった。長兄の多一に続いて、次兄福市もこの年の一月、甲種合格で久留米歩兵連隊に入営していた。三兄の愛四郎もやはりこの年、十九歳で現役志願し、兄とおなじ第一大隊に入った。福市は第二中隊、愛四郎は第三中隊であった。

老衰した祖母、両親、それにやっと五つになったばかりの幼い妹のアサ子、その四人の家族の生命と生活が、今やずっしりと自分の肩にかかっていることを、武二は自覚しなければならなかった。

「俺の家は兵隊製造所たい」

徳松は会う人ごとにこういって笑わせた。人にはそれが自慢であり誇りであるかのように受け取られたが、徳松の心の底は、時として一陣の冷たい風が渡ってゆくような思いであったろう。彼にはもう往年の野心も元気もなかった。肉体労働者の秋は早い。彼は相知炭鉱を去る前に一度、最後の花を咲かせて実りを得たいあせりからであろう、大納屋の経営を思い立ったことがある。しかし、惨めな敗北であった。彼はあまりに無欲であった上に、あまりに人を信じやすい性分であった。悪賢い独身坑夫たちは、めぼしい家財道具はもとより、納屋頭の着物まで持って逃げた。次男の福市の忠告によって、わずか四カ月足らずで大納屋経営は中止された。徳松はめっきりと気力の衰えを見せた。幾度か舞いもどって住みなれた相知炭鉱を最終的に後にし、さびしい山間の岩屋炭鉱へ移った江下徳松の心境は、さすがに孤独のかげりが濃かったにちがいない。

岩屋炭鉱は、日の出の勢に乗じて筑前を席捲し、さらに肥前の野に駒を進めた貝島鉱業によって、一九〇〇年に鉱区を買収され、明治末期より採炭を開始した新興炭山である。相前後して、麻生、安川もそれぞれ、この新戦場でしのぎを削り始めているが、この貝島岩屋炭鉱で働いた老坑夫たちの思い出話を聞いて興味深いのは、ヤマの労働と生活のことよりも貝島家の威光のほうが、遥かに強烈に記憶に焼きついていることである。あるいは、その印象があまりに鮮烈にすぎて、彼ら自身の仕事や暮らしのことは、影が薄れてしまったということかもしれない。

夫を落盤事故で奪われて後、貝島別邸の掃除婦として働いた老婆は、老いの目を丸くして語る。

「初めて貝島様の便所の掃除にいった時のびっくりしたことというたら! 広いのなんの。それも鏡のように磨きあげた床。ああ、一生にいっぺんでよか、こんな広い立派な部屋で、足をのばして寝てみたか。わたしはそう思いました。そしてほんとうに、人目がないのをさいわい、いっとき楽々と足をのばして寝ておった」

また、ある老人はいう。

「小学校に来なさった時の座蒲団の厚いこと。まるでアンパンのお化けみたいじゃった。転げ落ちたら大怪我をするが、と人ごとながらハラハラしたもんばい」

虚実をとりまぜてさまざまの話題を労働者に残したのも、筑豊の生んだ一世の風雲児、貝島太助なればこそ果たし得た、壮大な示威運動の成果であろう。

江下武二とその父徳松が、この岩屋炭鉱で働いたのは、わずか七カ月にすぎない。彼ら親子はあわただしく岩屋を後にし、父子ともに最後のヤマとなる杵島炭鉱へと落ちのびてゆく。

ところで、この岩屋炭鉱で働いた薄幸の若い坑夫と、その地底の支配者として威令並ぶもののなかった大鉱主とが、やがて枕を並べるように相接して永眠の座につこうとは、誰が予想できたであろう。

私が初めて江下武二たち三勇士の墓に詣でるべく、京都五条坂の西本願寺大谷本廟前に降り立ったのは、彼らが〝護国の鬼〟と化してより三十六年後の早春の一日であった。宗祖親鸞を中心に大谷家の祖霊を祭る専用墓地と、一般墓地との間の細い坂道を昇ってゆくと、間もなく左手に厳粛なたたずまいの「貝島家之墓」が見受けられる。背面には「大正三年十月三日建之」「筑前直方《のおがた》町貝島太助」外一族氏名が刻まれている。西本願寺門徒にとって最高無二の霊域であるこの地に、ついに墓を営むことのできた日の石炭王の感動は、恐らくどれほど広大な優良鉱区を独占した日の感動よりも熱烈かつ純粋であったにちがいない。

この石炭王貝島太助の墓所の前を昇ってゆくこと十歩ばかり、すぐ道端に江下武二たち三人の若者の墓がある。いかにもますらおぶりの雄勁《ゆうけい》な書体で「肉弾三勇士之墓」と刻まれ、「殉忠院釈洪誠陸軍伍長勲八等功六級作江伊之助」外二名の法号、位階勲等、俗名が記されている。「一誠院釈忠丞」は北川丞、「忠誠院釈祐武」は江下武二。それらの法名は「佐官級以上の信仰篤き軍人にのみ下附」されるものといわれる。英霊以て瞑す可き破格の特典とされるゆえんである。

「維時昭和七年二月二十二日払暁我軍上海廟行鎮ヲ攻撃スルヤ」に始まる長い碑文の末尾には「而シテ三勇士ハ実ニ我真宗ノ門ニ出ヅ。亦以テ宗門ノ栄誉ト謂ウベキナリ。因《よっ》テ本山執行所職員等胥《あい》謀リ碑ヲ大谷祖廟ノ畔ニ建テ其偉功ヲ勒ス」旨、強調されている。法主大谷光照以下、宗門あげての随喜のほどが窺える。

この墓を後からとりかこむようにぎっしりと並んでいるのは、いずれも彼ら三人に続いて戦場の露と消えた将兵の墓であった。それら、ことごとく先端のとがった長方形の花崗《かこう》岩《がん》の列は、あたかも彼ら三勇士の霊を護る捧げ銃の剣のごとく、鋭く天に向かって林立していた。それはさながら巧まざる自然の摂理にも似て、やはり一種の痛みさえともなう感動的な風景であった。

墓前の花筒は真新しい花々でいっぱいだった。誰が献じたのであろうか、「明ごころ」という名の清酒の瓶詰も置かれてあった。私が碑文を書き写している短い間にも、一人、また一人と、墓前にぬかずく姿が見受けられた。恭しく花と香と水を献《ささ》げ、敬虔に合掌して去ってゆく。他の墓参のついでではないことは明らかだった。その人々はただこの三勇士の墓をまっすぐに目ざし、閼伽《あか》の水桶を片手に坂道を登ってきて、そしてまっすぐに下っていった。長い間忘れていた後姿であった。まごうかたない日本人の後姿であった。

それはともあれ、話を本筋にもどし、今暫く青年坑夫江下武二の足取りを辿ってみよう。武二たち親子が、筑前の石炭王貝島経営の岩屋炭鉱から、肥前の石炭王高取経営の杵島炭鉱へ移ったのは、一九二六年——大正もいよいよ最後の年の九月十三日であった。その日から四年四カ月後の一九三一年一月十日、徴兵されて久留米工兵隊に入営するまでの期間、武二青年は採炭夫としてこの杵島炭鉱で働き続けた。それは生後間もなく母に抱かれて出郷して以来、最初にして最後に与えられた、長い継続期間であった。

絶え間なく繰り返される流転と苦難の生活は、かえって彼をたくましい労働者に成長させた。今や彼は、あの病弱な幼年時代のかげもない、屈強の青年坑夫であった。父親ゆずりの体力は、さすがの坑夫仲間を驚かせるほどであった。ために彼は「台車」という仇名《あだな》で親しまれた。台車は、坑木その他重量物を坑内へ搬入する場合に用いられる、文字どおり台だけの車輛である。人が坑木を一本かつぐ時には、彼は三本も五本もかついでいた。技術があり、力があり、それに骨身を惜しまなければ、これに勝る先山はない。当時、杵島炭鉱の坑内に働く女坑夫たちが、争って武二の後山につきたがったといわれるのも当然だろう。

彼の戦没後、杵島炭鉱労務係の発表した「江下家遺族調」によれば、同鉱における彼の各年度稼働成績（月平均入坑方《かた》数）は次のとおりである。

一九二六年――一九・五
一九二七年――一六・七
一九二八年――一九・一
一九二九年――二一・八
一九三〇年――一九・〇

とすれば、彼は四年四カ月を通じて毎月平均一九・二方働き、総計およそ一千方入坑稼働したことになる。これは当時の杵島炭鉱坑員の平均稼働率を、僅かにではあるが上回る成績であった。

父親の徳松もやはり採炭夫として働いていたが、病気のため一九二九年一月に退職、翌年七月、五十一年にわたる波乱の生涯を閉じた。彼をして「兵隊製造所」の歎を深くさせた多一、福市、愛四郎も、この間に相次いで満期除隊となって帰ってきているが、年長の二人はともに妻帯して家を離れ、それぞれ別の小納屋住まいを始めていた。三男の愛四郎は除隊後福岡へ出て丸美運送店の店員となったが、父親の倒れた年の四月、家計を助けるために杵島炭鉱へもどり、ふたたび坑内へ下ってゆかねばならなかった。

ただでさえ飢えがちな労働者にとって、もっとも暗い恐ろしい時代が、刻々に迫りつつあった。

久しく不振をかこっていた我が国の石炭産業は、一九二七年の秋からふたたび深刻な不況におちいっていたが、それよりさらに二年後、空前の世界恐慌の波に襲われるに至って、いよいよ絶望的な破局に直面した。一九二六年、全国の貯炭高は約一〇二万トンであったが、大恐慌の始まった一九二九年度には倍以上の二三〇万トン、翌三〇年度の八月末には実に三二〇万トンに達する。

その原因として、各炭鉱が生産コスト切下げのため増産方針を取ったこと、撫順炭の進出、電力及び液体燃料の普及、等々が挙げられるが、特に大量の石炭を消費する重工業部門の操短、閉鎖、海運界の衰微等による打撃は、まさに致命的であった。

未曽有の難局を迎えた石炭業界は、とりあえず貯炭の抑制を図るべく、一九二九年以降、石炭鉱業連合会統制の下に送炭制限を実施した。制限率は、恐慌の高まりに比例して、次々に強められていった。しかし、しょせん焼け石に水であった。日に日に激増する貯炭の山は、ますます熾烈な販売競争を誘発し、まったく採算を無視した投売り、売崩しが進行した。炭価はとどまるところを知らず暴落するいっぽうであった。

炭鉱経営者は、当然のことながら、その皺寄せを労働者に集中した。出炭調整のために休日が増加された。賃金の切下げが断行された。あるいは金券制への切替えが強行された。「切符」と呼び慣わされるこの金券は、実質的には賃金不払いにひとしい〝私幣〟である。あるいはまた、人員整理が強行された。

恐慌の波が高まるにつれ、各地の炭鉱では追いつめられた労働者の悲痛な闘争が続発する。その要求は共通して、賃金の引下げ反対、支払期日の確定、遅払いの解消、切符制の廃止、購買所物品の値下げ等、せっぱつまった労働者の切実な経済要求ばかりである。そのささやかでさえある要求の中に、かえって底知れない飢餓の深さが窺える。

「ひどい時代やったばい。今のごと生活保護があるではなし、失業したが最後たい。非人になったものも少のうなか。首に袋をさげて、子どもの手をひいて、門から門をさるきよった。特に筑豊はそげなとの多かった。それがでけんもんが哀れたい。ダイナマイトで一家心中する。山で首をくくる。鉄道に飛ばしこむ。池に身を投げる。そげなことばっかりやった。どこへとものう消えてしもうて、消息のつかめんもんもある。ブラジルへいったもんも少のうはあるめえ」

そう語る老人も、「背に腹はかえられず、泣く泣く、娘を淫売屋に売った」という坑夫のなれの果てであった。

これよりさき一九二八年九月一日付で〈鉱夫労役扶助規則〉が改正され、五年後の三三年九月一日より女子と年少者の坑内・深夜作業が原則的に禁止されることとなったが、三一年四月二十日から開催された全国鉱山監督局長会議の席上、商工省社会局長は早くも次のごとき楽観的な中間報告をしている。

「――女子及年少者ノ坑内労働禁止問題ニ就テハ、之ガ施行ノ円滑ヲ計ルタメ五カ年ノ猶予期間ヲ設ケタノデアリマシテ、比ノ間ニ如何ニシテ女子ノ減少ヲ計ルカト云ウコトハ重要ナル問題デアリマシタガ、各位ノ御指導ト事業界ノ不況ニ伴ウ経営刷新ノ必要ニヨリ坑内女子労働者ノ数ハ著シク減少シ、改正鉱夫労役扶助規則ノ公布当時即チ昭和三年九月現在ニ於テハ三万七千有余居タモノガ、本年一月末現在デハ一万六千余トナリマシテ、残余猶予期間二年余ノ中ニハ円満ニ施行セラルルデアロウト思ワレマス。改正法規公布ノ当初ニ於テハ女子坑内夫ノ新ナル採用ヲ禁止スル方法ヲ採ル必要アルヤニ考エテ居リマシタガ、今日ニ於テハ特ニカカル手段ヲ採ル必要モナイカト考エラレマス」

邦家のため洵《まこと》に同慶至極というわけであるが、各鉱山経営者がもっぱら人減らしのために、いかに坑内女子労働者の解雇を急いだかが、これによっても察せられる。しかし、従来やっと夫婦共稼ぎで支えてきた貧しい労務者の生活は、このためさらに苦痛を深めることになったのである。

そうでなくても不況の進行と共に休山や廃山も相次ぎ、失業者は増加するいっぽうであった。一九二八年には十八万を超していた九州の炭鉱労働者は、三〇年には十六万、三二年には十万まで減少したといわれる。路頭に迷い、自殺者が相次いだ。

石炭産業がこの壊滅的な危機を漸《よう》く脱して蘇生するのは、一九三二年後半に入ってからである。起死回生の転機となったのは、この年の一月二十八日、中国第一の国際都市上海でひき起こされた上海事変、及びその前年九月十八日、中国東北の大工業都市奉天を中心にひき起こされた満洲事変であった。これより後、爆発的な軍需景気の到来とあいまって、日本の石炭産業は、かつてない繁栄を遂げてゆく。

一時は三二〇万トンを突破し、さながら石炭産業の墓場のように思われた貯炭の山も、一九三二年度末には一七六万トンに減少し、さらに翌三三年度末には九四万トンにまで激減。早くも石炭不足が深刻化し、時局の急務として増産が強調されるようになる。

この間、各炭鉱では競って生産合理化を図ったが、杵島炭鉱においても三二年には坑内生産施設の全部が機械化された。

しかし、不況のどん底で喘ぎながら石炭を掘りつづけた江下坑夫は、ついに彼のヤマと労働者の甦る日を見ることはなかった。

一九三一年一月十日、彼は「兵隊製造所」江下家の四人目の現役兵として久留米工兵第十八大隊に入営、翌三二年二月六日正午、陸軍派遣部隊の第一陣として佐世保を出港し、戦火の上海へ向かった。

三

一九三二年一月二十八日深夜。

『阿Q正伝』の作者魯迅は、上海北四川路のアパートの三階で執筆中であった。この、近代中国のもっとも偉大な作家であり、抗日統一戦線の精神的支柱であった魯迅と妻の許広平の住んでいるアパートは、日本海軍陸戦隊司令部の真向かいにあり、彼が書斎兼寝室にしている部屋の書卓は、窓をへだてて、その司令部と向かい合っていた。アパートの住人は、魯迅一家を除いて、すべて外国人ばかりであった。

――突然、窓の向こうの電灯が一斉に消えた。闇に包まれた陸戦隊司令部の広い中庭に、人の頭がびっしり並び、なにか突発事態に備えているらしい様子だった。やがて中庭から大量のトラック部隊が次々に走りでて、あわただしく南へ向かっていった。それからほどなく、遠い銃声が聞こえ、次第に密になった。魯迅や許広平が物干場に駈けあがって見ると、赤い火線がヒューッと頭の上をかすめた。ふたたび急いで階下に降りていって見ると、魯迅の書卓の横に一発の弾丸が突きぬけた穴があった。（許広平著、松井博光訳『魯迅回憶

録』による）

おなじ夜のおなじ時刻。

『子夜』『霜葉は二月の花より紅なり』等で知られる作家の茅盾《ぼうじゅん》は、夜読書してはいけないという医師の禁を破って、ポーランドの作家、シェンケヴィッチの歴史小説『殺人放火（*With Fire and Sword*）』を読んでいた。

——突然、ズンズンという音が真夜中の静けさを破った。全神経を『殺人放火』に集中していた茅盾は、ちょっと目をあげて、ぴたりと閉ざしたガラス窓を見やると、また本に目をもどした。数日前から閘北の情勢が緊迫し、中日両国の兵士が土嚢と鉄条網をへだてて防衛線を敷いているということは聞いていたし、またこの日の夕方に租界当局が出した臨時戒厳令の布告を彼も見ていた。が、あまり明瞭ではないズンズンという音を耳にした時、これこそ中日両軍の戦闘開始だということに、彼はまったく思い至らなかった。

しかし、轟々たる音が、また続いて起こった。彼は手にしていた本を置いた。それが砲声にほかならないことに気づいたのである。彼はガラス窓を開け、さらにその外側のヨロイ戸を開けた。彼は空を見たが、なに一つ変ったことはなかった。しかし砲声はますますはっきり聞きとれるようになり、その間には機関銃の音もまじっている。疑いもなくそれは戦争であり、しかも戦っているのは疑いもなく中日の軍隊であった。一種異様な興奮が彼の全身にひろがり、彼は心中ひそかにつぶやいた。

「おお、とうとう始まったな。惜しいことに外は戒厳令で通行禁止だ」

もう本はそっちのけで、部屋の中をゆっくり歩きながら、茅盾は開戦後どうなるかを想像した。

「……日ごろ街で見かける、非常に頑健そうな、まるで太陽ビールの瓶のようにふくらはぎの太い日本海軍陸戦隊の様子と、それとは対照的に、黄色く痩せて小さい我が〝粤軍《えつぐん》〟とが、一斉に私の眼前に現れた。〝不抵抗主義〟も傍で冷笑している」

そこで茅盾は、殷々《いんいん》たる砲声とダダダダという機関銃の音は、ただ一方からの進攻——日本軍がやっている陰暦の〝かまど祭り〟でしかないと、ほぼ断定した。（茅盾著、高畠穣訳『翌日』による）

おなじ夜のおなじ時刻。

やがて『中国の赤い星』を書くことになるアメリカのジャーナリスト、エドガー・スノーは、上海の北停車場から有恒路を急ぎ足で歩いていた。まだ二十六歳の若い新聞記者の彼は、北停車場の最高責任者鄭宝蓄と会っての帰りだった。駅はいつものように平和時の混乱を示していた。大きな包みや布団をかついだ人びと、果物や鮮魚を入れた籠、鍋釜を積み重ねた荷、おしめの濡れた赤ん坊をおんぶした母親、こおろぎや鳥を入れた籠を持っている老人――こういう数百人の人びとが、何も知らずに汽車を待っていた。スノーはその人々の運命をあずかる鄭と議論した。早く彼らを退避させなければいけない、とスノーは力説した。

「日本軍がこちらへ向かってきているのです。海軍部隊が行進し始めたのを私は見たのです」

鄭宝蕃は微笑し、今日の午後、上海市長呉鉄城大将が日本軍の要求を全部承認したのを知らないか、中国軍は既に撤退を開始している、と反問した。スノーは、それより数分前に日本海軍代表の塩沢幸一少将が呉市長にあてた声明文のコピーを示した。

「我が海軍は工務局の発せる戒厳令により警防担任区域内の直接治安に任ずることになれり。戒厳中は担任区域内に於いて時勢に妨害ありと認むる集会を停止する外戒厳施行上必要と認むる諸件を執行することを布告す」という一月二十八日付の第一遣外艦隊司令官布告であった。

「それは必然的に火花が散ることを意味します。彼らの言葉を借りれば〝反日十九路軍に教訓をたれよう〟ということです。だから……」一刻も早く旅客を退避させるよう、スノーは鄭を説得し、引き返している途中だった。

――突然、日本製の銃声が響いて、機関銃が火をふいた。人影が一つ止まり、倒れるのをスノーは見た。その先で、中国兵が地に伏せ、建物の陰に這いこんで発砲し始めた。流しから水がひいたように道路はからになり、鉄扉が下ろされ、蛤がふたを閉じた感じで、最後の灯火が消滅した。銃声が空気をふるわせている中を、スノーは州兵としての短い不名誉な時代に教わった伏せの姿勢を思い起こしながら壁づたいに、安全地帯である共同租界の方向へ進んだ。角をまがり、細い路地に伏せながら彼は、「他人の戦争でなぜ死なねばならないのか。生きていて原稿を送るのでなければ意味がないではないか」と自問自答した。蘇州路を通って租界の西欧社会に辿りつくまでに、彼は三十分の時間を費やした。

虹口の端についた時、スノーは鐘と汽笛の音を聞いた。後でわかったことだが、彼の勧めに従って鄭は機関車を動かすことを決め、数百の人びとは無事脱出した。

「これは〝ほんものの戦争〟であった。特派員として私が目撃した日本の満洲征服のように、単なる鬼ごっこと占領ではない。私は満洲から数週間前に帰ったばかりだった。他の人と同様に私もまた中国人は闘うまいと思っていた。しかしあの悪臭鼻をつく路地で第一次大戦以来〝最大〟の闘いが、この時始まったのである」

この夜スノーがアメリカへ送った第一報の前書きを、彼の慈悲深い編集長は、「上海の街頭は今夜血で赤く染まっている」と書きかえて売りだしてくれた。（E・スノー著、松岡洋子訳『目覚めへの旅』による）

中国の運命ともっとも深くかかわりあった二人の中国人作家と、一人の米国人ジャーナリストの目に映った、一九三二年一月二十八日深夜の回憶であるが、それは同時にそれぞれニュアンスの違いこそあれ、この信じがたい一夜を上海で生き、あるいは死んだ人びとの、うそも偽りもない実感だったといって差支えなかろう。

中国とその民族を愛するかぎりの人びとは、いつかこの日がくるであろうことを、何よりも恐れていた。しかし、まさかこのような時に、このような場所で、このようにして日本との戦端が開かれようとは、およそ信じられないことであった。それにもまして信じがたいことは、第十九路軍の抵抗であった。もしかりに衝突が起こったとしても、しょせん、ごく一時的な小ぜりあいにすぎず、茅盾がいみじくも「ほぼ断定」したように、日本軍の一方的進攻による〝かまど祭り〟に終るはずであった。「中国人は闘うまいと思っていた」のは、決してE・スノーばかりではない。

日本軍の判断もまた、茅盾やスノーと変らなかった。「まるで太陽ビールの瓶のようにふくらはぎの太い日本海軍陸戦隊」と「黄色く痩せて小さい」中国兵との勝敗は、戦わずして決せられているようなものであった。それゆえ、一気に中国の心臓に銃口を突きつけたのである。その心臓を制することによって、〝抗日反帝〟の息の根を止めようと図り、止めることができると信じたのである。それは恐るべき冒険であった。しかし、満洲における軍事的切開手術の成功によって絶大の自信をもった日本軍は、あえてこの危険にみちた〝心臓手術〟の必要と可能性を信じて疑うところを知らなかった。この未曽有の大手術の魅力は、彼らをして執刀は早ければ早いほどよいという判断へ導いた。

一方、軍部に劣らず中国の「抗日反帝」病の急激な悪化を憂慮しながらも、それ以上に軍部の独断的な〝心臓手術〟の強行を憂慮したのは、当時の駐支公使の重光葵《まもる》であった。そのいきさつについては、彼が敗戦後A級戦犯として服役中に認めた巣鴨獄中記『昭和の動乱』につまびらかであるが、重光公使の見た上海情勢は、もはや収拾しがたい破局であった。むろん、その最大の原因の一つとなったのは、日本軍の武力による満洲制圧と、これに伴う排日運動の過激化である。

「民国側は、事態の重大を知るとともに、例によって軍事的には無抵抗主義をもって押し進むとともに、軍事行動にあらざるあらゆる他の方法をもって対抗手段に移り、党部政府の一致の指導はもちろん、従来訓練を経ている排日の総ての機関は、活動を始めつつあり、経済絶交の如きは未だしも、朝鮮事件の際に動揺せざりし全国学生の活動は最も影響多く、反日感情の悪化は、所謂《いわゆる》二十一ヵ条問題の影響よりも甚だしく、今後益々悪化するものと認められる。今日の状況をもってせば、何時満洲以外の地において不祥事の勃発を見るか測られざる状況なり。この点については、我が海軍において特に自重するよう、政府において十分注意あらんことを請う」

満洲事変勃発当時、重光公使は政府にあてた電報の一節で、こう要請した。不幸にして彼の判断どおり、排日運動は上海を中心として熾烈を極めるに至る。

鋭敏な日本公使重光葵の観察によれば、満洲事変に触発されて俄然活発になった全中国の排日運動は、「従来に比して著しく政治的色彩を帯び、満洲事変を拡大して日支の擾乱《じょうらん》を誘発せんとする気構えであった」のに加えて、その運動の中心地「上海に駐屯している支那第十九路軍は、赤色軍閥と称せらるる蔡廷鍇の率いる所であって、南京中央政府の威令にも十分に服せぬ、排日の色彩に富む左翼軍隊であった」

まさに一触即発の危機にあることを見てとった重光公使は、日中関係をこれ以上過熱させまいと苦慮した。しかし、上海在留邦人はもとより、中国各地に在留する邦人たちは、こぞって重光の方針に不満を示した。長城の北で鳴り響く帝国陸軍の砲声に酔いしれた彼らの目には、重光公使の態度は、典型的な腰抜けの日和見《ひよりみ》主義としか映らなかった。「売国奴」と罵る者さえあった。

「満洲における軍事行動の成功は、日本人の意見を硬化して、これまで穏健なる意見の持主であった大会社の支店長等に至るまで、上海土着の人々の意見と同じく、この際排日運動に対しては断乎たる態度をもって臨むべしと主張して、日本公使たる記者の隠忍自重論には耳を藉《か》さなかった」というような状態であってみれば、重光葵は輝ける日本帝国政府を代表する公使とは名のみ、文字どおり前門の虎と後門の狼に挟まれた、一匹の無力な羊にすぎなかったといえるだろう。

前門の虎に劣らず、後門の狼たちも、時々刻々、猛り狂わんばかりの興奮を続けた。その異常な硬直ぶりは、一九三二年十二月六日、上海で行なわれた〈全支日本人居留民大会〉の決議からも明らかであろう。念のため、全文を記録しておこう。

決議

㈠帝国政府は満洲における我権益並びに邦人の生命財産の安全を確保するまで実力を以って徹底的に自衛保安の手段を講ずべし。

㈡帝国政府は支那をして既存条約を尊重履行せしむべし。

㈢帝国政府は支那政府をして対外態度を改め其排外教育及び打倒日本帝国主義を取消さしむべし。

㈣帝国政府は支那全土に於ける抗日運動を根絶せしむる為の積極手段を採るべし。

㈤帝国政府は時局の根本解決を期する為め姑息なる解決を絶対に避け且つ第三者の干渉を拒絶すべし。

吾人は以上の五項の貫徹を期し皇国の重大なる時局に鑑《かんが》み如何なる犠牲をも忍ぶの決心

を有す。

右決議す。

――これはもちろん全居留民の統一的な意志ではないとしても、また決して一部の狂信的な決戦論者の主張でないことは、重光葵の証言からも明白である。だが、それにしてもこのような強硬きわまる決議へと導いていった力は何であったのか。一九四七年、蔣介石政権に追われて中国を去るまでの三十五年間、もっぱら上海で日中の掛け橋となった内山完造は、その遺稿『花甲録』にいう。

「考うるにこんな決議をしたということについては、必ず非常に強い力が引受けるという保証なしにはいい得ない国民であるから、日本軍部からの強い示唆によってやったという噂が出たのも無理からんことである」

軍部という強い力の保証があれば動き、なければ一歩も動けない同胞の姿の中に、内山完造は、日清戦争当時そのままの哀れにも惨めな日本人を見いださずにはいられなかった。「華北方面の中国人は日本の武力を知っているから決して排日なんかやらないが、上海は日本の武力を知らんのでわれわれ日本人を馬鹿にしたり、排日騒ぎなどやるので、一度日本の武力を知らさねば駄目であるとの議論が盛んにいわれた。それはすなわち明治二十七、八年頃の日本の中国観そのままの考えである」と彼は鋭く指摘する。「何んとしても日本人の教養の低いことは被うことは出来ないものである。まさに国家主義教育の低さであったのだ。それをまた遺憾なく発揮したのが上海在留邦人であったのだ」

〈全支日本人居留民大会〉が開かれてから一週間後の一九三一年十二月十三日、若槻内閣に替って犬養内閣が成立した。しかし日中関係はさらに好転せず、重光公使は完全に孤立無援であった。

「記者は飽くまで彼らを説得して擾乱誘発の謀略に陥らぬよう軽挙を戒めたが、彼らはついに代表を満洲に送って、芳沢新外相の帰朝を途に擁して、記者の排斥運動を行う有様であった」

こう重光葵は非難する。「他方、内閣書記官長森恪は盛んに公然乱暴な強硬論を発表し、犬養新内閣は支那に対して何か新しき積極的強硬政策を遂行するもののごとき印象を与え、日支の関係は全面的に危機を包蔵するに至った」

もはや日中両軍の激突は時間の問題と判断した重光公使は、一九三二年一月初旬、「辞職をも辞せざる心組」で東京へ急行し、政府に意見を具申しようとした。しかし、就任後一週間の芳沢外相は満洲建国問題に没頭し、上海問題どころではなかった。このため、外相との会見はむなしく日一日と遅延されたが、その間にも緊張は強まるいっぽうであった。

あたかも陸軍始め観兵式よりの天皇還幸を待ち伏せ、朝鮮人李奉昌が手榴弾を投げつけるという桜田門事件の起きた一月八日、満洲事変を勝利せしめた将兵の忠烈を嘉《よみ》す旨の〈関東軍ヘノ勅語〉が下賜された。関東軍独断に対する世上の批判は、これによってたちまち一掃され、関東軍の意気はより一層高まった。

「陸軍が支那の北方において強硬なる手段に出ずる時は、恰《あたか》もこれと競争するかのごとく、上海における海軍の態度は硬化する。上海における海軍にも血盟団の一味は存在した。上海の海軍陸戦隊指揮官は、禍源と見られた北停車場付近の排日本部に打撃を加うるために、支那区域にある同本部を奇襲し、強力をもってこれを閉鎖することを海軍本省に進言し、その許可を要請して来た。これに許可を与えんとする海軍中央当局の意向を知った記者は、その無謀に驚かざるを得なかった」――というような経験があるだけに、重光公使の焦慮は募るばかりだった。

　しかし、すべての努力がむなしかったことを彼が悟るために、多くの時間は必要でなかった。

　彼が上海における日中両軍の交戦の報に接したのは、漸く外相との会談を果たし、とりあえずこれ以上事態を悪化させないよう最後の努力を払うべく、ふたたび上海へと引き返してゆく長崎丸の船上においてであった。

「僅か七、八百名の海軍陸戦隊をもって、その結果起るべき事態を如何に処置せんとするや」と重光公使をなにより恐怖せしめた事態そのものが、ついに襲来したのである。「日本海軍は、碇泊軍艦からの救援部隊を合しても、千名そこそこの白脚絆の海軍陸戦隊である。ドイツ顧問の指導による堅固な塹壕陣地に拠って列車砲まで準備していた、数個師団よりなる第十九路軍との戦争では、到底問題にならぬ」と彼は述べている。果たして予想どおり、上海に到着した重光公使を迎えたのは、惨憺たる戦況であった。

戦史の示すところによれば、火ぶたが切られたのは一月二十八日夜の十二時前後。日本陸戦隊が緊急集合し、ただちに所定の配備につくために行動を起こしてから約三十分後である。陸戦隊中央警備の第一線が北四川路西側へ進出しようとした時、突如中国軍の射撃を受けたのが、そもそもの発端とされている。

まさに起こるべくして起こった戦闘——というのが、戦史研究家の一致した見解である。なぜなら北四川路の西側は、明らかに中国の領域だったからである。在上海列国駐屯軍指揮官によって構成される上海共同租界防備委員会は、一九三一年の防備計画改定にあたって、従来北四川路までと厳重に限定されていた日本海軍陸戦隊の防備分担区域を拡大し、新たにその西方約六四〇メートル、上海・呉淞を結ぶ鉄道の堤防までと改定した。

拡張された理由は、「表面的にはこの方面に日本の居留民が多く存在するということであり、実際には従来のように北四川路までということだと、道路の西側に沿う家を中国軍が防禦線として利用できて、日本側に不利だったからである」（島田俊彦『満洲事変』）という。しかも重大なことに、この拡張はあくまで列国の共同租界防備委員会の一方的な取り決めにすぎず、主権者たる中国側の承認を得るどころか、通告さえもされていない地域であった。それゆえ島田俊彦がきびしく指摘しているとおり、「これに対して租界当局も防衛権を主張することは、中国主権の侵害以外のなにものでもなかった」のである。

日本公使重光葵が「赤色」「反政府」「抗日」「左翼」軍閥と規定した第十九路軍が、俄然抵抗を示した理由もまたここにあったのである。しかも第一遣外艦隊司令官塩沢少将が、閘北方面の中国軍と敵対施設の撤退を要望する声明を出したのは午後八時三十分。呉鉄城上海市長がその写しを受け取ったのは、陸戦隊行動開始五分前の十一時二十五分。これでは撤退は時間的に不可能であり、衝突は物理的に不可避である。意図された事件という見解が生まれたのも無理からぬことであろう。

「一・二八上海事件はわざわざの発生である。決して単なる居留日本人の生命財産の保護ということではなかったことは、軍関係や領事館関係の家族達が一番先きに居留民には知らさずに本国に引上げてしまっていることや、居留民の保護は出来ないから勝手にせよと放言したことによっても知られるが、由来日本の軍隊が辱しめられたとか、軍人が殺されたとかいうことになると在留民の生命財産の保護という第一義がただちに消え、ひたすら武力を用いて恥をそそぐということが第一義になって来ることによっても知ることができる」と内山完造も『花甲録』で糾弾している。

いずれにせよ、満洲における陸軍の戦果に刺激された海軍にとっては、上海の労働者と学生を中心として渦巻く、日本帝国主義反対運動の空前の高まりは、むしろ絶好の機会であると判断された。帝国海軍は、この好機を逃さず、一挙にその威武を中外に宣揚する必要に迫られていた。中国の排日分子に対してばかりでなく、同胞日本人に対しても、それは必要なことであった。帝国海軍の〝隠忍自重〟を、当時の日本人はことごとに陸軍の〝勇猛果敢〟な活躍ぶりと比較しては、〈戦わざる巨艦〉と罵っていた。

早急に権威は回復されなければならなかった。しかもその権威回復の場として、上海ほど晴れの舞台は考えられなかった。世界の列強勢力のひしめく、この国際都市上海で勝利を占めるならば、その効果は、もとより朔風《さくふう》すさぶ関外の辺境、満洲における陸軍ごときの比ではないはずであった。戦わずして欧米列強を沈黙させ、戦慄させるに足る、偉大な示威運動ともなるはずであった。

「僅か千五百の水兵を三万の軍隊にぶつける提督などありえない」というような欧米人の合理主義を踏み破って、塩沢提督があえて兵を進めたゆえんである。

かねてより日本海軍の〝優柔不断〟を切歯扼腕《せっしやくわん》していた中国在留邦人たちは、狂喜して塩沢司令官の英断に拍手を送った。在留邦人ばかりではない。日本国内もまた沸き立った。『花甲録』の著者のいう「明治二十七、八年頃の日本の中国観そのままの考え」が、北四川路の一発の銃声によって爆発したのである。

膺《う》てや懲らせや清国を
清は御国の讐なるぞ
東洋平和の讐なるぞ
伐ちて正しき国とせよ
御国の権利を妨ぐる
傲慢無礼の敵を伐て
東洋平和の義を知らぬ
蒙昧頑固の敵を伐て
うてやこらせや清国を
うてやこらせや清国を

膺てや懲らせや支那兵を
御国に刃向かう支那兵は
御国の高誼を蔑視する
政府を助くる弱兵ぞ
その数如何に多くとも
おおむね烏合のやからのみ
武器の形は揃うとも
書ける美人に異ならず
うてやこらせや支那兵を
うてやこらせや支那兵を

日清戦争当時に愛唱された「膺てや懲らせや清国を」（桜井忠直詞・上真行曲）であるが、これはそのまま明治以来一貫して日本人の肉体化した中国観であった。すべての悪は彼にあり、すべての善は我にあるという論理は、若宮万次郎作の「日清談判」に一段とあらわであろう。

西郷死するも彼がため
大久保殺すも彼がため
遺恨重なるチャンチャン坊主

この一貫した〈膺懲支那〉教育の成果を、今や文字どおり中国大陸の中原において、しかも列国軍民の眼前において、発揮すべき日が到来したのである。

「塩沢は第十九路軍以外はすべて考慮に入れた」とE・スノーはいう。しかし同時に、歴史は、塩沢少将が第十九路軍しか考慮に入れなかったことをも示している。

確かに第十九路軍は、中国国民党革命軍の中でも最精鋭部隊の一つであり、その輝かしい戦歴によって〝アイアン・アーミー〟〝鉄軍〟の勇名をとどろかせていた。

兵力は、蔡廷鍇《さいていかい》を軍長とする三個師団より成り、約三万五千将兵の大部分は、広東、広西方面の南方人であった。彼らは国民党軍の〝虎の子〟として大小百余度の内戦に従い、さらに一九三一年六月以降、蔣介石軍の第二次掃共作戦に呼応して江西省における中国共産軍の討伐に当っていたが、やがて南京・広東両政権の妥協成立にともなって十二月、戦雲いよいよ急な上海方面に移動させられたのである。

既にこの年の十一月五日、南京国民党政府は日本側の圧力に屈して抗日運動禁止令を公布し、いっさいの反日帝主義を厳重に弾圧する姿勢をむき出しにしていた。しかし、抗日の波は、静まるどころか、ますます荒れ狂うばかりだった。これに対する圧力として、幾度となく掃共戦の先頭に立って活躍したこの〝鉄軍〟を、大いに利用しようというのが、じつは蔣介石総統の狙いであった。俗に日本軍という〝外夷〟を制するに、第十九路軍という〝内夷〟を以てしたという解釈もあるが、これは穿《うが》ち過ぎであろう。

むろん、結果的には蔣総統の企みに反して、〝内夷〟は〝内夷〟を制するどころか、互いに固く結びつき、共同して〝外夷〟に当ることになったのであるが、これは蔣介石のみならず、誰一人想像もできない〝造反〟であった。

これより三年後、毛沢東は〈日本帝国主義に反対する戦術について〉を発表、この問題を次のように論じた。

「蔡廷鍇などが指導している十九路軍は、どんな階級の利益を代表しているだろうか。彼らは、民族ブルジョアジー、小ブルジョアジーの上層、農村の富農と小地主を代表している。蔡廷鍇たちはかつて赤軍と決死の戦争をしたではなかったか。しかし、後にはまた赤軍と抗日反蔣同盟を結んだ。彼らは、江西省では赤軍を攻撃したが、上海に移動すると日本帝国主義に抵抗し、福建省に移動すると赤軍と妥協し、蔣介石に対して戦争を始めた。蔡廷鍇たちが将来どういう道に進もうと、……彼らがもともと赤軍に向けていた銃口を日本帝国主義と蔣介石に向けかえたことは、革命にとって有利な行為だといわねばならぬ」と。

なぜ銃口を向けかえたのであろうか。毛沢東がいうように「いま日本帝国主義は、全中国を幾つかの帝国主義が共有する半植民地の状態から、日本が独占する植民地の状態に変えようとしている」がために、全中国人民の生活がおびやかされ、「こうした状況は、中国のすべての階級、すべての政党政派に、どうするか、という問題を投げかけた。抵抗か、屈服か、それともこの二つの間をゆれ動くか」その決定を迫られたからであるとしても、彼らに抵抗を選ばせた力は何であったのか。

「いままで、ほんとうの戦争などやれない傭兵だと、大抵の外国人から思われていた中国将兵の実力を、私はこの戦争ではじめて知った」と告白するアグネス・スメドレー女史は、彼ら第十九路軍の兵士たちが、紅軍との戦闘を通じてゲリラ戦の方法を学んだばかりでなく、紅軍の社会意識と反帝国主義的な信念を、大いに身につけた、と説いている。

エドガー・スノーもやはり、第十九路軍のもつ、〈独自の左翼的民族主義、政治思想、倫理観〉を重視している。

確かに見落すことのできない重要な点ではあろう。が、たとえどれほど彼らが中国紅軍との戦闘を通じて思想的影響を受けていようと、彼らは要するに蔣介石の統帥下にある第十九路軍であって、毛沢東に指導される紅軍ではないのである。彼らは、毛沢東が指摘するとおり、なんといっても「民族ブルジョアジー、小ブルジョアジーの上層、農村の富農と小地主を代表」する軍隊であり、「売国奴陣営の大頭目」蔣介石の命令のままについ昨日まで、「赤軍と決死の戦争をした」軍閥である。しかも総統蔣介石元帥は、彼らに対して徹底抗戦を命令したのではない。日本軍に対する徹底無抵抗と迅速な撤退を命令したのである。

もちろん、この場合、命令を選ぶことは生を選ぶことであり、命令を選ばないことは死を選ぶことであった。それも二重の死を選ぶことであった。総統の命令を拒絶したが最後、どんな前途が開けるか、この賢明な〝鉄軍〟将兵は、容易に判断したに違いない。じじつ、彼らは日本軍との交戦で多くの生命を奪われたばかりではなかった。停戦後、満身傷だらけで漸く落ちのびた福建省において、蔣介石の派遣した討伐軍によって壊滅的な打撃を受け、かろうじて生き残った将兵のある者は降服し、またある者は紅軍に合流して歴史的な長征の途につく。

前にもふれたように、一月二十八日の開戦当夜、中国軍の撤退を要求する塩沢声明がでてから、海軍陸戦隊が行動を開始するまでの時間があまりに短かすぎて、第十九路軍がたとえ撤退しようとしたところで、時間的にも不可能であろうという解釈がある。だが、絶対的に不可能だったと断定することはできない。なにしろ蔡廷鍇とその軍隊は、〝鉄軍〟の名に背かぬ勇猛果敢な戦闘性によって勇名をとどろかせていたと同時に、その逃げ足の速いことでも有名なものであったから。

また、スメドレーやスノー、あるいは重光葵が強調しているような左翼的政治意識の潜在的な高まりはともかく、上海方面に移動させられた当時の〝鉄軍〟将兵の士気や団結力は、それほど強固であったとは判断されがたい。江西省における共産軍の討伐作戦で、彼らは疲労しきっていた。おまけに兵士たちの給料は、十月以来ほとんど支給されていなかった。

上海での戦火がやっと収まったばかりの一九三二年七月二十日に発行された中国の文芸誌『北斗』第二巻第三・四期合刊号は、戴叔周という兵士のなまなましい「前線通信」を載せているが、その中で彼はこう訴えている。

「私たちは南京からありとあらゆる方法で苦労に苦労を重ね、七里八里と前進して、やっと日本帝国主義の軍隊と対抗できる陣地に到達した。そのために私たちはすべてを犠牲にした。給与にしても私たちは騒ぎはしなかった。給与は去年の十月からずっと受け取っておらず、ちょっと前にやっと一度受け取ったが、それさえ何カ月分かわからないのだ。私たちはまた、私たちの食費に関することを問いただしもしなかった。元来、普通の戦争では食事は〝政府〟もちで、自費では食わないことになっているが、今度は戦争中の食費さえ全部私たち自身で負担した」

日本帝国海軍第一遣外艦隊司令官塩沢提督は、決して無謀な決戦を挑んだのではない。彼は非難されるような非合理主義者などではなく、冷静な近代的合理主義者であった。彼は第十九路軍の戦力を過大評価もしなければ、逆に過小評価もしていなかった。

あらゆる情報は、彼と対決すべき歴戦の軍閥が、なお侮りがたい戦力を保持しているという事実とともに、その内部にさまざまの矛盾と退廃をかかえていることを提督に教えた。そして彼の鋭利な分析によれば、そのような矛盾と退廃は、戦闘の激化にともなって不可避的に爆発し、致命的な自己崩壊を辿るはずであった。

塩沢少将の観測は、一面、きわめて正確であった。戦端が開かれると同時に、中国軍兵士の幹部将校に対する根深い不信と敵意は、もはや蔽いがたいまでに高まっていった。それはまったく「その数如何に多くとも、おおむね烏合のやからのみ、武器の形は揃うとも、書ける美人に異ならず」という日本軍歌を、絵に書いたような有様であった。日本海軍陸戦隊の熾烈な銃火と艦砲射撃、空爆の下にあって、彼ら中国軍兵士たちが、どれほど深刻な内部分裂の危機にさらされていたか。いかに絶望的な自己矛盾の苦悶と闘わなければならなかったか。

それを知るために、もはやこれ以上、日本人を含めて外国人の手になる記録は必要であるまい。なぜなら、当時その恐るべき限界状況そのものの中に身をさらした兵士、市民、学生たちの手によって、いやというほどえがき出されているからである。

「帝国主義を打倒しようという自らの決心を貫徹したいばっかりに」四ヵ月間の給料の不払いにも堪え、食費の自己負担をも忍んだ一兵士、戴叔周はいう。

「あの帝国主義の狗《いぬ》どもは、苦労する大衆をいささかも顧みようともせず、わが民族の利益を売ったのだ。各地の民衆、団体、……が寄付した金は、すべて将軍たち……のポケットに押しこまれてしまい、慰問品も彼らに売り払われてしまった」と。

彼は憤懣やるかたない兵士たちの会話を、こう記録している。

「くそ、お偉方はどんな心をもっておるんだろう」

「どんな心だって。人をだまそうって心さ。奴らはみんな日本帝国主義の走狗なんだ。俺たちが追いあげれば、奴らは帝国主義の旦那方から油をしぼられなきゃならんじゃないか。戦いに勝つことは勝ったが、全体の死傷は、百を越えている。三人に一人は命を落しているんだ。くそ、ここ何ヵ月かの給与も、どのお偉方のポケットに入ったやら、知れたもんじゃない」

「結局、日本帝国主義の銃砲は中国の貧乏人を殺しているんだ。中国の軍閥、官僚は、どいつもこいつも人間じゃない。みんな人を食う虎だ」(「前線通信」)

輝ける第十九路軍の軍長——後に中国紅軍に加わって抗日英雄の称号を受け、一九四九年には革命軍事委員となった蔡廷鍇将軍もまた、ここでは批判と非難の対象たるをまぬかれない。

漸く日中両軍の停戦協定が調印された三二年五月刊行の『北斗』第二巻第二期号は、「前線通信」より一足早く、葛琴という無名の女性の書いた「総退却」を載せているが、その中に次のような蔡将軍批判のやりとりが見られる。

「いま青天白日旗をあげている色々の政党や機関だって、やはりみな仮面をかぶって人をだましているんじゃないか。早い話が、たとえばあの蔡さんだ。みんな彼のことを革命英雄だ、第二の岳飛だなんていっているじゃないか」

「おい、冗談はよせ。岳飛は風波亭で死んだろう。じゃ蔡さんはどうなんだ」

「蔡さん。蔡さんはただ一個の軍閥でしかない。強硬手段では俺たちを圧服できないからこそ、仮面をかぶって抵抗なんていっているんだ」

「そうだ、いいことをいうぞ。少しも間違っていない。蔡さんは馬占山が一山あてたのを見て、頭にきてしまったのさ」

「比べかたがひどすぎるぞ。俺たちの蔡さんは、何といったって馬占山のような恥知らずってことはないだろう」

「似てるはずがないって。くそったれ、前後あわせて、一口にいえば慰労金として二百万だ。え、俺の話が気にくわんとすれば、お前は幾らか分けて貰ったな。毛糸のセーター、羊毛の毛布を、お前は着たことも掛けたこともないだろう。奴らのために競売にいってやれよ。くそったれめ、お前もやっぱり俺と同じように、奴らの歯の間からもれたおこぼれを、食っておるだけじゃないか」

「こん畜生、俺たちは命がけで戦争しているのに、それを種に、毎日毎日金儲けをしている奴がいるんだ……」

所は上海のある病院。長官連中には一人に一人ずつ、専用の特別看護婦が付けられているが、傷ついた兵士たちのほうは、百二十人に一人の看護婦しか配置されていないという状態。

「くそったれ、長官たちは楽をしやがって。俺たちの命はどうなってもいいのか」

「畜生、兵卒はいつだって死ぬようになっているんだ。いい目を見るのは、あの馬鹿野郎どもばかりだ。俺はよくなっても、もうこんな弾よけの飯など食わんぞ」

「足がよくなったら、また隊に帰るの」と、手紙の代筆の奉仕をしている女学生が聞く。聞かれた湖北省蔡甸の兵士が答える。

「いや、死んだって俺はいくものか。追いかけようたって、そうはさせん。いつもあんなに身動きも取れんほど縛っておきながら、戦死したって名前一つ出そうとはしないんだ。くそったれ、金があっても給料は出さず、何でも未払いの形にしておくんだ。たとえば靴下だ、金はとっくに差引かれているのに、靴下は出ない。俺はもう、死んでもあんな碌でなしの手下にはなるものか……」

「畜生、こうと知ってりゃ、とっくに逃げ出しとくんだった」

差別と不信の壁は、兵卒と下士官の間にも厚かったことを、「前線通信」は知らせている。

——下士官たちはことごとに兵士を、「貴様らは豚だ、牛だ」と罵り、兵士たちは、「毎日豚や牛と同居し、一緒に寝る者も人間とは思えない」とひそかにやり返していたのである。

戦闘は終始、命令を無視した兵士たちによって開始され、継続されたのである。さまざまの通信や手記は、必死に戦おうとする兵士が、軍規を無視したという廉《かど》で暴行され、投獄され、銃殺され、兵士もまたこれに反抗して、上官を殺害する事件などが発生していたことを、ありのまま、率直に語っている。

「将校は我々が敵に向かって射撃することを許さなかった。そのために、我々はしょっちゅう彼らとやりあった。……一日中、あの吸血鬼のような将校たちを罵る以外にすることがないのである」

「ただ班長がみんなを眠らせないように、呶鳴っているだけである。思えば南京では、朝の起床の点呼から、夜の就寝の点呼まで、寝台の縁に腰を下ろすことも許さず、内務の整理整頓をやらされていた。くそ、どうしていま内務の整頓を強制した精神でもって、帝国主義に抵抗しないのか」

「この列強帝国主義の心臓部に近い防衛線には、すべて編成替えされた新兵が、作戦配置についていた。どうしてそうなったのか、誰にもわからなかった。しかし当初この愚鈍な連中が自発的に戦闘に入ったことを、党や政府の要人たちは痛恨し、そのため危く武装解除されそうになった」

「武装解除だって。バカをいうな。記章は返してやらァ、俺たちには名目なんかいらないぞ」

「俺たちが戦うのを許さんという奴がいるなら、まずそいつからやっつけてやらァ」

刻一刻、絶望的な懐疑と焦躁にとらわれてゆく兵士たちを、なおかつ歩一歩、前進させていった力は、いったい何であったのか。上海の市民——それも彼ら兵士たちと同じように黄色くしなびて貧しい労働者や失業者、それに学生たちであった、と説かれている。

「体を蛇のようにくねらせ、銃の上で手をぴくつかせながら、寿長年は、大勢の人が自分の後から突き進んで来ていることを、鋭敏に感じとっていた。ただそれは久しく起居を共にした、同じ部隊の仲間たちではないようだった。彼らの力強い感動的な喚声には、聞きなれない方言が含まれており、紛れもなくそれはこの地元の方言だった。それこそ、上海の失業労働者たちの革命義勇軍だったのである」

「〝ドド、ドドド〟寿長年は身をよじって、その響きに目を注いだ。きわめて重量感にみちたものが、飛ぶように通過していった。それは上海の学生、労働者と市民たちの救護隊だった。彼らは熱烈にこの戦争を支持し、昼となく夜となく、砲火の中に立ち現われるのだった」

「この数十里に及ぶ長い防衛線の背後には、なおひきもきらずに新しい労働者たちが集まって来ていた。誰一人として、自発的に戦闘参加を希望しない者はいなかった。彼らがこれほど毅然としていることは、かつてなかった。彼らの雇い主であるボスに逆らって志願し、頑強にこれらのボスと闘ったあげく、漸くの思いで数百里の道を歩いて来たのである」と葛琴は「総退却」に書いている。これまで軍閥の私利私欲の権力争いに奉仕させられ、民衆の怨嗟《えんさ》のまとであった彼ら兵士たちにとっては、恐らく想像もできなかった現実だったのであろう。

戴叔周兵士もこう訴えている。

「従来、軍隊がこれほど民衆に重視されたことはなかった。このたび、私たちはどんなに親密になったことだろう。私たちと一緒に生活し、同じように苦労をものともしないというのは、じつに貴重なことではないか」と。

なぜなら、その事実が、「今度はじめて」彼ら兵士に「苦労している大衆全体の利益のために——帝国主義に反対して」闘うかぎり孤立せず、またじっさいに闘えるのは、「私たち、ただ私たち兵士だけ」であるということを教えてくれたからだ、と彼はいう。

もし塩沢司令官にただ一つの誤算があったとすれば、それは、いわれるように僅か千五百の水兵を、その二十倍にのぼる精強の敵軍にぶつけたことにあるのではなく、もっとも危険な〝人民の海〟に艦隊を乗り入れてしまったことにあったというべきだろう。苦戦はまぬかれず、塩沢少将はたちまちにして多くの部下を失わねばならなかった。

「大村水兵の歌」で知られる海軍一等水兵大村一三（熊本県飽託郡城山村出身）が「壮絶無比なる戦死」を遂げたのも、開戦当夜である。その状況を『満洲上海事変尽忠録』は伝えていう。

——偶々《たまたま》上海の風雲急を告ぐるや、軍艦陸奥《むつ》より選抜せられて佐世保第二特別陸戦隊に編入され、七年一月二十六日急遽佐世保を出発せり。同二十八日夕刻上海着、直ちに上陸せしが、同夜支那軍我に不法なる砲撃を加え、陸戦隊は決然自衛行動に出で、上海事変の火蓋は切られたり。君は第三大隊第七中隊第一小隊に属し、二十八日深更三義里方面の敵を掃蕩《そうとう》すべく機銃小隊とともに闇夜を冒し、大厦高楼櫛比《しっぴ》せる中州路を……進撃せり。然るに敵は……頑強に抵抗し、又付近家屋には多数の便衣隊潜伏して我を乱射し、弾丸雨注せり。我隊屈せず……彼我近距離に迫りて、最も激烈なる市街戦を展開し、敵弾に斃《たお》るるもの相継ぎ伏屍累々凄絶を極む。君この惨境に在りて奮然敵を猛撃しつつありしに、敵の猛射する機関銃は遂に左顔部を貫きたり。「残念だ、チャンコロ」と叫びつつ打倒れしが再び起上り、最後の一発を放ってその場に昏倒し、壮絶無比なる戦死を遂げたり。この時気息奄々《えんえん》たりし中に銃を敵弾に砕かれし戦友が「銃を貸せよ」と云い寄れるに、「今から撃つのだ」とばかり辛くも身を支えて最期の一弾を撃ちたる、洵《まこと》に武人の鑑《かがみ》にして日本魂の発露たり、と。

海軍陸戦隊の兵士ばかりではない。流弾にあたって死傷する一般邦人も少なくなかったのである。そのことにふれて洪深という人が、この年の七月十日刊行の『文学月報』に「しのび泣く日本婦人」という記録を書いている。

「上海戦争が爆発した翌日、虹口のある街の小さな日本の商店の入口で、若くて美しい日本婦人が子供を抱いて人力車に乗り、顔をおおって泣いている」のを洪深は見る。その店の使用人である中国人に事情を聞くと、この日本婦人の主人が流れ弾にあたって死んだらしい。彼女は泣く泣く上海を引揚げ、船に乗って帰国するところであった。

「婦人よ、泣くことはない。貴女はなぜ貴女たちの統治者が侵略し、掠奪し、よその女の夫を虐殺するのを黙認したのか。そのために貴女自身の夫を殺してしまったのだ。帝国主義者の暴虐に対して、貴女も相当の責任を負わなければならない。いたずらに泣くだけでは、何の役にも立たないのだ」と、彼は結んでいる。

しかし、もとよりこのような論理が日本人側に通用するはずはない。重光公使も同様である。

彼は「武装せざる数万の日本人が日本の巨億の権益とともに排日軍閥のために全滅することを、到底甘受することは出来なかった。日本が、上海における条約上の権益を防護するの権利を有することは当然である」とし、「居留民の全滅を防止するため」陸軍の急派を犬養政府に要請する。

二月五日、ついに陸軍は主力を金沢の第九師団とする上海派兵を上奏し、天皇の裁可を得た。しかし、遠隔の地からの大部隊の動員は時日を要するため、とりあえず久留米の第十二師団で編成された混成第二十四旅団（歩兵六大隊、砲兵一大隊、松下工兵中隊）が先遣部隊に任ぜられ、二月六日、佐世保と門司より出港した。漸く関連記事掲載解禁となった二月十四日、西部毎日新聞号外は、「久留米各隊、下元〇団長以下主力隊出発、沿道一里数万人の大歓送、駅頭は万歳の怒濤」「戦時気分海陸に漲《みなぎ》る、佐世保からの陸軍出発は日露戦役以来の事」と、その熱狂と興奮のさまを報道している。

これよりさき、杵島炭鉱で働く江下多一と福市は、久留米工兵隊に弟武二を訪れた。

「お前も無事ご奉公を終えて帰ったら、どぎゃんかい、巡査になって身を立てたら」と次兄福市は武二に話した。そのころ、三兄の愛四郎も巡査を志しているところであり、後に朝鮮総督府巡査となった。

「うんにゃ、どぎゃん苦しかてちゃ、俺はやっぱり、みんなと一緒に炭鉱で働くほうがよか」

そう、陸軍工兵一等兵江下武二は、笑って答えた。江下兄弟が交した最後の会話であった。二月四日夜、江下一等兵たちを乗せた汽車が佐世保へ向かうという知らせを受け、彼の家族や親しい友人たちは、佐世保線大町駅に立ちつくして待った。しかし、ついに会えなかった。彼を乗せた列車がこの炭鉱町の駅を通過したのは、翌五日の深夜であった。

植田謙吉中将の率いる第九師団も九日から宇品出港。その他、第十二師団より独立戦車第二中隊、攻城重砲第一連隊の一中隊、名古屋第三師団より野戦重砲兵第二連隊の一大隊、第一・第二野戦高射砲隊、独立飛行第三中隊、広島第五師団より臨時派遣工兵隊、東京近衛師団より飛行第二大隊、無線電信第二十二・二十三小隊等が、相次いで上海戦線へ向かった。陸軍部隊の総指揮は、植田中将これを司り、海軍部隊の総指揮は、新たに「出雲」を旗艦とする第三艦隊司令官、野村吉三郎中将が司ることとなった。

上海に上陸を完了した陸軍部隊司令官植田中将は、二月十八日午前九時、「平和的友好手段ニ依リ任務ヲ達成セントスル切ナル希望ニ基キ」第十九路軍長蔡廷鍇あての通告を発した。

「一、貴軍ハ速ニ戦闘行為ヲ中止シ、二月二十日午前七時迄ニ現第一線ノ撤退ヲ完了シ、二月二十日午後五時迄に……租界ノ境界線ヨリ各々二十粁ノ地域ノ外ニ撤退ヲ完了シ、且右地域内ニ於ケル砲台其他軍事施設ヲ撤去シ新ニ之ヲ設ケザルコト」等、六条件を提示すると共に、「実行セラレザル場合ニハ日本軍ハ貴軍ニ対シ自由行動ヲ採ルノ已ムヲ得ザルニ至ルベク、其結果生ズル一切ノ責任ハ貴軍ニ在リ」というもの。中国軍兵士はこれを〝日本帝国主義の愛の書簡〟と名づけた。

これに対して蔡廷鍇は、翌十九日午後八時十五分、次のような回答を与えた。

「本軍ハ中華民国国民政府直轄ノ軍隊ニシテ一切ノ行動ハ其命令ニ従ウベク、提示各節ハ既ニ国民政府ニ報告シ外交部ヨリ直ニ貴国公使ニ回答セラルベク」云々。

いわば双方の親の正式な承諾を得なければ、求愛には応じがたいという趣旨である。また、国民政府からも何等の回答も得られなかった。日本軍はこれを「我要求を容るるの誠意がないものと認め最後の手段を取ることに決心」し、予告どおり、二十日午前七時三十分より全軍の大攻撃を指令したのである。

この大作戦に際して久留米混成第二十四旅団に与えられた任務は、北は廟巷鎮から南は江湾鎮にまたがる中国軍第一線陣地の攻略であった。江下一等兵らの所属する松下工兵中隊は、午前五時呉淞機関庫を出発して呉淞西南方地区ぞいに、旅団本隊の前進を容易ならしめるため、破壊された橋梁の架設や道路の補修に当った。しかし、無数のクリークに阻まれて前進は遅々として捗らず、廟巷鎮東方約一粁の麦家宅に達したのは、既にこの日の夕刻であった。部隊はここで一夜を明かして攻撃準備を完了し、翌二十一日払暁を期して敵陣地を奪取することに決せられ、松下工兵中隊は主力部隊の攻撃のために、総計六条の突撃路の開設を命じられた。そのためには予備を含めて最小限八個の障害物破壊筒が必要であり、これを作成するには一六〇トンの黄色火薬を要した。が、この時松下工兵隊が携帯していた薬量は、六〇トンにすぎなかった。松下工兵隊に配属された輜重特務兵は僅か十名であったため、大小行李の運搬にすら難渋する状態であったのである。やむをえず上海在留の在郷軍人で組織された義勇軍の援助を受けることになったが、その数もまた不足で、意図のごとくならず、窮余の一策として白系露人や苦力《クーリー》を使用してみたが、いずれも失敗に終った。戦闘部隊にのみ重点をおいたため、馬匹《ばひつ》車輛及びその要員は欠乏の極に達していたのである。そのため、ここでもまた作戦は変更をしいられ、二十一日の払暁攻撃は二十二日に延期するのやむなきに至った。不足分の火薬が、第九師団の輜重兵の応援をえて、ようやく上海から到着したのは、すでに二十一日午後八時すぎであった。その急造破壊筒を携えて、江下、北川、作江たち、東島小隊の破壊班が歩兵大隊の第一線に進出したのは、明けて二十二日の午前三時。曇りがちの空を、陰暦十七日の月が走っていた。

四

二月二十日より十三日間、三次にわたる大攻防戦の詳細を、ここで述べる余裕はない。当時、国際連盟理事会から派遣されていた満洲問題調査委員会のいわゆるリットン報告書は、そのあらましを次のように記録している。

「右攻撃（二月二十日ヨリノ日軍第一次攻撃）ハ其ノ後引続キ行ワレタルニ拘ラズ、日本軍ニトリテ何等顕著ナル成功ヲ齎《もた》ラサザリシガ、日本軍ハ其ノ結果所謂支那警衛師即第八十七師及第八十八師ノ一部ガ、今ヤ第十九路軍ト同様日本軍ト戦イツツアルヲ知ルヲ得タリ。此事実及地勢ニ基ク困難アリシ為日本側ハニ個師団即第十一師団及第十四師団ヲ増派スルコトヲ決定セリ。

二月二十八日、日本軍ハ支那側ノ撤去セル江湾西部ヲ占領セリ。同日呉淞要塞及揚子江上ノ諸砲塁ハ再ビ空中及海上ヨリ爆撃セラレ、爆撃機ハ虹橋飛行場及滬寧鉄道ヲ含ム全戦線ニ亘リ活動セリ。日本軍司令官ニ任命セラレタル白川大将ハ二月二十九日上海ニ到着セリ。同日以後日本軍司令部ハ着々ト前進ノ旨報ゼリ。江湾地方ニテハ日本軍ハ徐々ニ前進セルガ、海軍司令部ハ、連日砲撃ノ結果閘北ニ於ケル支那軍ハ退却ノ兆アル旨報ゼリ。同日上海ヨリ百哩《マイル》隔タレル杭州飛行場ニ対スル空中爆撃行ワレタリ。

三月一日、前線ノ攻撃ノ進捗遅々タリシヲ以テ、日本軍司令官ハ七了ロ付近ノ揚子江右岸ニ第十一師団主力ヲ上陸セシメ、支那軍左翼ヲ奇襲セムガタメ広汎ナル包囲運動ヲ開始セリ。本軍事行動ハ成功シ、支那軍ハ日本軍司令官ノ二月二十日付最後通牒中ニ要求セル二十粁線外ニ直ニ退却スルノ已ムナキニ至レリ。三月三日、日本軍ガ空中及海上ヨリノ爆撃後呉淞要塞ニ入リタルトキハ、支那軍ハ既ニ撤去シ居タリ。其ノ前日、滬寧鉄道ノ崑山停車場ノ東七粁ノ地点迄爆撃行ワレタルガ、右ハ支那軍前線ヘノ援軍輸送阻止ノ為メナリト称セラル。

三月三日午後、日本軍司令官ハ停戦命令ヲ下シタリ。支那軍司令官ハ、三月四日、同様ノ命令ヲ発セリ」

一月二十八日の夜以来三十六日間にわたった上海の戦火も、この停戦命令によって一応おさまることとなるが、この間における日本軍の戦死者は五百二十六、戦傷死者は百八、戦傷者は千七百二十八、と発表されている。一方、中国側の損害については、今なお正確な数字は不明である。リットン報告書によれば、「支那側ニ於テハ賠償ニ関スル全問題ハ将来商議セラルベキモノナリトシ、死傷及行方不明ノ将卒及人民ノ数二万二千四百、物質的損害全額ハ略々《ほぼ》十五億墨弗《メキシコドル》ニ達スト推定シ居レリ」という。

内山完造の適切機敏な処置によって危機を脱し、とりあえず北四川路の内山書店へ、続いて三馬路の内山支店へと避難した魯迅は、これより五年後の一九三六年四月号『改造』誌上に、「私は人をだましたい」という、〈血で個人の予感を書添え〉た雑感を日本文で発表しているが、その中でこんな感想を吐露している。

「……子供の屍体の数の多いこと、俘虜《ふりょ》の交換のないことに就いて、今でも思い出すと非常に悲痛するのである」と。

なぜそうであったのか。彼は一言も説明してはいない。彼はただその二つの事実を重ね合わせて、凍るような〈血の予感〉に戦慄せずにはいられなかったのである。

「捕虜といえば、忘れもしません、変った捕虜がいましたよ」と、この戦争に狩り出された久留米部隊の兵士たちは、申し合わせたように語る。「支那軍の捕虜の中に、日本人がおったことですよ、日本人が。それも青年というより、まだ少年のようでした。みんな怒りましてね。日本人のくせに日本軍に鉄砲を向けるとは何事か、許すことはならん、斬り殺してしまえ、というて、それはもうえらい騒ぎでした。ばってん、殺されはしませんでした。どこかへつれてゆかれて、あとのことはわかりませんが、いったいどうなったことやら……」

小野一麻呂少佐の『爆弾三勇士の真相と其観察』によれば、「戦前傭兵となり故意に我軍に降服せり」となっているが、果たしてその真相はどうであったのか。いずれにしても当時の日本軍の兵士たちにとっては、およそ信じられないできごとであっただけに、よほどショッキングな印象を受けたにちがいない。四十年近い月日が過ぎた今日なお、白髪の老兵たちは、三勇士の話と並べて、その思い出ばかりくり返す。

三勇士と捕虜といえば、ただちに思いだされるのは、一九五〇年に田宮虎彦が発表した『絵本』であろう。謄写版の原紙切りをして学資を稼ぐ貧しい大学生の「私」と、同じ下宿屋の隣の部屋に住む、新聞配達の中学生との暗いふれ合いをえがいた短篇であるが、その中学生の兄は、廟行鎮攻撃の際に捕虜になって銃殺されたのだという。深川で小学校の教師をしていた彼の父は、そのことを知って悲しみのあまり病気になり、「天皇陛下に申しわけない、申しわけない」とくり返しながら死んでゆく。少年の母は、妹や弟をつれて田舎の親類を頼ってゆき、そこで小学校の教師をしようとするが、そんな死にかたをした子の母であるために、先生にもなれず、小使にもしてもらえない。捕虜になったのは忠義の心が足りなかったからであり、忠義の心が足りなかったのは赤だったからだろうであり、そんな子供を育てた母親も赤だろうというわけである。麻布連隊の兵隊が下宿の前の道を、廟行鎮の敵の陣という、三勇士の歌を歌って通過するたびに、その中学生はぼろぼろと涙を流す。

その少年が、ある日の夜おそく、「頬には真黒い痣《あざ》が残り、唇は裂けたザクロのように割れ」、「両手の指が赤くはれあがっ」た無残な姿で帰ってくる。新聞配達の追剝という嫌疑をかけられ、警察の拷問を受けたのである。「金が欲しかったんだろうといって、竹刀で打ったんです。それから、兄貴が捕虜なら、貴様は赤だろうって、また打つんです」と、少年は「私」に訴える。その夜、少年はひそかに下宿をぬけだし、激しい雨の青山墓地の槐《えんじゅ》の木で縊死《いし》してしまったという物語である。

「真暗な巨大な壁が私の生きてゆく彼方にあることだけは、何としてもみとめねばならぬような気がする。しかし、それがいかほど暗黒であろうとも、またいかに巨大であろうとも生きているかぎり、私はそれに対して怯懦《きょうだ》であってはならないと思っている」と田宮はその後書に述べている。

——今日記憶に残るのは目の前で死んでいった人びとである、とエドガー・スノーはいう。彼の目は、墜落したばかりの日本飛行士の死体を見る。「こげた彼の心臓を中国兵がひっぱり出した直後」の、「銃剣で切った、十字の形をした、深い、どす黒い」胸の傷口を見る。彼の目はまた、日本の飛行機に爆撃され、「軍服は飛び散り、丸こげになった中国の青年たちの裸体」を捉える。それらの死は「貧しい食糧で生きてきた彼らの一生のどの時よりも太っていた」ことを捉える。あるいはまた、彼の目は、「日本兵が突撃の練習に用い、残していった、青い木綿服を着せた、グロテスクな藁人形《わら》」の姿を映す。「偉大な放火犯が〝法と秩序を維持〟するために一カ月間然やし続け」「その最中に聖域である共同租界では通常どおりダンスが行なわれた」〈ソドムとゴモラ〉の都、上海の空の色を映す。

多くの人々が、それぞれの体験と思想を通して、この悲劇的な戦争をえがいている。えがこうとしている。しかし、むろん、今読み返してみても堪えがたい悲哀に襲われるのは、互いに銃を把《と》って殺し合わねばならなかった兵士たちの心情である。日本側の将兵の手記は、不完全ながらも各種の形にまとめられて、一般の目にふれる機会も少なくないので、ここでは中国側の記録を――それも日本側とはもっとも対照的と思われる記録の一部を、かいつまんで紹介するだけにとどめよう。彼ら中国人兵士たちは、いったいどのような心情をもって日本兵と向かい合ったのだろうか……。

「一・二八事変の思い出」の一つとして、沈端先という人が、その年七月十日に刊行された『文学月報』第二号に、次のようなエピソードを書いている。

「日にちははっきり憶えていないが、愛文義路梅白克路の入口のある陸軍病院でのこと」――蔣介石総統直轄の護衛師団の一つ、第八十八師団所属の負傷兵たちが、手紙の代筆をしている女子学生の「紙上に躍る白魚のような指」を眺めながら、こんな会話を交す。

「世の中にはこんなに白くて柔い手があるんだなあ。どうだい、俺たちの手にはみんな、そら豆ほどのタコができておるぜ。おい、孔君、全家宅でのことを憶えているだろう」

「孔君が負傷する四、五日前のことだ。俺とあいつは全家宅で、日本兵の鉄砲をとってやろうと一生懸命だった。ところがその日本人は猛烈で、死んでも手を放さない。孔君が鉄砲を握り、俺がそいつの手をこじあけたんだ。そう、そいつの手も、俺たちとおなじだった」

「その日本兵もたぶん俺たちとおなじように、鍬や斧を握っていたのだろうよ」

——数秒の間、誰一人、口を開こうとしなかった、と沈端先は述べている。

戴叔周の「前線通信」にもやはり、これとおなじような兵士たちのやりとりが記録されている。

「……奴らには戦う意志がないのに、それでも仕方なく、無理やりに狩り出されて戦ったんだ」

「そうだ、……今俺にはもっとよくわかる。何といっても兵士は兵士と戦いたくないんだ。国は違っても、圧迫されているのはおなじなんだな。奴らの将校は、俺たちの将校と一緒で悪い奴だ」

また、いう。

「日本は東三省を奪ったと君はいったが、なぜまたこの上海にちょっかいを出すんだ。日本という国はなぜそんなに悪いんだ」

「そんなふうにいっちゃいけないな。日本人だって中国人とおなじだろう。兵隊になるんだってそうだ。中国の兵隊は貧乏な民衆だが、日本の兵隊も貧乏人なんだ。日本人もおなじように、いい奴もいれば悪い奴もいる。そこをはっきりしなくちゃならんのだ」

「じゃ、その兵隊が何だってこの中国を攻めるんだ」

「あいつらだって、昔俺たちが今日は張、明日は李と戦い続けたのとおなじさ。誰が戦いたいなんて思うものか。みんな上の方から強制されて、仕方なく戦っただけさ。あいつらが俺たちのビラを配ったことを知らないのかい」

「それじゃ誰が攻めようとしておるのかい」

「だからさ、日本の中国攻撃というのは、あいつら兵隊の意志ではなくて、日本の軍閥と資本家たちのしわざなんだ。ただあいつらに攻めさせているのだ」

「日本人を殺さなきゃ、どうにも気がおさまらんが、殺すとなると、何とも可哀そうなことだ」

「……俺が殺すってのは、あいつら兵士のことじゃない。奴らの軍閥と資本家を殺さなくちゃならんてのだ。貧乏人は誰だって貧乏人のことを大切に思ってるのだ。国もへったくれもあるものか。帝国主義、資本家、軍閥……奴らこそ俺たちの敵なんだ。……覚えておけ、貧乏人が楽しく暮らすためには、貧乏人の敵を打ち倒さなけりゃならんのだ」

この戴叔周の「前線通信」に出てくる、日本兵が「俺たちのビラを配ったこと」とは、具体的に何を指すのか不明だが、これとおなじような出来ごとを、「一・二八事変の思い出」の筆者の一人、沈端先も書きとめている。あるいは同一事件だったかもしれない。「二月十五日、ある団体が寄付した十九路軍兵士への軍需品と食糧を積んだトラックに乗り、中山路から真茹へ向かった」時のことだったと彼はいう。

突如、一機の飛行機が非常な低空で飛来し、白地に青字のビラを投下し、東の方へ飛び去っていった。

「疑いもなく、それは日本帝国主義の飛行機であった」と彼はいい、「飛行士は二人で、ビラを投げた奴は笑いながら手を振っていたようだった」と運転手はいう。しかも撒《ま》かれたビラは、「意外なことに、まったく意外なことに」中央党部の署名のある〈命令に反抗する十九路軍を打倒せよ〉というビラばかりか、日本語で書かれた日本革命兵士委員会の宣言ビラが相当にあり、その最後のスローガンは〈穂先を転じて君の真の敵を刺し殺せ〉〈大胆に中国革命兵士と手をにぎろう〉となっていた。

「こんなものを落して何の役に立つんだ。俺たちは日本兵でもないのに」と、トラックの運転手が不服そうにいう。

「君にも知ってもらおうとしたんだよ、日本人の中にもこういう人間がいるってことをね」と、他の一人がいう。

こんなエピソードであるが、飛行機が日本軍の飛行機であったというのは、恐らく沈端先の見誤りであったに違いない。当時の日本軍飛行兵がいかに選ばれた兵士であったかを考えれば、到底ありえない事件である、と旧軍関係者は即座に否定する。

果たしてこの飛行機の正体は何であったのか、今は一つの謎として残しておくほかはないが、いずれにせよ、当時の中国軍兵士たちの間ではかなり大きな反響を呼んだ事件であったらしい。それというのも、彼らとおなじようにタコだらけの手をした日本の貧しい兵士たちが、いつかは銃を「日本帝国主義」に向けかえ、自分たちと一緒に立ちあがるに違いないという彼らの信念に、一つの確証を与えるものであったからである。

彼ら中国兵が塹壕の中で、あるいは虱《しらみ》の一匹一匹を「俺は日本帝国主義を打倒しておるんだぞ」といって押しつぶしながら、あるいは日本軍の毒ガス攻撃に備えて鼻孔につめさせられる、ニンニクと泥と水とをこね合わせた団子を丸めながら、国境を越えた貧民兵士の連帯を想像しているさまは、むしろほほえましくさえある。虐げられるだけ虐げられ、裏切られるだけ裏切られてきた彼らにとっては、もはや労農兵の階級的連帯以外に、拠るべき塹壕は何処にもないという、ぎりぎりに追いつめられた現実であったことは確かであるが……。

もちろん、それは一つの痛ましい幻想に過ぎなかった。彼らの幻想は、爪の間の一匹の虱のように無残に押しつぶされ、毒ガス除けのニンニクの泥団子のように効力のないものであった。彼らは、忠勇無双の日本兵が、いかに強固な天皇帰一の思想で武装され、一枚岩の団結を誇っているかを、まったく知らなかったというほかはあるまい。

当時の日本人にとって、およそ無知蒙昧の見本と見られた〝チャンコロ〟中国兵の階級意識が信じがたかったと同様に、中国人もまた、アジアの先進国日本人民の階級意識の欠如など、到底信じがたいことであったのである。

むろん、当時の日本人にも、澎湃《ほうはい》として渦巻く無産運動の影響を受け、階級意識に目覚めた労働者や農民が、決して少なかったわけではない。しかし、ひとたび国難至るや否や、昨日までの闘士がいかに悔い改めてたちまち熱烈な愛国者と化していったか。直木三十五の長篇小説『日本の戦慄』は、そんな一兵士の姿を通して、いちはやくこれを立証しようとした作品である。

今なお「直木賞」の名によって知られる直木三十五のこの本は、上海事変の停戦協定が正式に調印された一九三二年五月の刊行である。

頁を開くとまず、著者自身の筆になる五葉の上海スケッチ――爆弾三勇士の墓、廟行鎮の廟堂、林連隊長戦死の地、上海労働大学前の駅、労働大学庭前に倒れている孫文の泥像等、荒涼たる戦跡風景が示しているように、彼は親しく戦火の上海へ足を運んで、この戦争に挑んだのである。

形式としては一応、鳥見沢烈という兵士を主人公とした物語になっているが、著者の序によれば、「これは、私が、今までに発表した私の作品以外を歩もうとする――むしろ今までの作よりも、私の、本当の欲求から作られる――もし、便宜上、名をつけるなら、社会小説とでも云うべき物の、第一篇」であり、「この作に取扱った問題は、私の戦争観の一部分、日本人の対戦闘的特異性、士気に関する新解釈である」という。直木三十五がこの作品にかけた異常な情熱と意欲とは、この気負いと自信にみちた序文からも充分に窺われよう。

じっさい、彼が自負しているとおり、これほど正面きってひたぶるに、爆弾三勇士に象徴される日本人の〈対戦闘的特異性〉に取り組んだ作品は、後にも前にもないだろう。『日本の戦慄』の主人公、鳥見沢烈は、上海事変に出動した陸軍部隊の一兵士であるが、作者の直木三十五がこの主人公に与えた人生は、むろん決して明るいものではない。直木一流の手のこんだお膳立てによって、烈は、あたかもこの時代の閉塞を象徴するかのように、呪われた、悲惨な運命を背負わされている。

烈は、東京の貧民街のみすぼらしい裏長屋で「二十五年間、廃人同様になって生きている」父と母をかかえて苦闘し続けてきた、若い、みじめな労働者階級の一人である。彼の妹も、家計を助けるためによんどころなく「ブルジョアの弄物」として、カフェで働いている。父親は、日露戦役で片脚を失った廃兵である。「廃人になった褒美」として、勲八等白色桐葉章の一時金百円、傷痍一時金百八十円、それに一日三十銭の救護金を受けていたが、その雀の涙ほどの手当も、息子の烈が働き始めて打切りになってしまっている。こうした悲惨と矛盾が、青年労働者の烈を目覚めさせてマルクス主義に近づけ、「俺の恋人は俺達の運動」という信念を燃え立たせる。

そんな設定をした上で、作者はこの廃兵の息子に出征の日を迎えさせるが、もとより喜び勇んで死地に赴こうとするような烈ではない。一日、父母に別れを告げに帰ってきた彼は、ぜひ金鵄勲章を貰ってきてくれ、と激励する長屋の連中に向かって、俺が死んだらどうなるんだい、誰がこの二人の親を養ってくれるんだい、親爺に町内から何をしてくれたか、俺が戦死してそんな薄情な奴に葬式して貰っても浮かばれるかい、と呶鳴り散らす。

彼の無二の親友であり同志である夏井青年が、彼を力づける。

「××××、卑怯と、云われたって、何んだって――俺達の同志も、きっと、大勢いると、思うんだ。親爺さんが、やられた時代のような兵隊とはちがってるよ。俺は、満洲の戦争だって、その軍国美談、愛国美談のうしろにゃあ、相当の不美談も、あると、思うんだ。きっと、こんな資本主義×××××××している農民や、労働者が、いると思うんだ」

「俺は、とにかく、タンクの後から、くっついて行くよ。人の後方から、走るんだ」と、鳥見沢烈は言明する。

しかし、彼が陸軍輸送船宇品丸を下り、呉淞鉄道桟橋に立った瞬間から、彼の心情は大きくゆれ動き始める。これまで「俺達の租税の大部分を××して出来上った、××機械――反感と、憎悪とで、この拳ででも、叩き破ってやろうかと思っていた」日本軍艦が、圧倒するような力と美と英知によって彼を深く感動させ、「俺の心の底には、未だ、世界社会的思想の外に、日本の、日本人の伝統が、あるんだ」と自覚させる。

次いで彼の「信条に予期しない物を与えた」のは苦力である。彼は「何かの手がかりを見出そう」として、その一挙手一投足を観察するが、「明らかに、それは、人間の言葉を、やや、動物よりも多く話しうるだけの獣類の一つにすぎなかった」らしい。彼は「生蛮にも、ニグロにも、原始的であろうとも、美を感じる位の情操はもっているが、此奴らは？」と嫌悪の情にかられる。

彼はかねて「支那の労働者を、醒まさせるのは、苦力から」と考えたり説いたりしていた。しかし今や彼は、「此奴らが、銃をもって、十九路軍になって――俺達はこんな奴と、命がけで戦うのか」と思う。「そう思うと、怒りは、二重に――苦力に対して、烈を動かす物に対して、湧いてきた」と直木三十五は書いている。

いよいよ戦場で弾雨の洗礼を受けるに及んで、鳥見沢烈の思想は決定的な転換を迫られる。「自分という物の総てを捨てて、死へ近づいた人間」――「誰も、戦争の外には、現しえない、犠牲心を現している人間」――「ただ死という使命の外に、一切の総てを感じなくなっている最高の状態に置かれている人間」の魂の純粋さが、彼を陶酔させる。そしてこの戦友愛の中に、人間の「最高の愛」を発見した彼は、同志「夏井なんかの、純情は、この兵に較べたなら――純粋とは、あんなものじゃない。理論なんか、この純粋な前に何になる?」と、誇らかに主張するに至る。

「こんなに、人間同志が、日本人同志が、友人同志が、命と、命とを、心と、心とを、身体と、身体とさえが、結びついて、自分も他人も融和してしまうというような事が、世の中にあるだろうか。――戦争以外に、戦場以外に、人間が、こんなに、自分という物を――自分の権利を、欲求をすてて一つに、結ばれるという事が、あるだろうか?――戦争の一つの魔術でもあるし、人間性の不可思議と、云ってもいい位の事だ――こんな美しい

――いや、強い、高尚な、完全な、協力が、戦の外に、人間として、出来るだろうか」
「人間が最高の使命を、遂行していると、信じている時だけに起る、勇敢さ、といったらよいだろうか――そうだ、俺にとって、こんなに、無条件に、本気に、狂気になれる事は無いが、俺のできる最上の使命――最高、最上――それは、判らないが、俺が、入営前に、やったストライキよりも、遥かに、純粋で、勇敢なことは事実だ。そうした社会運動の一切よりも、夢中になって、友人の為に、命をすてて悔いない気持ちになった事は、事実だ。人間に、出来そうにも無い、純粋な心になった事は、事実だ。これが、内地へ戻って、何《ど》うなるか、判らないが、現在の俺は、至高至上な人間の一人である事は、否定できない」

鳥見沢烈ばかりではない。『日本の戦慄』の全登場人物が、作者直木三十五の指揮棒に合わせて、一斉に上海事変を讃える大交響曲を演奏し始める。個々の人間としての演奏者は、もはやどこにも存在しない。お喋り好きの新聞記者のクラリネットも、あるいは廃兵を父に持つ、もの悲しいカフェの女給のバイオリンも、すっかり指揮者直木の分身と化し、「至高至上な人間」へと高まってゆく。

兄、烈の影響を受け、戦争に批判的であった、妹も、やがて烈の日本回帰と軌を一にして、批判の目を父親へと向けかえる。

「お父さんは、自分が、命賭けに働いたということを――勇士だということを、余んまり、誇りにしすぎたんだわ――自分の勇士である事にこびて、日本中の国民が自分を守らなければ非国民だ、というような感じをもって――何もしないで――もっといい職を、もっといい儲け口をと、撰んでいて――そして、その内に、人々に忘れられてしまった――国家に尽したという事で、すぐに、国家からして、一生の生活を保証されようなんて――卑しい心――」

彼女に向かって、帝都新聞記者の一人が、説いて聞かせる。

「欧州に於てこそ軍閥は、不必要かもしれぬが、隣に支那を控えている以上、日本としては、当分飽くまで、軍国主義だ。支那人を人間だと考えるから間違う」

当然のことながら、直木三十五指揮による「聖戦」交響曲の終章は、高らかな「一億総三勇士」讃歌となる。

――いかなる社会的欲望もなくただ、死だけを見つめて、生きている時、そうした人間が、何んなに、人間性の美しさ、愛を発揮するか？

――そして、その隣人が殺された時、その神のごとき友の為に何んなに憤るか？

鳥見沢烈がこんな手紙を妹に書いている時、「なんだい、こんな事位」という兵士たちの怒り声が聞える。彼は、「何を怒っとるんだ」と、傍の戦友に尋ねる。

「あれか、あれは、何んだ――この先に、廟行鎮って、そら、突角陣地で、やかましい

――」

「うん」

「そこの鉄条網の、そら、昨日聞いた――」

「あれか」

「その話が、新聞で、でかでか大きく書いとるんでの。俺んだって、あんな事は訳あねえって、怒っとるんだ」

「俺んだって、訳はない」

「それに、外に、あの時、うんとやられてるだろう。それが、一寸も書かれないで、三人だけが、大きく出ているから、新聞なんて野郎あ、不公平だって、怒っとるんだ」

「海軍は、海軍で、新聞は、陸軍のことばかり、書きよるって、怒っとるし、いろいろだの」

ちょうどそこへ「帝都新聞」の特派員江南記者が現れる。烈たちの中隊長が聞く。

「帝都新聞か、君ん所も、爆弾三勇士なんて、書いとるか」

「書いております」

中隊長は部下を指し示し、

「あれら皆、爆弾三勇士だ。そういう機会があるか、無いかだけだ。ええか、そこを書いてくれ。そこを――皆、怒っとるぞ」

一人の兵士が叫ぶ。

「こら、新聞屋、俺だって、爆弾位、心中するぞ」

「おい、皆、勇士だぞ。一人も勇士で無い人間はいないぞ」と中隊長が念を押す。

上海事変こそ日本の「宗教戦」と確信するに至った江南記者は、力強く答えていう。

「それが本当です。よく判っております。何かの機会に、僕は書くつもりです」

その約束を、廃兵の子にして不忠不義の鳥見沢烈に託し、みごとに実現した人物こそ、『日本の戦慄』の作者、直木三十五その人であろう。

もちろん、この『日本の戦慄』は、時局便乗の浅薄な幇間文学にすぎない。また、作中人物の造形も、ポンチ絵の域を出ない。しかし彼はいう、「今日の生活に一番適したものが、今日一番いい文芸だ」と。彼の恐ろしさは、その理論的な弱さにもかかわらず、言葉どおり、何が「今日の生活に一番適したもの」であるかを、その過敏な皮膚感覚によって見抜いていた点である。そして彼はまさしく、その蜘蛛の脚のように病的に戦慄する神経を通して、彼の愛してやまない、日本と日本人との病的な戦慄そのものを表現したのである。

作中の人物たちと同じく、直木三十五は『日本の戦慄』取材のための上海行を契機とし、急速に軍部の右翼勢力との接触を強め始めるが、僅か二年後に四十四歳をもって病歿、時あたかも一九三四年の如月《きさらぎ》二十四日であった。

『日本の戦慄』と並んで、戦火の上海を舞台にした日本文学の一つに、火野葦平の長篇小説『魔の河』がある。

もっともこの作品は、前者のようにこの戦争直後に書かれたものでもなければ、それに続く長い戦争中に書かれたものでもない。一九五七年、じつに四半世紀の距離をおいてはじめて書きおろされた作品であるが、そのことは、もとよりこの作品の記録的価値をいささかも減じるものではない。作中人物の人間関係その他において、むろんかなりの虚構はあるにせよ、火野がじっさいにこの戦争で経験したかぎりの事実は事実として忠実に記録されており、あらためてわれわれ日本人にこの短く苛烈な戦争の意味を問い返している。

「この作品のテーマは二十年以上も前から書きたかったものである。昭和七年、上海事変の出来事であるから今から四半世紀も前のことだが、いろいろな事情から、ようやく今ごろ書くことになった。ひょっとしたら時期がよかったのかも知れない。戦争中には到底書けなかったし、無理に書けばひどい歪曲を行わねばならなかっただろう」と、火野はその「あとがき」で語っているが、それだけに彼はこの作品によほど強い愛着を持っていたようである。「私の大切な作品の一つにしたいと考えていた」と彼はいっており、「今後、もし、私の代表作を聞かれた場合には、これからはその一つに、この『魔の河』を挙げようと思う」ともいっている。なぜなら「傑作でもなんでもないが、作家がほんとうに書かずには居られなかったものを書いたという意味で、私にとっては記念の作品であるからである。また、戦争文学についての私の考えや意図も、この作品のなかで実験してみたし、いろいろな意味で、私はこの『魔の河』を書き得たことに満足している」という。

火野はこの戦争に一兵士として参加したのではない。また、報道班員や従軍記者として参加したのでもない。上海の日本商社の港湾荷役に従事する中国人労働者がストライキに突入し、日本艦船の荷役作業が麻痺してしまったため、三井物産の指名で急遽派遣されることになった玉井組の若親分として父金五郎と共に、九州若松港の石炭仲仕五十名を率いて上海へ赴いたのである。日本一の石炭積出しを誇る若松港汽船積小頭組合長として、かねて三井物産の信任の厚かった玉井金五郎の任俠が、利用されたのだという。一行の若松出発は一九三二年二月二日、帰着は二月二十八日であるが、奇しくもこの渡航が火野にとって〈最初の大陸行〉となっている。広漠たる中国大陸における彼の長い不幸な戦争体験の序章が、こともあろうに戦火の下での異民族のストライキ破りとして始まったのは、運命の皮肉というべきであろうか。火野が満二十五歳を迎えたばかりの春であった。

火野の年譜によれば、彼はこの前年の一九三一年三月、若松港沖仲仕労働組合を結成してその書記長に就任、三菱の石炭積込みの機械化とそれに伴う沖仲仕の失業に反対する闘争を展開し、さらに八月に入って若松港始まって以来のゼネラル・ストライキを敢行、北九州工業地帯の喉頸ともいうべき洞海湾の荷役作業を、四日間にわたって麻痺せしめている。「熔鉱炉の火は消えたり」で有名な一九二〇年二月の八幡製鉄争議と並んで、北九州における歴史的な大闘争と称されるゆえんであるが、火野の上海行は、彼がみずから指導した港湾ストが終って僅か半年後である。それも攻守まったくその処をかえ、はるばる日本から乗りこんだストライキ破りの若親分としてである。

火野の五十三年の人生にとってもっとも重大な転機となったこの一年の足あとを、彼はこう年譜に記している。

「昭和七年（一九三二）一月、上海事変勃発、苦力《クリー》がストライキをしたため、玉井組は五十人の仲仕とともに上海へ派遣された。父とともに、私は石炭二五六四トンを積んだ三井物産の高見山丸に乗って行った。私の最初の大陸行である。任務を終って、帰りは大阪商船の定期航路で長崎へ廻り、二月二十八日汽車で若松に帰りついた。このときの上海での経験をもとにして書いたのが『魔の河』である。留守中に、全国的な共産党検挙がおこなわれていた。私は到着した若松駅頭からそのまま、二人の特高に捕えられて、若松警察署に連行された。……私は北九州プロレタリア文化聯盟、その他、合法面の担当者であったし、沖仲仕労働組合と全協との関係を隠し通すことが出来たので、一週間ほどで一応釈放された。……前年のストライキのころから日本共産党とコミニズムとに疑惑を抱きはじめていた私は、この検挙にあってハッキリと転向を決意し、ふたたび文学へ還る気持になった」と。

『魔の河』は、彼がこの年譜で述べているように、火野にとって生涯忘れることのできない転向の月となったこの二月の「上海での経験をもとにして書いた」きわめて記録文学的な色彩の強い作品であるが、それだけに一層注目されるのは、火野のいう「上海での経験」なるものが、彼の「日本共産党とコミニズムに対する疑惑」と、若松駅頭での検挙を契機とする彼の転向とのちょうど中間に位置していることである。それは単なる偶然であって、彼の転向とはまったく無関係なできごとにすぎなかったのであろうか。それとも、なにかある緊密な結びつきをもっているのであろうか。火野の実弟の玉井政雄は『ごんぞう物語』で、兄は仲仕の親分時代、左翼的な運動もしているが、戦争が勃発し、みずからも戦場へかり出されると、「天皇危し」「国危し」の民族的危機感に立って、近代的教養を身につけた多くの日本人たちがそうであったように、天皇帰一の殉国精神に本卦《ほんけ》がえりをしたのである、と語っている。結果的にみれば、確かにそれはそのとおりであろう。だが、そうであればこそ、火野の戦争体験の質そのものが、一層重い問題とされねばなるまい。火野葦平にとって、果たして上海事変とはなにであったのか。彼はこの戦争になにを見たのか。なにを見なかったのか。まずは彼の作品に即しつつ、呪われた〈歴史の間道の密航者〉の一人としての火野の異常な経験の跡を辿ってみよう。

はじめに述べたとおり、火野たち一行は、三井物産の要請で上海に急派された石炭仲仕部隊である。火野は『魔の河』でこの「臨時出稼部隊」を、異教徒に蹂躙《じゅうりん》された聖地エルサレムを奪還するために編成された十字軍になぞらえ、半ば皮肉に〈石炭仲仕十字軍〉と名づけているが、もちろん、このうすぎたない、鍋釜兵粮《ひょうろう》携行の十字軍は、直接に砲煙弾雨の下で戦闘させられたわけではない。一行が、若松から積んでいった石炭二五六四トンとともに下ろされた所は、黄浦江の赤い濁流をへだてて上海市街と向かい合う、浦東の三井洋行碼頭《マートー》であり、彼らが労働させられた場所は、ストライキ中の中国人仲仕たちの侵入を防ぐために張りめぐらされた竹矢来の内側の貯炭場であった。ほかに特別な仕事で狩りだされないかぎり、彼らはその急造の竹矢来の中で、石炭を積みあげたり、積みかえたりしていればよかったのである。飽くことを知らぬ日本帝国主義の橋頭堡《きょうとうほ》たるこの巨大な埠頭と貯炭場とは、便衣隊の潜入を防ぐために厳重に憲兵に守られ、岸壁には駆逐艦が投錨して常に掩護《えんご》に当っていた。

しかし、こうした海陸からの厳重な警戒と掩護も、決して石炭仲仕十字軍の安全を保障するものではなかった。二月二十七日、彼らがようやく任務を終えて上海を後にする時の惨憺たる状況を、火野は次のような数字をあげて説明している。「死者十五名、逃亡一名、行方不明四名のほかに、病気や傷が重くて帰れない者七名、上海に残留を希望する者二名、計二十九名、そのあとが帰国者二十一名ということになる。それとて敗残兵の一隊のようで、ほとんどの者がどこかに怪我をしたり、軽い病気であったりした。不具者に近い恰好で、松葉杖をついている者もあった。船室には死者の位牌が安置してあるが、遺骨のあるのは四人にすぎなかった。あとはみな河に呑まれたのである」と。戦火のまっただなかのストライキ破りの非情な末路とはいえ、あまりにもいたましい〈恐怖の報酬〉である。

誰がいつ仕掛けるのか、貯炭場の石炭の山にかくされた爆弾が爆発する。竹矢来の外側で無言の示威運動をつづける苦力の群衆の中から、何者からとも知れず手榴弾が投げこまれる。あるいはまた、突如として苦力の夜襲を受けたりなどして、日本の仲仕たちは次々に傷つき倒れてゆく。天皇陛下萬歳を唱えて息をひきとる仲仕もいる。

貯炭場の石炭荷役ばかりが、この仲仕十字軍の仕事ではなかった。彼らはたえず竹矢来の外につれだされ、さまざまな荷役作業を強制される。やはり中国人の労働者たちがストライキをしているドックの屑鉄運搬をさせられたり、魚油の整理をさせられたり、緊急命令で江上の駆逐艦の焚料《バンカー》荷役に狩りだされ、烈風に荒れ狂う黄浦江の中央で、いのちがけの石炭積込みを強行させられる。あやまって濁流に呑まれた人間は、二度とふたたび姿を見せない。いや、それどころではない。誰一人予想だにしなかった凄絶な荷役が待ちかまえていたことを、やがて仲仕たちは知る。

「唐突に臨時作業命令が出る」と火野は書いている。「それはほとんど深夜で、否応なくトラックに乗せられ、憲兵の指揮のもとに、どこかわからぬ江岸へつれて行かれる。一隻の駆逐艦が横づけになっており、明りはほとんど消されている。その暗黒のなかで、人間の屍体を駆逐艦の舷門から積みこませられた。屍体は幾十あるかわからない。百以上あったかも知れない。敵の兵隊ではなく土民らしかった。憲兵隊は便衣隊だというけれども、軍人らしい者は少く農民か土民かのように見うけられた」

火野葦平自身をモデルにした辻昌介は、これを見て直観的に、これは揚子江の本流に流すにちがいないと判断する。「一人や二人なら黄浦江に投げこんでもわからないが、十数百という屍体は問題になる。黄浦江上には、日本を監視している各国の軍艦がいる。夜間、駆逐艦に積んで、揚子江の本流に運んで流せば、秘密裡に処理できる」からだ。しかもそれは屍体ばかりではない。まだ生きていて、大声を発し、手足を動かす者もある。びっくり仰天してその場に取り落した仲仕たちの目の前で、憲兵は、生きとるわけがないよ、といって軍刀を引き抜き、その体を数度突き差し、動かなくなってしまうのを見とどけて、早く運べ、とまた命令する。そんな血の凍るような光景もえがかれている。

辻昌介は、この〈地獄の作業〉に身ぶるいと嘔吐を覚えつつ、「鳴り物入りで戦争がおこなわれ、花やかな歴史が書かれているとき、常に闇から闇に葬られているものがある」ことを知り、矛盾の壁に突きあたって混乱におちいる。

——すでに物体と化して、セメント袋か大豆袋のように運ばれるこの人間たちも、一人一人の人格と生活と夢とを持っていたにちがいない。戦争は個人を否定し、人間の感傷を笑っているだろうが、笑われることと無価値とは同じではないのだ。

——堅確な姿勢で指揮している憲兵は人間であろうか。そんなら、こんな仕事はいやだと拒絶できない自分はなにか。自分はいま自分の前にいるちんちくりんの横柄な憲兵伍長のために働いているのではない。憲兵の背後にある国家の命令のためだ。……国家は罪悪をかさねねば生きて行かれない組織体か。

——「お国のために」という言葉は美しい。しかしその美しい言葉が作られるためには、民族のギリギリの生命感があったのではないか。民族の誇りというものはそういう場所から生まれたのではないか。

——そんなら十九路軍や中国民衆にも民族の誇りがあるはずだ。誇りと誇りとの衝突。

それは絶対に避けることの出来ない宿命であろうか。押したおすことの出来ない歴史の意志であろうか。

この辻昌介の混乱と昏迷は、そのまま、若き日の火野葦平自身の偽りのない心境であったにちがいない。そしてまた、彼がついに死ぬまで逃れることのできなかった心境でもあったろう。その絶望的な戦争観は、たとえばまた次のような場面に、よりあらわに滲みでている。

二月十二日、フランスのカトリック教会の提唱にもとづき、閘北の宝山路、虹口路などから北四川路一帯にかけての非戦闘員を安全地帯に避難させるため、午前八時から正午までの四時間の休戦がおこなわれた当日のことであったという。石炭仲仕十字軍一行は、この四時間の休戦時間を利用してあこがれの上海見物にでかけ、最前線の日本軍を慰問にゆくが、その途中で辻昌介は、風のような音をたてて北四川路のほうから蘇州河方面へと流れてゆく避難民の大群と遭遇する。前線慰問の帰路もまた、ブロードウェイ・マンションを望んでガーデン・ブリッジを渡ったあたりで、その「水洟《みずっぱな》をたらした愚直な顔の洪水」に巻きこまれる。昌介は恐ろしいほどの圧迫感を覚えながら、こう考える。

「彼らは戦争というものにはまったく無関係で、彼らの不幸はわけのわからぬ突発的な理由によって生じている。彼らはなんの意志も持たないのに、唐突に戦争が彼らを打ちのめし、地獄へ突き落す。勝敗についても彼らは無関心であるし、歴史を作る役割りも持たない。彼らは戦争を呪うだけだ。はかり知れない戦争の罪深さを憎むだけである」

「しかし、彼らには戦争をとどめる力はない。逃げ迷い、不幸の果に地獄に落ち、そして死ぬだけだ。しかし、これらの人間はすべて一個の人格で、自分の生活と歴史とを持っている。けれどもそんなものは塵芥も同様に巨大な力に吹っとばされてしまい、彼らの犠牲のうえに絢爛たる英雄の歴史が書かれる」

　その昌介の宿命的な視点は、そっくりそのまま、「四時間の天国と平和」をむさぼるかのように散兵壕の冷たい泥沼の底で重なり合い、前後不覚に眠りこけている兵士たちの姿に重ね合わされ、さらにまた、中国人の苦力たちの姿と日本人の仲仕たちの姿とに重ね合わされる。そして彼は「この兵隊と苦力と仲仕との奇妙な類似に、異様な昏迷を覚えた」と、火野は書いている。彼の昏迷はなおもとどまらず、やがて最前線で「敵兵同士の不思議なペーゼント」を見るにおよんで、絶頂に達する。昌介たち一行を迎えた剽軽《ひょうきん》そうな上等兵が、歓迎のしるしとして、「支那兵を見せてあげまッしょうか」という。「見せて下さい」と注文すると、彼は銃を置き、散兵壕の土嚢を乗りこえて十九路軍の陣地のほうへ歩み寄る。そしてやおら煙草を一本抜きだして口にくわえ、マッチを貸してほしいというゼスチャーで中国兵を塹壕から誘いだし、煙草の火をつけあい、ニコニコしながら長い握手をかわすという一幕であるが、昌介は、この奇妙な風景を涙のにじむ思いで見ながら、「日夜殺し合いをしている敵味方の兵隊が、四時間の休戦によって、憎悪をこんなにもきれいに捨て去り得るというのはどういうことであろうか。いや兵隊たちには憎悪などはないのかも知れない。国と国との争いのために、なんの恩怨もない人間同士が殺しあいしなければならない。むしろ、その悲劇の共感の方が強いのであろう。このおどけた一幕は単なる茶番ではないのだ。……兵隊たちは英雄ではない。しかし、自分の歴史は持っている。その個人の歴史と、国家の歴史と、世界の歴史とはいっても食いちがい、巨大な時間と時代の流れに押しながされて、盲目の歩みをつづけているだけなのであろうか」と、昏迷してなにもわからなくなっている。

もはやこれ以上くどくどと彼の戦争観を紹介する必要はあるまい。時と所によってそれぞれいいまわしは変えられているが、要するに〈一将功成りて万骨枯る〉という認識である。民衆はつねに被害者であり、犠牲者であり、巨大で狂暴な歴史の意志によって翻弄され、踏みにじられるだけの、矮小《わいしょう》な、あわれむべき存在にすぎない。そのどうしようもない無常観と無力感の上に、火野のいう〈悲劇の共感〉は成立している。むろん、そのような見方が正しくないというわけではない。問題は〈悲劇の共感〉をどこに発見するかということであろう。

『魔の河』の辻昌介が、涙のにじむ思いで見た〈悲劇の共感〉劇の演出者であり主役である剽軽そうな上等兵は、中国兵とにこやかに手を握りあって戻ってきて、ゲラゲラ笑いながら、「あン畜生、女子みたいに柔い手しとったぞ。女房を思いだしたわい。それで長う握っちょったんじゃ」と語っている。それはそれとして素朴な人間的感情であろうが、いみじくもこのつかのまの「煙草休み」の握手劇は、沈端先の書いた「一・二八事変の思い出」の一つ――ある陸軍病院に入院中の中国兵たちが、手紙を代筆する女子学生の白い魚のような指を眺めながら、死んだ日本兵の手から小銃をもぎとろうとした時のことを語りあう、あの印象深いエピソードを思い起こさせる。もちろん、どちらの感覚がより人間的であるというわけではない。故国に残した女房の柔かな手を思い出すのも、偽りのない心情であろう。いっぽう、こじあけた手の指のタコを見て、その異国の兵士が自分たちと同じように鍬や斧を握る人間であったろうと連想するのも、やはり自由であろう。しかしあえてなお〈悲劇の共感〉という言葉を使うとすれば、その共感は、どちらの手により熱く感じられたのであろうか。

たとえばまた、『魔の河』の辻昌介は「国と国との争いのために、なんの恩怨もない人間同士が殺しあいしなければならない」といい、「前線通信」の一兵士は「なんといっても兵士は兵士と戦いたくないんだ」といっている。確かに両者の心情は、言葉として表現されたかぎりにおいて、それほど大きな差異は認められない。だからといって、しかし、これをそのまま〈悲劇の共感〉ということはできないだろう。両者はあくまでも似ているにすぎない。果たしてそのいずれを〈悲劇の共感〉というべきであろうか。

火野がこの作品の「あとがき」で強調している「作家がほんとうに書かずには居られなかったもの」の一つに、この〈悲劇の共感〉があったであろうことは、およそ誰の目にも明らかである。しかもそれは、ほかならぬ日本帝国陸軍の兵士の一人として、火野葦平自身が、戦塵に骨身を削りつくしたあげくの痛切な体験としての戦争批判であることも、やはりおのずから明らかである。たとえそれは戦野にさらされた屍の山に咲いた、火野のロマンチシズムの花の一輪にすぎなかったとしても、それを単なる感傷として退けることはできない。火野の、主張するとおり、「笑われること」と「無価値」であることとは、ぜったいに同じではない。しかし、火野はこの上海事変の底に、しんじつ、彼のいう〈悲劇の共感〉を見たのであろうか。むしろそれは戦争文学者としての彼が満身創痍《そうい》の果てに辿りついた、血を吐くような〈地獄〉の展望でこそあれ、一九三二年という時点で火野の肉体に食いこんだ認識ではない。彼がそこで見たものは、〈悲劇の共感〉ではなく、〈断絶の恐怖〉であったのではないか。そしてそこに火野の果てしなく痛ましい〈昏迷地獄〉があったのではないのか。越えがたく高く厚いその〈断絶の恐怖〉にみちた壁として、火野の眼前に苦力が立ちはだかっている。竹矢来にへだてられた、ストライキ中の苦力の群の表情を、彼はこう描写している。

「しみや菊石《あばた》や、傷痕や、かさぶたや、えたいの知れぬ凸凹や瘤《こぶ》のある赤黒い顔、青い顔、洟水をすすり、眼やにをためたまま、降りそそぐ雪を払おうともせず、白い息を吐いている。……節くれだった頑丈な手が竹矢来にかけられ、濁った眼がいっせいに日本人仲仕たちに注がれている。その眼の光や顔の表情は、一種不可解に近い放胆さを示していた。無表情というよりも、もっと茫洋とした不気味なものだった。眼はかがやきをうしなっているのに、生々しさにあふれ、どんよりした暗い瞳の奥にどぎついなにかの澱《よど》みが感じられた。日本から来たストライキ破りを見ているのに、憎悪とか復讐とかというよりも好奇心と疑いと哀願とがいっしょになったような、とらえどころのない表情だった。虐げられつくした者のみがあらわす卑屈さもあった。無知とか、平板とか、暗愚ともちがっていた」

その「不気味な無表情の壁」は、革の鞭を横なぐりにふりまわされても、なんらの変化も認められない。苦力たちの群の中から手榴弾が投げこまれた時のことである。

「鞭は、ピッシュ、ピッシュと、じかに苦力たちの顔を打ちつけた。しかし、苦力は眼をつぶるだけで、声ひとつ立てなかった。しみや、菊石や、傷痕や、かさぶたのある凸凹だらけの顔にみるみる紫色のみみずばれができた。皮膚が破れて血がにじむのもあった。それでも聞えるのは鞭の音だけだった」

しかし、やがて突如としてその沈黙の壁がなだれをなして押し寄せる夜がくる。「苦力の大群であった。ときどききらめく光芒のなかに、苦力たちの無数の顔が浮かびあがった。嘗て竹矢来の向うに見た無表情な顔はひとつもなかった。菊石や、しみや、かさぶたや、傷痕や、いろいろな凸凹のあるうすよごれた顔が、どれも顔中を異様な表情で彩り、眼も、口も、鼻も、耳まで動かしているようだった。嘗ての壁に似た不気味な沈黙はどこにもなく、黄色い歯をむきだして大口で叫び、眼をぎろつかせてなにかを求めていた。それは狂暴な獣に似ていた。なにがあの頑強な無表情をこんなに変化させたのか。革の鞭をじかに顔に喰っても動かなかったのに、なんの刺戟で人間に還元したのか」

戦闘的な労働運動と文化運動の若きリーダーとして、辻昌介もやはり『日本の戦慄』の鳥見沢烈と同じように、「支那の労働者を醒まさせるのは苦力から」と考えたり説いたりしたことがあったかもしれない。だが、そのことについては、なに一つふれられていないのでわからない。また、たとえ民族は異なっても同じ港湾労働者として、ストライキ破りをすることの自責はなかったのかどうか。その点についても、なに一つふれられていないのでまったくわからない。逃亡した部下の一人である加村が、「聡明な辻組の統領の決断をうながしたい」旨の手紙を昌介によこし、「日本がおこした侵略戦争の片棒をかつぐことは今すぐやめてもらいたい。……辻組はお国のためなどとおだてられて上海に出動したが、それは単にM財閥に騙されたばかりでなく、プロレタリアートの兄弟としての支那人苦力を裏切るものだ。苦力がストライキをすれば同情ストをおこない、M財閥と日本軍国主義者と闘うのが辻組の役目ではないか」と訴えるが、昌介はただ「巨大なためいき」を吐いて、「人間というものはまったく不可解だ。毎日いっしょに暮らしていながら、誰がなにを考え、どんな思想を持っているか、まるでわからない」と嘆じているだけだ。

――昌介としては辻組の後継者ではあるが、資本主義機構には疑問を持ち、仲仕たちをはじめとする労働者の生活のみじめさを不合理と考えている。そして、若松港で沖仲仕労働組合を作り、しばしば賃金値上争議などもやったけれども、共産主義と共産党にも疑問を持っていた。昨年は資本家の炭積機建設に反対し、仲仕転業資金交附問題に発展した争議のもつれから、洞海湾はじまって以来のゼネラル・ストライキを敢行した。その指導には主として昌介が当った。そのとき、たしかに、加村の手紙にある「戦闘的労働者」であった。しかし、それはあくまで労働者として自主的に資本家と戦ったのみであって、共産党とは関係がなかった。……

昌介はこう弁明しているのみで、それ以上なんら突っこんで考えようとはしていない。恐らくなんの矛盾も感じられなかったのであろう。また、それゆえにこそ、彼は上海行の話がおこるや、まっさきに志願することもできたのであろう。彼にとって興味のあるのは矛盾ではなく、矛盾にみちみちた人生のドラマであった。

なるほど、この作品には、陸海軍の抜きがたい感情的対立や、非人間的状況に追いこまれた職業軍人の絶望と退廃、労働者の愛国心を巧みに煽りつつ自己の利益の追求にのみ汲々としている独占資本のあくどさなども、かなり赤裸々にえがかれている。〈歴史の間道の密航者〉の一人として、火野がこの上海で見たものは、もとよりそれほど多いわけではない。彼の視野は時間的にも空間的にも限られていた。と同時に、幸か不幸か〈密航者〉であるがゆえに、その汚辱にみちた暗い狭い〈間道〉を通して、彼が〈人間の羞恥と虚栄心と時間とのために消されてしまった部分〉を見たことも事実である。「戦争中には到底書けなかったし、無理に書けばひどい歪曲を行わねばならなかっただろう」という火野の言葉は、そのかぎりでは読者を首肯させる。玉井政雄は『ごんぞう物語』で、火野が戦後、戦争の空しさや、エゴイズムから部下を殺す残酷な上官たちの姿をえがきはじめたことにふれ、「兄には兄なりの戦後の反省と模索があったようだ」と述べているが、それもまたそのかぎりにおいて読者を首肯させる。火野がとりわけこの『魔の河』において、労働者の素朴な実感を軸として、〈戦争の空しさ〉をえがこうとしていることは、見落しえない重要な点の一つであろう。

「資本家ちゅうのは血も涙もないのう。兵隊さんたちはあげな苦労をして、結局、Mのような財閥を守りよるんじゃ。お国のためが聞いてあきれる」という、昌介の父辻金五郎の痛憤は、『魔の河』をつらぬいて流れる重い底流をなしている。『ごんぞう物語』によれば、火野は生前、「おれの文学の根は仲仕の生活にある」と語っていたとのことであるが、彼はこの作品で、彼の文学の花である戦争を、もう一度その「ごんぞう」生活の暗い根のところからとらえなおそうとしたということができよう。彼が「戦争文学についての私の考えや意図も、この作品のなかで実験してみた」というのも、じつはそのことをさしていっているのであろう。

火野のこの言葉は、いみじくも直木三十五が『日本の戦慄』について語った「これは、私が、今までに発表した私の作以外を歩もうとする――むしろ今までの作よりも、私の、本当の欲求から作られる――もし、便宜上、名をつけるなら、社会小説とでも云うべき物の、第一篇」という言葉を、ただちに思い起こさせずにはおかない。むろん、滅びの火に焼けただれた二十五年の歳月をへだてて二人の作家が指向した方向は、百八十度の違いがあったかもしれない。しかし、火野をして『魔の河』に挑ましめた力もやはり、「今までに発表した」「作以外を歩もうとする」彼の内部の「本当の欲求」であったろうことは否定できない。彼が、この作品を最後に残された決定的なステップとして、過去の悪夢のような、〈国策文学〉としての〈兵隊文学〉を乗りこえ、より社会的な広がりの中で、新たな〈火野文学〉としての〈戦争文学〉の可能性を、祈るような気持で〈実験〉しようとしたことは確かであり、その点においても、この一作に賭けようとした火野の執念は、決して直木のそれに勝るとも劣るものではなかったであろう。そのせつせつとして熱い火野の真情は、痛いほど読者の胸にせまる。ヨーロッパとアジアについてのある作家の比喩を借りれば、直木三十五は『日本の戦慄』を書くことによって「死にたくない」と叫び、火野葦平は『魔の河』を書くことによって「生きたい」と叫びたかったのかもしれぬ。

それにしても、この二人の作家が、共に同じ時期の同じ土地を舞台として、片や直木は彼の〈戦争観の一部分、日本人の対戦闘的特異性、士気に関する新解釈〉を、片や火野は彼が長年とり組んできた〈戦争文学についての〉彼の〈考えや意図〉の〈実験〉を、それぞれ全力をこめて試みようとしたことは、なんと不可思議な歴史の暗合であろう。二人が共にそれを書き終えた満足のうちに、共に二十数ヵ月後に歿したことは、もとより偶然のいたずらに過ぎないけれども。

それはともかく、火野が、この作品を書かずには、生きようにも生きられず、死のうにも死にきれなかったであろうことだけは明らかだ。それゆえにこそ、彼は恥も外聞も忘れて「ほんとうに書かずには居られなかった」と、告白せずにはいられなかったのである。

戦争と共に生き、戦争と共に滅びてゆく日本人作家の、呪われた〈業〉というほかはあるまい。しかし、そのせっぱつまった欲求にもかかわらず、彼の〈実験〉は、ついに絢爛たる不毛に終ってしまったようだ。上海事変がわれわれ日本人の前に鋭く提起した問題を、火野はゆくりなくも〈歴史の間道の密航者〉として、誰よりも敏感にとらえながら、彼の愛してやまなかった日本の国家と民族の運命そのものにかかわる問題として、なんら深めることはできなかったのである。彼はただひたすら戦争の底知れぬ罪悪を呪いつつ、運命の織りなす人生のドラマを詠《うた》いつづけるほかはなかった。

むろん、その原因は、直接的には、『戦争文学論』で安田武が指摘するとおり、「一作家のかけがえのない体験にも拘らず、思想的には、何ひとつその体験を普遍化することなく終った」ということであろうけれども、さらに、いえば、日本人全体の中国へのかかわりかたそのものの問題でもあろう。

ところでこの『魔の河』では、爆弾三勇士のニュースは、次のような形で昌介たち石炭仲仕十字軍に伝えられている。

——二月二十二日の夜、「かもめ号」からやって来た山地中尉は、相かわらず肉体の一部のようなウイスキイ瓶をぶらさげ、かなり酔っぱらっていたが、またも陸軍を嘲笑した。

「まったくあきれかえるよ。今朝、未明に廟行鎮攻撃をやったらしいが、馬鹿な兵隊がいやがって、自分の爆弾といっしょに吹っとんだというんだ。よっぽどボヤボヤしとったにちがわん。それが三人もいっしょだというから笑わせる。他の兵隊はちゃんと爆弾をおいてみんな帰って来てるんだ。どうも陸軍は戦が下手だ。海軍ならそんなヘマはやらん」

それはまもなく有名になった爆弾三勇士のことであったが、この皮肉屋の海軍士官にとっては、陸軍の喜劇であったのかも知れない。爆弾三勇士の壮烈さは全日本を湧きたたせた。しかし、昌介にはどちらがほんとうなのかわからなかった。……こう、火野は書いているだけだ。

五

ともあれ、長らく二つの民族を結びつけていた橋は、この一カ月余の短い冬の戦争が、決定的に破壊し去ってしまったのである。そしてこの〝赫々《かくかく》たる戦果〟を収めるために、日本陸海軍は、六百三十四名の忠勇の血を、流失しなければならなかった。

他の多くのつわものと共に、三名の無名の兵士が、廟巷鎮の露と消え、悠久の大義に生きる「三勇士」として生まれ変ったのは、二月二十二日払暁であった。

彼ら三名の兵士の死を、まったく新しい一つの生命体として甦らせるためには、むろん、おびただしい力の熱烈な協同と、その一つに貫かれた目的意志とが、なにより緊急に要請されなければならなかった。その一糸乱れぬ強固な協同態勢が構築されない限り、三名の兵士の死は、しょせん死であって、新たな生命体としての「三勇士」の生誕は、到底不可能だからである。

「三千年来の伝統的国民精神は世の進運に順応して研鑽錬磨しなければならぬのである。隅々《たまたま》爆弾三勇士の活模範顕れ、偉大なる刺戟を国民に与えた。誠に好機逸すべからざるの秋である。世の父たり、兄たり、師たり、長たる者は悉く勇士の死をして意義あらしめねばならぬ。而して之を以て個人教育の範となすは勿論のこと、更に一歩を進めて之が真相を極め団体教育の資となすにあらずんば、真価値の大半を失う事になりはせぬか。国民は宜しく吾が国の軍隊並軍人の本領を理解し、此精神を押し広めて一般青少年の訓練に当らなければならないのである」

こう力説するのは、『爆弾三勇士の真相と其観察』の著者、陸軍工兵小野一麻呂中佐である。

まず最初に「偉大なる刺戟を国民に与えた」のは、当時もっとも強力な言論組織網をもっていた各大新聞であった。三名の若い無名の兵士が死んでから三日目の二月二十四日以降、各紙は競うて四段五段抜きの大見出しでその壮烈な戦死のさまを報道し、読者の、心胆を寒からしめた。

「帝国萬歳」と叫んで
吾身は木葉微塵
三工兵点火せる爆弾を抱き
鉄条網へ躍り込む

肉弾で鉄条網を撃破す
点火した爆弾を身につけて
躍進した三人の一等兵
——東京朝日（2・24）

忠烈まさに粉骨砕身
壮烈三勇士の戦死
——西部毎日（2・25）

爆薬を身につけて
敵の鉄条網に躍込んで爆死
——福岡日日（2・25）

この見出しに続いて、福岡日日新聞は、次のような三段抜きの讃辞をつらねている。

「今回の上海戦中随一と称せられ鬼神も泣かしむる壮烈なる三勇士の悲壮極まる花々しき戦死は之を往年日露戦役当時の旅順決死閉塞隊に比すべきもの……」と。

「戦死」の二字を形容するために、「壮烈」「悲壮」さらに「花々しき」と重ね合わさずにいられなかった新聞記者の心情こそ、まさに壮烈、悲壮、花々しき極みといわなければなるまい。

これから暫く各新聞社は、小野中佐の説くごとく「誠に好機逸すべからざるの秋」とばかり、全論陣を挙げての大キャンペーンを展開し、どの新聞の紙面も連日「三勇士」一色に塗りつぶされたような観を呈することになる。

いちはやく二月二十五日、大阪朝日は「天声人語」で次のように呼びかけを行なっている。

——苟《いや》しくも戦場にたつ以上、何時、敵弾にやられぬとはいえぬが、殊に日露役の旅順口の悪戦苦闘は周知のこと▼突撃また突撃、出るもの悉く死傷し、未曽有の犠牲を払ったが、それでも九死に一生を得て、桜井少将に「肉弾」の著あり▼爆薬を身につけて点火しながら敵の鉄条網へとびこんだのは、元より九死に一生なく前後を通じてかかる異例は恐らくあるまい、一切の観念はこの行動に対して雲散霧消す、忠烈とも、壮絶とも、形容いたすべき文句がない▼ただ「絶」の一字が、せめてはこれを現わすの外ない▼一切の戦死者を通じて捧げる弔意に軽重はあるべきでないが、三勇士の爆死は特に一段と深厚な弔意を捧げるだけでは済まぬ気がする、まさしく軍神として祀《まつ》るべきだ▼採炭夫、漁師、お百姓の家から此の勇士をだす、カフェで高論して、出がけに乞食の頭を踏むようなマルキストと、比較するのが間違いではあるが▼かくの如き強力なる実践の前に、すべての観念論者の影が薄いのは事実だ▼せめては遺族を衣食に苦しめるな、親心になれば万金でも償われぬ欠陥はあろう、それをお金で補塡するものではない、国民として勇士の遺族を助けずにはおれないのだ▼「九州男子の胆っ玉」と一括していえば、ソレまでじゃが、分類すれば種々な地方色がある。然《しか》れ共、三勇士は最も明白に佐賀色を体現した▼佐賀色の近き淵源は鍋島藩の「葉隠れ教育」にありとみるか▼葉隠れ主義の祖述するところ甚だ疎豪ではあるが、今時の軍隊でいう攻撃的精神をハチ切れるほど盛りあげた内容を所有し▼たとえば戦場で首を討たれ候時は、わが首で敵の咽喉へ嚙みつき候え、といった調子であり、況《いわ》んや爆死三勇士は葉隠れ主義の露堂々、もって地方の異色となすよりも、全日本がもつ強き誇りだ▼「落椿惜しむ心に繫ぎけり」

これでもなお、「惜しむ心に繫ぎ」かねてか、二日後の二月二十七日、「天声人語」はふたたび、日本人の純粋な愛国心に基づく、三勇士の軍神祭祀を訴える。

――国際聯盟をリードして物にならず、経済絶交を提唱すれば自縄自縛をまねく▼アメリカ帝国主義の進路はその海軍力が決定する、而も成算なきが故に隠忍自重して今日あり、反動来は十年をまつまい▼避けがたい業運に着眼を要する▼「生命をくれたら百両やる」といわれて「半殺にして五十両くれ」といった悧巧者がある、理智的な打算から捨身の勇は発生せぬ、指導よろしきをうること、何事にも必要ではあるが▼現実が動くのは行動により、かの高閣に手を拱《こま》ぬき、インテリの殻中に回避する者が、口角、泡を吹いて而も現状を如何ともできぬ理由はそこにある▼生命は最大の法益であり、「生命あっての物種」とは必ずしも卑怯者の逃辞ではない、人間の始中終、ただ保身にありとも見られる▼然るを敢然として捨身する時、いわゆる四句を離れ、百非を絶し、もはやソコハカの議論をもって推量さるべき内容ではありえぬ▼十返舎一九は臨終が迫ると人知れず、花火玉を懐にし「湯灌《ゆかん》なしに火葬してくれ」と遺言をした▼野外に送りて一片の煙となし果てぬる時、轟然として煙火あがり、会葬者を驚かしたと伝えられる▼刻々に迫る臨終を客観視し、洒落気を死後にのこす点云わば遊戯三昧《ざんまい》であり、ソレですら中々学べぬ度胸であることに敬意を表する、況んや爆死三勇士の行動をや▼如何なる方法でも褒めたらぬ心、慰めたらぬ不足を、神社奉祀の行動によって補いたく▼出身地の村社の無格社の摂社末社も可なり、喧しい手続きや、口銭のいる寄附金や、地方政客の昇格利用や、よって衣食する手段や、さかしき批判や、その他一切を排除して小社でありたく▼青年団や処女会員の手で清掃され、保存されうる小社でありたい▼美名のあるところ、必ず不純な動念が加わりたがるものだ、祭祀は地方民の無条件なる礼拝から出発したい▼「小社や誰が供えし落椿」

またこれに呼応して、同日の大阪朝日の社説も、「日本精神の極致」という三勇士論を提起し、大和民族の選民たるゆえんを強調する。

●1210円

砂のように眠る
私説昭和史1
関川夏央

●1210円

天皇陛下萬歳
爆弾三勇士序説
上野英信

昭和・光と影 中公文庫

●1210円

戦後日本の宰相たち
渡邉昭夫 編

昭和・光と影 中公文庫

●1650円

いわく「内憂にせよ、外患にせよ、国家の重大なる危機難局に臨んで、これに堪え、これを切り開いてゆくのに欠くべからざる最高の道徳的要素は、訓練された勇気である。……偉大なる指導者の背後には、常に偉大なる追随者が潜んでいる。訓練された勇気とは、即ちこの国民全員の有機的組織状態を指すのだが、この点にかけては、わが大和民族は、選民ともいってよいほどに、他のいかなる民族よりも優れたる特質を具備している。それは皇室と国民との関係に現われ、軍隊の指揮者と部下との間に現われ、国初以来の光輝ある国史は、一にこれを動力として進展して来たのである。肉弾三勇士の壮烈なる行動も、実にこの神ながらの民族精神の発露によるはいうまでもない」と。

このほか、二月二十六日の大阪毎日は、「廟行鎮攻撃の三勇士」と題して、徳富蘇峰に「我らは如何なる言葉を以てしても之を讃美し尽くすことは出来ない」と嘆ぜしめる等、各紙こぞって枚挙に暇《いとま》がないほどの熱狂的な讃辞の氾濫であるが、これ以上多くを紹介する煩は避けよう。

読者もまた、いかに熱狂をもってこれに応えたかは、朝日新聞社に寄せられた義金の額一つを見ても明らかである。「天声人語」子が「せめては遺族を衣食に苦しめるな」と呼びかけてから僅か二日後の二月二十七日夕刻には、義金額は早くも一万五千円を突破、六日後の三月二日には約二万三千円に達している。同日、朝日新聞社は前年十一月一日より開始した「在満朝鮮同胞への同情救済金」募集の決算報告を行なっているが、その総額は四カ月間で四万百三十八円九十八銭。

もちろんこれは「在満朝鮮同胞への同情救済金」募集運動に対する、朝日新聞社の熱意の不足を証明するものではない。それどころか、裏にある作為が隠匿《いんとく》されているのではないか、と疑えば疑われるほどの力の入れかたであったのである。そのことは、「在満罹災朝鮮同胞のため同情金を募集——支那兵の暴虐に泣く——その救済は人道上の急務」とうたった、十一月一日付の社告によっても明確であろう。

この社告はまず、「満蒙の奥深く長年月に亘りて耕地開拓の第一線に立つ朝鮮同胞は百万の多きに達し、その曠野《こうや》に見事に拓かれた十万町歩の農場の約八割五分は、実に我が同胞の汗と膏《あぶら》の結晶であります」と述べ、続いてこの朝鮮同胞が「万宝山事件に次いで満洲事変の前後より急角度に暴虐を逞うし」始めた中国人によって、立退きの強制、焼払い、投獄、惨殺等、如何に不法な「非人道的行為の限り」を受けて呻吟しつつあるかを力説、彼ら「住むに家なく、着るに衣なく、喰うに食なくしてこの酷寒に慄えながら、命からがら奥地から逃げ帰った」「この避難朝鮮農民たちの窮状辛苦は、我らの同胞たるが故のみの同情にあらず、実に世界人道上、瞬時も坐視するを許さざる惨状にあるのであります。すなはち我が社はその救済のまことに急務なるを痛感」する旨、声涙共にくだらんばかりの強調をしている。

しかもなお、結果的には、「せめては遺族を衣食に苦しめるな」という「天声人語」の僅か十五字の反響に、遥かに及ばなかったのである。

なぜかくも三勇士は日本人を熱狂せしめたのか。なぜかくも「在満朝鮮同胞百万」は日本人を熱狂せしめなかったのか。偶然にも同じ日の同じ新聞の非情な数字が、鋭く読者に問いつめているように見える。じつはその数字の質的差の中に、日本と中国との不幸な戦争の原因の最たるものが秘められており、また三勇士を含めて数多の同胞を殺さなければならなかった、その不幸の原因の最たるものが秘められていたのである。しかし、誰もそのことを深く考えてみようとはしなかった。

二月二十八日――時を同じくして朝日新聞社は『肉弾三勇士の歌』を、毎日新聞社は『爆弾三勇士の歌』を、それぞれ五百円の賞金つきで募集。朝日の方は中野力の「戦友の屍を越えて……」が、毎日のほうは鉄幹こと与謝野寛の「廟行鎮の敵の陣……」が、それぞれ入選と決定した。「君死にたまうこと勿《なか》れ」の絶唱で知られた晶子の夫として、この熱血多感の歌人は、このため忽ち「鉄幹血迷うたり」の非難を浴びることとなったといわれる。

朝日新聞社説のいう「日本精神の極致」としての三勇士の登場舞台は、むろん、決して新聞紙面ばかりではない。NHKラジオ、各種月刊雑誌はもとより、映画、演劇、音楽、絵画、彫刻、等々、ありとあらゆる宣伝扇動の舞台が、相競うてこの軍国大英雄を迎え入れた。国民もまた、歓呼してその登場を促した。二月二十七日の東京朝日は「今や映画演劇界はオール三勇士時代を現出の気運に直面している」と伝えているが、これは必ずしも誇張ではなかったのである。『軍神江下武二正伝』の編著者、宗改造は、あたかも三勇士劇が菊五郎、羽左衛門らによって演じられていた歌舞伎座、明治座、京都座等の異常な興奮の雰囲気を述べていわく、

「何処の劇場でも入口のところに祭壇を設け、そこで三勇士の写真を掲げて観衆の誰でもが自由に容易に焼香し得るようにしてあって、香煙縷々《るる》として立昇り、……いかにも厳粛の気分がみなぎっていた。私の友人の言によれば、其頃まで歌舞伎劇は沈衰の極に達し如何にしてその頽勢を挽回するかに苦心して居た有様であったが、廟行鎮に於ける肉弾三勇士の事件が上演せらるるや連日満員の盛況であって、其頃東京に於ける演舞場、活動写真館等で三勇士劇を上演上映しないところは国賊であると云って観衆がテンで寄りつかないとのことであった」と。

NHKラジオの熱の入れかたもまた異常なものであった。三月十六日午後七時半からは特別番組「三勇士の夕」として、東京のAKからは明治座の舞台中継、大阪のBKからは

浪花節、福岡のＬＫからは筑前琵琶等、盛り沢山のだしもので三勇士熱をかきたてる。

三月十七日の東京朝日は、「三勇士の壮烈な爆死が伝えられて以来ラジオの勇士熱も大変なもの」と報じ、地元九州のローカル放送は別として、全国中継だけでもニュース放送十五回、演劇五回、講演二回、これに要した放送時間は五時間、その費用は謝礼その他で二千八百円、出演者は俳優から楽師、擬音師、放送局内の係員まで、ザッと計算してみても二百十三人という大がかりなものだった、とその数字まであげている。また、その間には「三勇士が映画化されます」とニュースにだそうとし、東京逓信局が「広告になる」とて中止を命じたところ、ＡＫが憤然として「三勇士について広告も何もあるかい」と押切って放送したり、三月十三日夜の映画物語では、「万民挙《こぞ》ってその勇名をおう歌し……かくかくたる殊勲をつづる満洲の三勇士、オオ、大和民族が千古の誇り」と大見得を切るというような珍談が続出したことなど、わがほうの珍談奇談は棚に上げて書きたてている。

映画化も相次ぎ、早くも三月中に『忠魂肉弾三勇士』（河合映画）等、五本が封切公開されている。なお、この年、空閑少佐を扱った作品が同じく五本、三月十日から四月九日までの間に公開されているが、このように僅か一カ月間に五指を数える競作がおこなわれたことは、およそ例のない現象であったといわれる。

熱狂的なブームに乗りおくれてはならないとばかり、舞踊、箏曲、琵琶、浪曲、講談はもとより落語に至るまで、争って三勇士ものの創作に血道をあげている。体育ダンスに取り入れた女学校さえあった。

浪曲界では、いち早く『肉弾三勇士』を創作発表した梅中軒鶯童が、ブームに乗ってその名を高からしめた。「肉弾三勇士を創作したのは昭和七年の三月始め、門司の多川直三郎氏の斡旋で、若松のT君が久留米師団の工兵第十八大隊、つまり肉弾三勇士の原隊から一切の材料を貰って、私の巡業先の伊予へ持参してくれた。それに依って創作した読物であった。……前年の満洲事変以来世の中はいよいよ騒々しく、肉弾三勇士が現われて益々軍国熱が燃え上っている時だ。この三勇士の台本が出来て、直ちに大阪へ連絡して四国から往復してレコードを吹込んだ。そして九州の興行はこの肉弾三勇士を売り物にして宣伝を計画、久留米師団へ申込んで試演会を催す順序が万事スムーズに運ばれた」と、彼は自伝『浪曲旅芸人』で述べている。その試演会を催すために、わざわざ旅費自弁で久留米まで駈けつけたというのであるから、鶯童の意気込みたるや、さぞかし天を衝《つ》く勢であったろう。

しかし、予期に反して久留米師団偕行社での試演会は、プログラムにない騒動の一幕を演じることになってしまう。鶯童の妻の急病のため、彼が「偕行社へ着いた時は約束の定時が二十分過ぎていた。偕行社では師団の何かの催しで、浪曲はその余興といったようなことであったらしいが、私の方では工兵隊から材料も貰っている事だし、厳粛な態度でこの試演を聴いてくれるものだと思っていたので、根本の考え方が違っていたのだ。私たちの到着が遅れた故もあって、会場ではもう乾盃が始まっていた。会場は時の師団長杉山元中将を始め、いかめしい金モールや髭の紳士のつどい、演壇のテーブルを前にして私が肉弾三勇士を語り始めたのだが、場内は乾盃だ献酬だと喧々囂々《けんけんごうごう》、私の熱演などよそ向きで、なかにはウルサイなんて顔をしている者もいる。しかし私は辛抱して演じていた」というのであるが、ついに我慢しきれなくなった鶯童の妻が「やめなさいよ、やめなさい、馬鹿にしている」といって三味線をやめてしまい、鶯童も堪忍袋の緒が切れて「黙れッ、馬鹿者」と呶鳴りつけてしまう。

もっともこの「黙れッ、馬鹿者」騒動は、師団側の正式な詫びで円満に解決し、鶯童は日を改めて再び試演会を開き、天下晴れてその台本に太鼓判を押してもらう。まずはめでたしめでたしという次第であるが、それにしてもこの浪曲『肉弾三勇士』の陰のプロデューサーである「若松のT君」とは誰であったのであろう。鶯童は、T氏が「興業界で活躍なさっているので実名は遠慮し、故意にイニシャルも違えて書いた」とのことであるが、じつは地元若松では風変りな「愛国者」として知られた恵藤秋吉であったのである。当時既に若松にあって『九州民報』を主宰し、火野葦平をして「若松の主」にたとえしめた高野貞三著『若松政界太平記』によれば、この恵藤秋吉は、若松キネマの支配人であり、「体軀のチビに似合しからず、たくらみだけは、つぬに太々《ふてぶて》しきものを抱いていた」稀有のオポチュニストであったらしい。〈時局便乗の天才〉〈時流に漂々たるクラゲのごとき軟体動物〉と高野はきめつけている。

「天は二物を与えずというが、かれにしてあれほどの才智に丈《た》け、世事に悧《さと》く、しかも時流に棹さすに敏であり、つねに他人の意表を衝かねば止まない奇想と山気をたたえ、物怖じしない図太さと勇気とを、みずからの性格として天賦されながら、惜しむらくはかれが、思想的に貧困というよりも、寧《むし》ろ痴呆にもひとしかった事実そのものが、折角のかれの愛国運動への志しをして、中途半端なものに終らしめる重大な素因をなしたもととしなければならなかった。……思想の骨格なくして、例えば、共産主義のごとき、厳格にして精密を極めた科学的論理との格闘に、真正面から堂々と挑めよう道理のあろう筈がない。とすれば、かれはもっとも手近な手段として権力に結びつく以外になかったのである」と高野は批判しつつも、なおかつ「かれの行状に、独創の天才的閃めきがみられ、たとえその人もなげなる振舞いには、とかくの批判は免かれなかったにしても、傍観者をして、あれよ、あれよと、唖然たらしめる演出の才能に至っては、断じて他の追随を許さぬものがあった」と、その点ばかりは高く評価せずにはいられなかったところから察するに、よほど人を食った人物であり、それも軍人を食うのをもっとも得意とする人物であったにちがいない。

機を見るに敏なる恵藤は、一九二八年春、鴨緑江《おうりょっこう》をプロペラ船で遡行《そこう》中の若林大尉夫妻が匪賊の襲撃を受けて虐殺されると、ただちに当時の第六師団長荒木貞夫を説きふせて、『噫《ああ》！　壮烈若林大尉』という映画を製作している。そのいきさつを『若松政界太平記』は述べていわく、「頭脳の単純にして、世事に疎《うと》い軍人ばらを籠絡することなど、朝飯前の茶番事で、万事順調に進捗し、ことに第六師団では、左様なことには人一倍ノボセ性の荒木貞夫が、師団長だったことなどもかれに倖いして、ロケーションに当っては工兵大隊が動員され、渡麓練兵場では大規模な発火演習が行われるなど、工兵隊一年分の予算を一度に吹き飛ばす大騒動が持ち上った次第であった」とのこと。さらにこの映画製作は恵藤に経済的成功をもたらしたのみでなく、「この新時代の担当者として華々しく登場してきた、一連の軍人なるものが、いかにかれにとって組みし易き存在であるかということ」を経験せしめたと同時に、「かれは、自己の新しい支柱を、この巨大なる力のなかに求めていったのである」という。

彼は勢に乗じて「大日本旭旗会」を設立、さらに軍部の寵を得るに至る。その制服たるや、「凝りにも凝って、生地こそ黒色であれ陸軍将校の制服同様に仕立てられ」、帽子は帽子で「黒羅紗のこの方は海軍将校の分が採用され、金筋でこそないが、黒筋が通って、桜の花模様がつけられること」になり、さらに「一段と格好を整える必要上、腰に短剣をブラ下げることにした」その短剣は、「外見の作りこそ短剣に間違いなかったのであるが、肝心要めの中味が、実は左様な物騒なものではなく、日の丸の小旗を巧みに仕込んであって、束《つか》を引き抜くと、天勝の手品のように、それが手繰り出される仕掛けとなっていた」というのだから、なかなかの演出家である。

一九三一年、若松港沖仲仕労働組合を結成して書記長となった火野葦平は、「争議団員の意識を向上し、志気を鼓舞するために」招いた劇団『左翼劇場』の公演が、「吉田磯吉大親分が警察に赤の芝居をたたきつぶせという命令をくだしたため、前日の六月十八日、暴力団がなぐりこみをかけて来て、遂に公演不能におちいった」と年譜に記しているが、『若松政界太平記』は、この暴力団の指揮を取ったのも、外ならぬ恵藤秋吉であったと述べている。

つい余談が長くなったけれど、このような黒幕の存在は、決して梅中軒鶯童の浪曲『肉弾三勇士』のみのことではなかった。じつはこのような黒幕はあらゆる芸能部門に手をのばして意のままにあやつり、疑うことを知らない国民もまたその手玉に取られるままに熱い涙に泣きぬれていたのである。

それはともかく、空前の三勇士ブームに敏感であったのは、新聞ラジオ等のマスコミや大衆芸能ばかりではなかった。美術や文学もその嵐の圏外で孤高を守っていることはできなかったのである。今は亡き坂本繁二郎の幻の名画として惜しまれる百五十号の油彩「肉弾三勇士」もまた、「人々の熱っぽい期待の中で描けぬとは言えず」（谷口治達『坂本繁二郎の道』）制作されたものであるといわれる。久留米に本拠を構えるブリヂストン・タイヤの石橋正二郎が、三勇士の壮挙に感動して出身部隊の久留米工兵隊に三勇士記念館を建設して寄贈し、その壁画として依頼したものであった。坂本は三年の歳月をかけてこの大作を完成した。彼が生涯に描いた最大号の油絵であった。しかし、この記念すべき作品は、敗戦後まもなく何者かによって盗み去られ、今なおまったく行方知れずである。幻の名画といわれるゆえんであるが、この大作につづいて、再度坂本は石橋正二郎に請われ、二十五号の油絵を二点制作している。その一点は石橋美術館の所蔵となっており、これによって今は行方不明の作品の面影を想像するほかはない。他の一点は石橋を通じて秩父宮家に贈られた（戦災のため焼失）という。

単行本の出版も一段とにぎやかであった。

小笠原長生著『忠烈爆弾三勇士』（実業之日本社）、大和良作・栗原白嶺共著『護国之神肉弾三勇士』（護国団）、村松梢風著『爆弾三十六勇士』（改造社）、植木信行著『爆弾三勇士』（高踏社）、滝渓潤著『壮烈無比爆弾三勇士の一隊』（三輪書店）、英雄偉人叢書『爆弾三勇士』（金蘭社）、愛国美談叢書㈠『爆弾三勇士』（金の星社）、宗改造編著『軍神江下武二正伝』（欽英閣・江下武二正伝刊行会）、小野一麻呂著『爆弾三勇士の真相と其観察』（著者自費出版）、岡慶彦著『爆弾三勇士物語』（第一出版協会）、以上すべて三勇士の死後十三カ月間の刊行である。

文字どおり、猫も杓子も〝オール三勇士時代〟というほかはないが、こうなれば時の動きに鋭敏な商売人に抜け目があろうはずがない。三勇士の出身部隊をひかえた久留米では、銘酒「三勇士」から「三勇士饅頭」に「三勇士煎餅」が、竹どころ大分では竹人形「三勇士」が売り出される。江下武二が働いた杵島炭鉱のある佐賀大町では、屋号を「三勇士」と改める小料理店も現れる。もっともこの店は、戦後さらに「三遊士」と改名されている。

変ったところでは、三勇士を種に詐欺を企み、捕われた男さえいる。佐世保市初音旅館に投宿中の無職（三十二歳）の男で、三勇士の慰霊祭趣意書や中村佐世保鎮守府長官等の芳名録を作成し、一儲けしようとするところであった、と新聞は報道している。

そんな例外はともかく、当の軍部自体が戸惑うほどの三勇士ブームの到来であった。遺族に寄せられる義金の額も、日本陸軍始まって以来の最高記録であれば、その熱誠にほだされて陸軍省宛義金を遺族個別配布に踏切ったのも、また稀有《けう》の計らいであった。

空前の三勇士ブームを、「雪の結晶形成」に似た「一つの戦闘エピソードの絶対神格化」と説いているのは加藤秀俊である。(「美談の原型――爆弾三勇士」一九六五年四月十一日号、『朝日ジャーナル』)

彼の見解によれば、目に見えない微小な埃を核にした、水蒸気の美しい結晶が雪であるように、三勇士の美談も「ひとつの美しい結晶体」であり、その核になっているのは、「轟然タル爆音トトモニ全員壮烈ナル爆死」という、当時の作戦経過記録の簡潔な文章で現わされる「あっ気ないほどの戦闘事実」である。「その事実が、果てしのない美談製造のプロセスにほうりこまれ、爆弾三勇士の名を不動なものにしたのであった。そして、たぶん、この美談とその製造工程が、これからあと続々と誕生するさまざまな戦争美談の原型になってゆくのである」と、加藤は指摘する。

加藤の「美談の原型」説が、一面の真実を含んでいないとはいえない。しかし、もとより空中のすべての埃と水蒸気が雪に結晶するのではないのと同様に、壮烈な戦死者のすべてが、戦争美談に結晶するわけではない。とすれば、三勇士をかくも美しく結晶させるために働いた社会的条件は、いったい何であったのか。そしてまた、この美しい結晶は、いかなる思想的価値を含んでいるのか。そこが問われなければなるまい。

　当時の新聞や雑誌に掲載されたおびただしい論説、あるいは十指を数える単行本が、いずれも口を極めて高く評価している共通点の一つは、彼ら三勇士が、それこそ身をもって、「帝国陸軍未だ衰えず」という事実を立証したことである。

「世間の憒々者《かいかいしゃ》流は、日本軍隊の武勇も、明治三十七八年戦役を以て絶頂となし、爾後は下り坂となりつつある。特に最近に於て尤《もっと》も甚だしい。一旦緩急あるも、とても明治時代における、日本軍隊の面目を実現することは望み難からんと浩嘆《こうたん》した」と、徳富蘇峰は毎日新聞で述べているが、もちろんこれは単に一部蒙昧分子の杞憂ではなかった。

「私は軍医として、日露の役には第十二師団後備工兵第一中隊附として、西比利亜《シベリア》派遣軍には第十二師団第四野戦病院附として、共に始めから終り迄で従軍して、色々の体験をした。即ち常に我が日本軍は大勝はしたが、其裏面には様々な不祥事が発生したことを知り、一方社会は、星だ、菫《すみれ》だ、ジャズだ、ダンスだ迄は、未だよいとしても、近頃は共産思想の出現と迄で変って来た。其結果吾が日本軍は強い強いと云うても、実は日露戦争の時期が最高頂で、其後は次第に降り坂となり、現在では余り強くなく、寧ろ大分弱兵になり下って居るのではないか、と云う様な気分が起って来て居った。即ち斯くては吾が社稷《しゃしょく》を如何んせん哉……とも考える様になって居たのである」と、『護国の神・肉弾三勇士』の著者、陸軍一等軍医大和良作は告白する。

「試みに今回の事変勃発以前に於ける我が思想界の情況を考察して見よ。誰も彼も思想国難を口にしながら敢然之を打開しようとする真剣味に欠けていたから、不逞の徒の活躍は日々に高まりゆき、聞くも忌わしき事ども次第に増加する一方、老壮者中には政権争奪や利権獲得に熱中する結果、疑獄事件等勃発するかと見れば、青年男女は桃花洞裏に春夢をのみ貪って、淫風滔々と都鄙《とひ》に漲《みなぎ》り、心ある者をして国家の前途に危惧の念を抱かしめていた」と、海軍中将小笠原長生は慨歎する。

朝野を問わず、憂国の人士たちが、深刻な危機感にとらわれていたことは明らかである。そしてじつにこの暗澹たる危機意識こそ、三人の若い無名兵士の「壮烈ナル爆死」を、比類なく美しい英雄的行為として、ひときわ荘厳に神格化させる原動力であった。憂国者たちの重苦しい不安と焦燥、不吉な予感にみちた斜陽日本の悪夢、それらすべてが、文字どおり、「轟然タル爆音トトモニ」忽ち雲散霧消し、神州の不滅と不敗の再確認という、この上なく偉大な突破口が開かれたのである。

「三烈士の事績が伝わるに及んでは、感激其の極に達し、所謂《いわゆる》モボ・モガに至るまで、我劣らじと烈士の忠誠を称え、利己や淫靡の弊風一掃せられて、剛健の気俄然として漲るに至ったのは、神業でなくて何であろう」と、小笠原中将は、まるで天の岩戸が開かれたような感動ぶりであった。この老提督にとって、三勇士は、さしずめ現代の〝天手力男《あめのたぢからお》神《かみ》〟というところであろう。単なる戦争美談の一主人公というより、彼のいう未曽有の〈思想国難〉を一挙に粉砕した〈救国英雄〉と見えたことは確かである。

それぞれ力点は異なるが、貧しい労働者、農民の赤化対策こそ、じつは三勇士を際限なく美化しようとする運動の目標であったことを見逃してはなるまい。赤化の波の思想的防波堤として、いやが上にも三勇士美談は堅牢に構築されねばならなかったのである。

加藤秀俊のいう「戦争美談の原型」たるゆえんもまた、一にもってここに存るといわなければならない。しかもそれは、いかにも日本人好みの「美しい結晶体」であった。日本人の心情的美意識と倫理的美意識とは、ここに至って一つの完璧な——といってもよいほどの魅力にみちた結晶作用を、空前の非常時局という気象条件の下に遂げたのである。

日本人の伝統的心情美を湛える鼎《かなえ》の三本脚ともいうべき人情美、純粋美、悲壮美が、ここでは同じくその倫理美を支える三本の脚、貧、孝、忠と、完全に重ね合わせられる。「家貧にして孝子出で、国乱れて忠臣現る」の言葉どおり、三人の兵士は、いずれ劣らぬ極貧の家に生まれ育ち、聞くも涙ぐましい親思いの孝子として働き、しかも比類なき忠臣として君国に殉じたのであり、忠孝貧は、彼らによって見事に統一されたのである。ふたたび小笠原提督の言葉を借りれば、まさしく神業でなくて何であろう。富家の子女が国難は何処吹く風とばかり、「淫風滔々」「桃花洞裏に春夢をのみ貪って」いれば、片や貧家の伜どもは「赤化者流もある。国家を詛《のろ》う者もある」という世相であってみれば、類まれな忠孝貧の統一体としての彼ら三勇士は、どれほど高く評価してもしすぎることはなかったのは、当然至極であろう。

よく知られているように、江下武二は親の代から佐賀県の炭鉱を転々放浪した坑夫であり、作江は長崎県平戸島田助浦の桶職人の子として生まれた、廻漕店山二組の沖仲仕である。また、北川丞は、長崎県佐々の山奥——「仰げば東方に江里富士が峙《そばだ》ち、見下せば深い谷間には鷲尾炭鉱の石炭を運ぶトロッコが燐寸函《マッチばこ》の様にコロコロと走って居る」と大和良作の筆で書かれた市瀬江里免に住む、貧しい木挽《こびき》であった。しかも江下と北川は既に父親と死別しており、作江の父親は片脚不自由の身であった。

作江は「山二組に奉公中は零細なる賃金の大部分を自宅に送り、家計を助けて、又仲間の履き古しの地下足袋等を貰い受けて母に送ってやった」（『護国の神・肉弾三勇士』）といわれ、北川は「時には先生にすら反抗する意地を持っていたが母と一所ならばどんな辛い仕事でも楽しくやった」といわれる。

また、江下の孝心の篤《あつ》さも、決して北川や作江に劣るものではなかった。彼が戦死した年の正月に帰省した際の話を、『軍神江下武二正伝』は母親タキ女の談としてこう伝える。

——武《たけ》が正月に帰って来た時でした。改まった調子で「母さん、ばばさんや父さんの石碑が建っとらんけん建てんな」と云いますから、「建てとうはあるが、金がなか」と申しますと、「金はやるたい」と申しますので、「お前、そぎゃん金ばどうして持っとるか」と訊ねますと、貯金通帳を出して見せました。軍隊へ行ってからも毎月毎月六十銭三十銭と郵便貯金しているのでした。……

またいう――武が正月に帰って来た時、「母さん、俺が帰って来る迄辛棒しとんない。そうしたら京都の本山につれて行く」と申しました。何度も何度も居る間は口癖の様に云っていましたが、今度武が戦死して、御本山から招かれましてお詣りすることが出来ました。武が何度も何度も京都の御本山様へ連れて行くと申しましたが……やっぱり武が連れて行って呉れました。……

じっさい、江下武二が非常な孝行者であったことは、彼の負けん気の強さと共に、今も彼を知る人々の語り草になっている。私が尋ね歩いた人々は、誰も皆、口を揃えて、「あぎゃん孝行もんは見たこつがなか！」という。彼の親の代から交際していた岩橋平治という老人も、その一人である。杵島炭鉱時代、病床にあった彼の祖母のチエさんを、孫の江下武二がまるで我が子をかかえるようにして抱きかかえ、長屋の端の共同便所につれていっていた姿が、今も目の前から消えない、と平治さんは目をしばたたく。「時には兄貴どんにもさせるがよか」と平治さんがいえば、「はずかしがって、させえんもん」と武二は答え、チエさんが亡くなるまで一人でその役を引き受けていたという。「いまどきの若かもんに出来ることではなか」と、平治さんはただただ感じ入って、その光景を見つめていたものだと語った。

「忠臣は孝子の門に出づ」の活模範と讃えられ、やがて「日の丸行進曲」の「忠と孝とをその門で誓って伸びた健男児」の典型とされたのも、けだし理由のないことではあるまい。しかも彼らは三人とも尚武と勇猛をもって鳴り響く九州男子である。「九州男子の胆ッ玉」と称揚され、あるいは「葉隠れ精神」と絶讃されたゆえんであるが、これまたエピソードに不足はなかった。貧しく虐げられた幼少年期の悲哀と屈辱にみちた反抗の一つ一つが、今や滅私奉公の戦闘精神へと昇華されてゆく。

もちろん、このようなもろもろの「美化」運動に対して、批判がなかったわけではない。あまりにも無制限かつ無原則的な「美化」と、あまりにも心情的かつ主観的な「神化」運動の孕《はら》む危険を、誰よりも厳しく警戒したのは、ほかならぬ軍部であった。築城本部の小野一麻呂中佐の『爆弾三勇士の真相と其観察』も、こうした動きに対する積極的な批判であり、その暴走を抑制するための一つの軌道修正操作であったといわなければならぬ。

「勇士個人をたたえる点に於ては申分ないのであるが」――「之を要するに精神的方向より観察するなれば、個人としての忠烈は勿論のことであるが、軍隊成立の大本よりも実に国軍の精華と賞せねばなるまい。列国の驚嘆は元より三勇士個人としての武勇にもあるが、斯《かか》る行為を敢行し得る我が工兵否我が軍隊に驚きと恐れを為したのではあるまいか」と、小野中佐は指摘する。

小野中佐にとっては、三勇士を生んだ帝国陸軍の本質を忘れ、いたずらに三勇士に対する個人崇拝のみを煽るような動きほど、本末顚倒も甚だしいものはなかったのである。「古来我国の戦闘は名乗を挙げての一騎打を奨励した関係上、個人的武勇を賞美していたのだが、今や世界の大勢は単に個人的威力だけで衆に対することは出来ぬ様になってきたのである」と彼はその時代錯誤を衝き、「三君が号令一下爆薬を抱いて突進したその服従心、三名が一心同体となって同一目的の為めに邁進し共に粉砕せられたその団結心、歩兵の突撃の為めに身を挺した犠牲心、此点に論及しないのは何故だろうか。実に勇士は勅諭に示し賜える『上下一致』と『服従』との精神を遺憾なく発揮せるものであって、此の点に着眼せられなかった事は、予の不思議に堪えない処である」と迫ってゆく。

この服従心、団結心、犠牲心の三位一体こそ、「云うに云われざる帝国陸軍の強味」であり、誇りであるとする立場より見れば、その三位一体を無視した三勇士論はすべて、百害あって一利なしという結論になる。「そんな事が海外に伝ったなら却《かえっ》て列国の嘲笑を受くるばかりでなく、皇軍の大なる恥辱と謂わなければならない。斯る重大事は演劇にせよ文章にせよ其表現に方《あた》っては特に慎むべきことではあるまいか」と小野中佐は警告する。「上大元帥陛下より下一兵に至る迄の統帥権確立せる帝国陸軍に於ては、部下の行動は之れ上官の命令指示に基くものである。然るに三勇士の行動を彼ら互に相談の上決行したるが如く伝うるは、光輝ある帝国軍隊の成立を誤伝するもの」であり、ましていわんや三勇士が「破壊筒に点火することになるや、之れ今生の別れであると互に手を握り、或は煙草の喫《の》み廻しを行う等、死の前に未練がある様な所作を想像脚色して劇化するなぞは、高潔なる勇士の霊を誹謗するに似ては居らぬか」

さらにきびしく批判していわく、

「此の選に当った勇士は各々決死隊の応募者である様に演劇、映画、文献に於て見たけれども、予は甚だ不審とした所であったのである。出征した軍隊は之れ悉く決死隊である。何ぞ其上に決死者を募る要があろうか。出征する者も亦之を送る者も互に生還を期せない覚悟であるべき筈である。それだのに我が帝国軍隊が危険の任務に当るに際して一々志願を求めなければ之れに当るものがない様になったらば、国軍の破滅が近きに迫った秋ではあるまいか。……傭兵制度の軍隊か又は争議団なぞでは決死隊を募集したと云う事を耳にするが、忠君愛国の士を以て成れる帝国軍隊として、かかる事をやると云うのは感服した事ではないと思う。今回の破壊班に加わることが出来なかった兵士や其の家族の人々が、斯かる劇又は映画等を見たとしたならば何んと感ずるだろうか」

なおも追撃は続く。

「或書には彼は九州男子なり、故に斯る忠烈なる最後を遂げ得たのだと論じ、甚しきは彼は炭坑夫であるとか彼は仲仕であるとか、其の職業迄を説いて其の然る所以《ゆえん》を帰納して居るのを見受けたが、予は此の論には首肯することが出来ぬ」

返す刀でまたもや薙《な》ぎ倒す。

「吾人は大和魂の存在を誇りとするばかりではだめだ。誇るものは遠からず滅亡に陥るのは歴史が示している」

要はただ軍人勅諭中に示し給える〈只々一途に己が本分の忠節を守り義は山嶽よりも重く死は鴻毛《こうもう》よりも軽しと覚悟せよ〉の此の覚悟に徹することであり、三勇士もまた、じつにこの軍人勅諭五ヵ条を柱とする皇国軍隊教育の成果にほかならないという結論である。

まことに理路整然たる三勇士論であり皇軍論であるが、とりわけ興味深いのは、その忠孝両全論である。「忠臣は孝子の門に出づ」というような常識論は、「九州男子にあらざれば三勇士たりえず」の説と同様、小野中佐にとっては笑うべき虚妄にすぎない。あくまで〈死は鴻毛よりも軽しと覚悟せよ〉との勅諭の精神を体現することこそ、孝経にいう〈父母ヲ顕ワス〉道であり、日本人として唯一絶対の〈孝ノ終リ〉である、と彼は強調してやまない。三勇士の勇猛果敢な行為は畏くも上聞に達し、陛下より特に御下賜の祭粢《さいし》料は、親しく陸軍大臣を通じて勇士の母親に伝達せられた。「げに三勇士は孝子と云うてよい」と、小野中佐は評価している。

六

激烈な攻防戦に明け暮れた二月もいよいよ終りの二十九日、中国軍はひそかに前線から撤退を開始した。そのことは兵士たちには知らされず、部隊の交替であると教えられた。彼らが総退却の命令を知ったのは、三月に入ってからであった。

「しかもその計画は、上級将校の間では、ずっと前に決定されていたものであることがわかる。その時、兄弟たちの憤激は極限に達し、誰もが、その将校たちがすべて売国の輩《やから》であることを、はっきりと認識した」と、戴叔周は「前線通信」で報告している。疲れきってはいるが、眠ることを許さない夜の寒気の中で、彼ら兵士たちは、自分たちの運命よりも、自分たちと行動を共にした民衆の運命を気づかって輾転反側する。

「私たちが退却したら、彼らはどうするだろうか。彼らを日本帝国主義の狗《いぬ》どもに銃や銃剣で傷つけさせていいものだろうか」

「なぜ退却するのか。心ない軍閥どもめ。わが兄弟たちがどうしても退却しようとしないので、奴らはついに残酷にも何人かを銃殺し、しかも逆に彼らは漢奸だといったのだ」

その総退却がいかに惨憺たるものであったかは、彼の短い報告からも十分に読み取ることが可能である。「私が目にした事実は、ほかの人が知っていることより幾らか多いだろう」と、戴叔周は書いている。なぜなら、彼自身もこの時既に「部隊に追いつけない一病兵」として、路傍に横たわりながら、潮のひくように退却してゆく人馬の流れを、むなしく目の前に眺めていなければならなかったからである。

敗走する軍隊にまじって避難する民衆の中には、旅なれない婦人たちもいる。彼女たちはたえず休息しては荷を担いで来た天秤棒に腰を下し、溜息をつく。人夫がやけに多い部隊もある。「私にはどうしても雇われたものとは思われない。多分無理やりに拉致された苦労の多い民衆であろう。ひどく重い砲弾、銃弾が、すべてそれら人夫の体に積みあげられている。人夫たちはたえずもう少しゆっくり歩くように懇願するが、それに対する回答は、皮帯と籐の鞭でしかなかった」と戴兵士はいう。

彼はまた、疾走して去る将校たちの姿を見る。

「将校たちは馬でなければ自動車に乗って、倒れた病兵たちには目もくれなかった。中国には兵隊にできる人間があまりにも多いので、どこでも好きな所で招兵旗を一振りすれば、招に応ずる者が忽ちその旗の下に出現するのであり、殺人訓練場で一度ある程度の訓練を加えれば、もう指揮のままに砲眼を埋められるのである。今一人二人放置したとしても、何の関係があるだろう。それは中国至る所にある特産物なのだ。現在首都では一人百元ということで県ごとに買収を行ない、より服従心の強い〝御林軍〟を編成しようとしているというではないか」

あまりにもみじめな中国の縮図を眼前に凝視しながら、一病兵の戴叔周は、このような苦しみに喘ぐ労農兵が、もしなお覚醒して団結しないならば、「永遠に活路はないであろう……」と思う。

中国軍の総退却を確認した白川軍司令官は、三月三日午後、「暫ク軍ヲ現在地ニ止メテ戦闘行動ヲ中止セムトス」旨の停戦声明を発した。「本声明は直接上海の内外人に及ぼしたる影響大なりしのみではなく、遠くジュウネーブに於ける国際連盟会議の悪形勢を俄然好転せしめた。吾人は戦勝の喜びに加えて更に盃の重なり行くを知らない位であった」と、小野一麻呂中佐はその歓喜を述べている。

三月十九日、第九師団長植田中将は、先遣隊として活躍した久留米部隊の帰還に先立って、次のような感状を全軍に公布した。

「昭和七年二月二十二日払暁混成第二十四旅団歩兵大隊ガ廟巷鎮ノ陣地ヲ攻撃スルニ当リ、ソノ配属工兵小隊ヲ以テスル鉄条網強行破壊ノ壮図空シク敗レ、破壊筒ヲ鉄条網ニ挿入シタル後点火スルコト不可能ナル状態ニ於テ、作江一等兵ハ北川、江下ノ両一等兵ト共ニ破壊筒ニ点火スルヤ是ヲ抱イテ敢然勇躍鉄条網ニ突入シ遂ニ鉄条網ト共ニ粉砕セラレ、幅約十米ノ突撃路ヲ開設シ碇大隊ノ突撃ヲ容易ナラシメ、終ニ堅塁廟巷鎮ノ一角ヲ占領スルヲ得セシメタリ。以上作江一等兵外二名ノ行動ハ実ニ崇高ナル軍人精神ノ精華ニシテ真ニ壮烈鬼神ヲ泣カシムルモノナリ。以テ全軍ノ亀鑑トスルニ足ル。仍《よっ》テココニ感状ヲ授与ス」

時あたかも和布刈《めかり》社頭の桜花がほころびようとする三月二十四日、赫々たる武勲に輝く混成第二十四旅団は門司に上陸した。

暗い春であった。「花の春を乞食横行時代──関門海峡をマタにかけて──主婦連に脅威の的。失業からルンペンへ、ルンペンから乞食へ──一九三二年の春は乞食横行の時代とでもいえようか。下関市内だけでも四百九十人からの乞食が生活戦線を張っている。このうち女が九十名で立乞いもすれば日支事変にかこつけての押売りもやるが、多くは泣き落しの一手でうるさく……」というような新聞記事も見える。大恐慌の痛手は貧しい国民生活の中にまだ深刻であった。しかし、三勇士の壮烈凄絶な爆死によって感涙に目を泣きはらした善良な人びとは、またひとしお感動に打ちふるえながら郷土部隊の凱旋《がいせん》を迎えた。翌二十五日午前十時五十五分、三勇士を生んだ松下工兵中隊は、歓呼の声にわく久留米駅に到着した。同じ駅頭を発った日から丸五十日ぶりであった。

帰ってきた兵士たちを、今さらのようにびっくりさせたのもやはり、国をあげての三勇士熱であったらしい。江下と同じく少年時代から炭鉱で働き、初年兵としてこの戦場に狩りだされた兵士の一人は、今なお老いの目を光らせて、その時の印象を語る。

「あの時ばっかりは、うったまがったのなんの。戦争したのは、まるで三勇士だけのげな感じやったですもんなあ!」

一夜明けて二十六日午後三時五十分、江下武二の遺骨は兄の多一、福市、愛四郎ほか近親者、山下大町村長、馬渡同兵事主任、在郷軍人大町村分会長田中源三、同杵島炭鉱分会長古川恒三以下三名の在郷軍人らに護られ、作江伊之助、北川丞の遺骨と共に久留米駅を出発した。そして午後六時一分大町駅着、思い出深い大谷口の第一二六号納屋の母のもとに帰った。

「ようやってくれたと拝みながらも、やっぱり何ともいいえん気持で……、ああ、替れるものなら俺が替ってやりたかった、とただそればっかり……」

こう述懐するのは、己れは地底にあって、江下武二の蛍雪の功を必死に支えた、次兄の福市さんである。

綺羅星《きらぼし》のように貴顕紳士の弔問が続いた。日ごろ絶えて外部との接触のない炭鉱の住人たちは、唯々珍しいものを見る思いで、そのさまを眺めた。大町駅から江下家に至る細い長い坂道は応急に普請され、その両側の納屋は、目障りになるような干し物などをしないようにと戒められた。

「あれから一年ばかり、朝から晩まで偉か人のお焼香続きで、きちんと正坐したまま、膝を崩すひまもありませんでした」と、長兄の多一さんは、さも当時を思い出すように膝頭をさすった。

「江下さんが出征する時、久留米の駅で指を切って血染めのハンカチをやった、何といいましたかね、そうそう、家谷計男、あの坊ちゃんの来らした折なんか、まるで皇太子さまの見えたごとありました。主婦会も学校生徒も、みんな日の丸の旗ば持って、駅まで迎えにいかされて――」と、杵島炭鉱の主婦たちは語る。

久留米駅頭で、江下一等兵が、見送りの家谷少年（尋常五年生・十三歳）に血染めのハンカチを与えたというエピソードは、三勇士の決死の覚悟を如実に現わすものとして、当時もっともにぎにぎしく宣伝され、限りなく美化された劇的シーンである。それだけにまた家谷少年も軍国少年のヒーローとしてもてはやされ、ひときわ偶像視されていた。三勇士をとりあげた映画や演劇等が、ほかにこれというヤマ場がないだけに、争ってこの血染めのハンカチ事件をドラマチックに美化したのも、当然のなりゆきであろう。が、事実はどうであったのか。

「血染の半巾《ハンカチ》に就ては、当時新聞雑誌単行本等にて随分書き立てたが、皆雑駁なもので、その真相を描出報道したものはなかった。また件《くだん》の半巾は江下伍長のものである事になっていたので、その当時興行された芝居やキネマでは、皆江下伍長が自分のポケットから半巾をとり出し、それに血を染めて少年に渡たすのであるが、その前後が又余り簡単なので、真個の江下君の姿が出ていない」と『軍神江下武二正伝』は述べている。『正伝』によれば、家谷少年が久留米駅前の広場にいったとき、一人の兵隊が砂をいじっていた。見送人もなく、砂をいじっているその姿が、少年の眼には淋しそうに見えたので、「兵隊さん、しっかりやって頂戴！」と声をかけ、手をつないで遊んだ。見送りの家族や市民たちは、それぞれ兵士たちに物を贈っていた。それを見て、家谷少年は自分だけなにもあげないのは悪いと思い、学校行きに用いていた半巾をだし、汗でも拭いてもらおうと思ってその兵隊に贈ったという。兵隊は大変喜び、戦地にいったらこれに血をつけて送ってやろう、と約束したが、しばらくしてその半巾をふたたびとりだし、「折角約束したが、戦地から送れるかどうかわからない。今ここで作ってあげよう」といい、小指を帯剣で切り、その血を半巾に染め、二つに裂いて半分で小指を結び、残りの半分を、形見だ、といって少年に渡したのだという。

「若し自分が少年との約束を果さずして、果すタイムを与えられずに戦場の露と消えたならば、少年はどんなにか待ち詫びる事であろう。兵隊さんは嘘を云った——と云うことになりはせぬか、それでは済まない、そうだ、今此所で血染の半巾を作って少年を歓ばせてやろう、と考えたのである」と、『正伝』の編者は江下武二の「玲瓏玉の如き責任観念」を強調している。

「玲瓏玉の如き責任観念」はともかく、恐らく事実はそんなところであったろう。見送る者と見送られる者との熱狂的な興奮の渦にとり残されたように、ひとり黙々と砂をいじって孤独をかみしめていただけに、思いがけず彼の前にあらわれた一少年の愛情は、ひとしお江下一等兵の心にしみたにちがいない。幼いころから人並はずれて感じやすい性格であったといわれる彼が、どんなに少年の心づかいを喜んだかは、十分に想像できる。それゆえ彼は精いっぱいの愛情と感謝の表現を、血染めのハンカチに託したのであろう。しかし、三勇士熱に酔った大衆の熱涙をしぼらせるためには、ハンカチの血染めだけではまだあきたらず、江下武二がみずからのハンカチに「決死」の二字を血書したという虚構さえも行われる。江崎誠致の『爆弾三勇士』(『死児の齢』第一部・一九五八年)には、そのような狂熱の虚構が、久留米の一少年の眼を通していきいきととらえられていて興味深い。

なお、この作品には、三勇士のニュースが久留米の街に巻きおこしたさまざまな波紋がえがかれているが、その一つとして次のようなうわさがあげられている。

「それから幾日目かに、三勇士の一人はくりからもんもん詐欺横領強姦暴行常習のどまぐれもので、警察のブタ箱に何度も厄介になったことがあると云いふらした男が、逆に憲兵隊のブタ箱にほうりこまれた。軍神というのは神様であり、しかも三勇士は古今未曽有の軍神である。それが警察につかまったなど、たわけたことがある筈はない」

これは江崎誠致のフィクションなのか。それともじっさいに久留米で流布したうわさなのか。いや、たしかにそげなうわさのあったごたるばい、すらごつかほんなこつかわからんばってん、という久留米市民も少なくはないが。

江下武二の村葬は三月二十八日午後一時より佐賀県杵島郡大町村の大町小学校において、つづいて杵島炭鉱葬は四月二日午後一時より同鉱グラウンドにおいて、それぞれ盛大に挙行された。

村葬の参列者は三万名、鉱葬の参列者は一万名にのぼり、共に「前古未曽有の盛事」であったと報じられている。鉱葬の弔詞朗読者の中には、彼が少年時代から働いた三菱唐津鉱業所や貝島岩屋炭鉱の代表者の氏名も見られる。炭鉱葬の施主、高取盛社長の弔詞にいわく、

「今茲《ここ》ニ文武ノ顕官閣下並ニ地方諸彦ノ来臨ヲ辱ウシ工兵伍長江下武二君ノ炭鉱葬ヲ営ムハ我炭鉱ノ最光栄トスル所ナリ。江下君我炭坑ニ籍ヲ有セシコト五年有半。天資沈勇寡言克《よ》ク職務ニ精励シ難ニ向イテ躊躇スルコトナク易ニ向イテ油断スルコトナク終始一貫能ク

其責務ヲ果シ常ニ同僚ノ模範タリキ。這回満洲並ニ上海事変ノ勃発スルヤ皇軍ノ向フ処敵ナク旭旗ノ翻ル処敵ノ隻影ナシ。比ノ如キハ上　陛下ノ御稜威ニヨルト雖《いえども》亦実ニ日月ヲ貫ク我将兵ノ精忠義烈ノ賜ニアラザルナシ。而シテ此間奮戦劇闘其忠烈鬼神ヲ泣カシムルモノ枚挙ニ遑《いとま》アラズ。就中《なかんずく》我ガ江下君ガ他ノ二君ト共ニ廟行鎮附近ノ戦闘ニ於テ点火セル爆弾ヲ抱テ敵陣ニ突撃シ自ラ爆死シテ以テ友軍ノ進路ヲ開キタルノ壮挙ニ至リテハ古往今来史上未ダ見ザル所ニシテ其祖国ニ殉ズル崇高ナル忠勇ノ精神ト其壮烈ナル敵前ノ行動トハ実ニ我ガ神州ノ精気ニ一段ノ光輝ヲ添エ我ガ国民ヲシテ大ナル自覚ト感奮激発ニ堪エザラシメ、海外列強ヲシテ肝胆ヲ寒カラシメタリ。嗚呼、君ガ身ハ廟行鎮ノ一角ニ爆弾ト共ニ亡ビタルモ君ガ勲功ト名声トハ永ク青史ヲ照シテ万代ニ伝エラルベク、君ガ英霊ハ永ク我ガ護国ノ神トナリテ永劫ニ亡ビザルベシ。之ヲ思ワバ君又快心ノ笑ノ自ラ禁ジ難キモノアルベキヲ信ズ。君ノ遺族ハ能ク君ノ志ニ添イ君ノ勲功ト名声トヲ永遠ニ辱カシメザルベキヲ信ズ。君以テ瞑スベキナリ。今君ノ霊ヲ送ルニ当リ如何ナル麗言美辞モ未ダ以テ君ガ崇高ナル精神ト行動トヲ彰スニ足ラズ。唯々感謝ト感激ノ涙アルノミ。廟行鎮畔春猶浅ク野草焼尽シテ風蕭々タリ。嗚呼勇士一度去テ復還ラズ。哀哉謹テ弔ス」と。

　当時、石炭産業は、依然として不況のどんぞこにあえいでいた。数年にわたって切り下げられるだけ下げられつづけてきた炭鉱労働者の賃金は、ついにこの年に至って低落の極に達した。前年に比較して平均四十七銭、じつに三四パーセントの減少である。加えて、労働者の切実な要求にもかかわらず、金券または炭券と呼ばれる〝私幣〟の発行はとどまるところを知らず、労働者の生活苦をますます堪えがたいものとしていた。このために政府は遅ればせながらよんどころなく〈鉱山ニ於ケル炭券等ノ発行ニ関スル件〉と題し、「鉱業界ノ不況ニ伴イ鉱山ニ於テ炭券等ヲ発行スルモノ尠《すくな》カラザル如シ。其ノ違法ナルコトニ付テハ既ニ問題ナキ所ナルヲ以テ、発見次第厳ニ禁止シ、問題ヲ紛糾スルノ余地ヲ残サザル様ニ努メラレタシ」と、各鉱山監督局に厳重指示している。

いっぽう、女子及び年少者の坑内労働禁止も、不況乗り切りのための人員整理とあいまって一層急速に進行し、前年一月現在の一万六千余は、この年三月現在で七千余にまで減少した。一九二八年九月に較べると、三万の減少である。

「苦しかったのなんの！　ばってん、泣きごつばいうな、爆弾三勇士のこつば考えれ、三勇士精神でやれ、ちゅうて、ケツば叩かれたもんですばい。とにかく、ふたこと目には三勇士、三勇士精神たい。とくにその中の一人が炭鉱の出身ちゅうこつで、よけいにそうでしたばい。ちょこっとでも文句をいおうもんなら、たちまち労務にひっぱられ、三勇士の写真の前でぶっ叩かれよった。おう、江下伍長殿は同じ坑夫でも神さんぞ、はずかしゅうはなかか、きさまのげな奴は国賊じゃ、江下伍長殿の顔ば見らるるか、ちゅうて、それはもうむげねえこつやった」と語る老坑夫もあった。

既に早く三月十日の陸軍記念日には、筑豊鉱山学校の講堂において、午後一時半より「上海事変に壮烈なる武勲を顕したる三勇士を忠として」戦死者慰霊祭が厳粛にとりおこなわれ、石炭戦士としての三勇士精神が大いに強調されている。三勇士の一人に杵島炭鉱出身者をえたことは、炭鉱労働者の〈思想善導〉のための、このうえなく強力な精神的支柱として、経営者にとってはなによりの〈天佑神助《てんゆうしんじょ》〉であったのである。どの炭鉱の事務所にも、天皇の写真と並べて、三勇士の写真が恭しく掲げられた。

ところで、つい一年前の正月まで、おなじ坑夫納屋の煤けた屋根の下で暮らし、おなじ坑内の渦まく炭塵を吸って働いた労働者たちは、さながら蛍火のごとく地底の闇をよぎって消えた若い友の英霊を、果たしてどのような気持で迎え入れようとしていたのであろうか。微かながらも一つの手掛りを与えてくれるものとして、ここに杵島時報の投書がある。この杵島時報は当時杵島炭鉱の社報として週一回発行され、青色の紙に印刷されているところから「青新聞」と呼びならわされていた。

残念ながら投書者名は不明。ただ「三坑直轄所属一採炭夫」とのみ記されている。形式無用「マゴコロ」でやれ――という見出しが付いているが、むろんこれは編集者が付けたものであろう。四月二日の鉱葬を前にして書かれたその文章は次のとおり。

「私如き無学者が今更こんな事を申上ぐるのはいらない事でしょうが、江下伍長殿の鉱葬について申上げたき事あり。当日は老若男女、貧乏人の私も、たとえ紋付はもたなくとも、絣の羽織を借着してでも焼香させてもらいたいのであります。富者の千円よりも貧者の一銭です。偉い学者や金持のフロックや紋付袴の美麗なイデタチよりも我々のハッピ姿の会葬を、江下さんよ、うけて下され。我々はマゴコロをもって礼拝するのである。我々と共に採炭していた江下伍長殿が神様にまつられる。我々坑夫としてこの位い肩巾の広い有難いことはありません。採炭の皆様方よ、家族一同ひきつれて、皆んなで採炭夫の神様を拝みましょう。これ位い嬉しい事はありません。日本の守り神を心から参拝しましょう」

一人の兵士の死が、ゆくりなくも炭鉱の労働者にもたらした痛切な心情のうねりを、このたどたどしい投書は、じつになまなましく表現しているように見える。もとよりそれは言葉ではなく、身もだえのなまなましさであろう。

それにしてもこの一採炭夫が、身をよじるようにして訴えようとしているものは、いったい何であったのか。

いやがうえにも犠牲者の栄光を飾りたてようとする動きに対しての、いささか苦々しげな抗いがないわけではない。しかし、時局便乗の事大主義や権威主義に対する非難攻撃が、この投書の目的でないことも明らかである。

この三坑直轄所属一採炭夫のいいたかったことはただ、江下武二は誰の神様でもない、自分たちの中から生まれた、自分たちの神様だということである。絶えて久しく人間並みに扱われず、〝唐津下罪人〟として苛烈きわまりない差別と迫害に呻吟し続けてきた人間の、無限の歓喜と絶望が、彼の言葉にこめられていることを見落してはならない。

疑いもなく、ここに、今、新しい神が生誕したのである。過去のどんな軍神とも違った軍神が生まれたのである。炭鉱の労働者ばかりではない。おなじように、あるいは更に暗い重い屈辱に喘ぐ人びとが、熱い痛苦の涙で洗い潔めてこの神を迎え入れた原因も、またここにあるといわなければならない。彼らにとって三勇士は、どんなに偉大な、血統正しい軍神よりも、身近な、親しい存在として感じられた。はじめて自分の暗い胎内から生まれ出た神として、三人の兵士は彼らの手のとどく所にあり、いつでも膚《はだ》をすり寄せることのできる生身の存在であった。

最近亡くなったばかりの父親の荷物を整理していたら、行李の底に大切にしまってあった、古い、ぼろぼろの三勇士の写真が出てきてハッとした、と私に話した人があった。当時の新聞から切り抜いたものであったという。

日本の貧しさと美しさの底から生まれたこの神を、誰もが心の奥深く抱きしめようとしていたことは明らかである。それは尊敬とか愛情というよりも、もっと深い運命の共感であった。それだけに彼らは、この神が誰からも穢《けが》されることを極度に恐れ、かつ頑なに拒んだ。ほかの軍神ならともかく、もし三勇士のことを少しでもあしざまにいう者があれば、いかなる理があろうと、決してこれを許そうとしない人びとが今なお跡を断たないのも、じつはこのためである。三勇士に対する冒瀆は、そのまま彼自身に対する許しがたい冒瀆として受け取られるのである。

と同時にまた、一方では、日清戦争以来諸々の軍神の中で、三勇士ほど不当に辱められ、卑しめられ続けた存在もないことも事実である。彼らは、戦争の進展と共に「古今未曽有の軍神」として際限なく美化されてゆきつつ、一方においては到底首肯しがたい蹂躙を受けねばならなかった。

三人の兵士のみではない。彼らの遺族もまた、非常の栄誉の重みにも劣らず、ありとあらゆる口汚ない中傷に苦しめられざるをえなかったのである。江下武二の母と兄妹たちも、やがてこぞって杵島炭鉱を引き揚げ、東松浦郡浜崎村へと移り、さらに長兄多一は長崎県の鯛の鼻炭鉱へ、次兄福市はふたたび杵島炭鉱へと出てゆく。

江下一家が、見知らぬ、波荒い玄界灘のほとりを住まいとして選んだのは、我が子武二の死んだ異郷に少しでも近い場所を……という母親の切なる願いからであったという。

話は前後するが、三勇士の遺骨が帰ってきてしばらく、なによりも遺族たちの頭を悩ませた問題の一つは、その遺骨の分葬のことであった。ぜひとも当方に分骨してほしいという希望が相次いでいた。

「あれはいつごろでしたろうか、日にちはよく覚えとりませんが……」と前置きして江下福市さんは語る。「東京から三人の客がみえました。万年山青松寺というお寺の代表でした。きっとまた、骨を分けてくれという相談に違わんと思っておりましたら、案のじょう、そのとおりでした。陸軍大臣やら、衆議院議長やら、偉い人たちの添書をたくさん並べて、三勇士の遺骨を天皇陛下のお膝もとに祭ってあげよう、という話です。お寺の前に三勇士の銅像も建てるという話でした。それはそれで有難いことですが、そのころはもう武二の遺骨は、生まれ故郷の蓮池村の正念寺やら、京都の西本願寺やら、ほうぼうに分骨して、どれほども残っていませんでした。それに、肉親の気持としては、生きながら爆弾に吹きとばされてバラバラに散った兄弟の骨を、死んで戻った後まで、これ以上バラバラにするに忍びない感じでもありました。そんなわけで、わざわざ遠い所からみえたのに悪いとは思いましたが、なんとかこらえてくださいと頼みました。しかし、いくら頼んでも、全然聞き入れてもらえません。恐れ多くも天皇陛下のお膝もとに祭ってさしあげるというのに、なんの不服があるか。こう、色をなしての居直りです。いいえ、天皇陛下のためにと思えばこそ、弟はこうして肉弾と散って帰ったのではありませんか。そう、私も申しましたが、とにかく骨を受けとるまでは絶対に帰らんといって、二日も三日も坐りこんで動きません。とうとう炭鉱のある幹部が中に立たれて、分骨するようにとすすめられました。長い間せわになった会社の人にいわれることでもあり、とうとうこちらが折れて、骨を分けてさしあげました。それから間もなく、銅像を作るということで、兄の多一が東京へ呼ばれていきました。兄がいちばんよく武二に似ておるということで、モデルにされたのだそうです」

その銅像が、敗戦まで残った三勇士の唯一の銅像となった。三人の出身部隊をもつ久留米市に建てられた銅像をはじめ、それぞれのゆかりの地に建てられた銅像は、すべて戦争中に供出されて姿を消したが、この万年山青松寺のものだけは、取り壊されずに生き残っていた。護国の鬼として永久に皇城を守るという趣旨からであろうか。

この、破壊筒をかかえて敵陣に突入してゆく三兵士の巨大な像が撤去されたのは、敗戦後、占領軍が入ってきてからである。三体はばらばらに切り離され、なおしばらく青松寺の境内にころがされていたが、そのうちに作江の像は何者かに盗み去られ、行方知れずになってしまったという。残る二名の像は、長らく本堂地下室に眠りつづけていたが、一九六八年秋、北川の像は郷里長崎県北松浦郡佐々町にひきとられ、かつて彼の銅像のあった三柱神社の台座の上に据えつけられた。この再建運動をしたのは、この町の旧在郷軍人会の「霊友会」である。台座には「平和願」と刻まれている。「よかですね、あくまでも平和の願いからですけん、そこを間違えられんごつ」と、佐々町の助役は幾度も私に念をおした。

ただ一体だけ残された江下の像を見るために私が青松寺をおとずれたのは、それから間もなくであった。受付の僧は、「あれはもうございません」というばかりで、とり合おうともしなかった。「隠してもだめです」と私は少し声を強めてくいさがった。「案内しましょう」と彼はケロリとした表情でいい、黒い衣をひるがえして足早に地下室へ私をともなうた。破壊筒の前後をもぎとられて、ただひところがっているその無惨な銅像の江下の顔を、私は到底長く見ていることはできなかった。

七

江下、北川、作江たち、三兵士の凄絶な戦死のニュースが、どんなふうに学校で伝えられたのか、私にはほとんど記憶がない。そのころ、私は小学校の二年生であった。江崎誠致が『爆弾三勇士』でえがいた校長先生のように、私の通っていた学校の校長もやはり、運動場に整列した全校生徒を前に、「壮烈果敢といおうか尽忠無比といおうか、わが爆弾三勇士は、背中に爆弾を背負い、こうして身を投げて戦場の華と散ったのである！」というふうに、「涙にむせび、手をふり腰をひねって絶叫した」のであろうか。そうしてやはり、感動と熱演のあまり、「身を投げようとして、危く演壇から落ちそうになった」のであろうか。どうしても想いだせない。そのときの校長の一挙手一投足、息づかいまでが、まるで悪夢の中のドラマのようになまなましく生きていながら、ちっとも映像が焦点を結ばない。具体的にとらえようとすれば、たちまち深い紫色の霧の奥へと姿をかき消してしまう。

覚えているのはただ、はじめて三勇士爆死のニュースを聞かされた、その朝礼の時間の異常な寒さばかりである。その朝だけが、特別に寒かったわけではあるまい。しかし、なぜか、その朝の金属的な寒気ばかりが、いまもあざやかに皮膚感覚として全身によみがえってくる。忘れもしない。一九六九年六月、私は生まれてはじめて三勇士の遺品をみるために、久留米市の陸上自衛隊第四特科連隊の営門をくぐった。旧帝国陸軍のいかにも堅牢かつ陰惨な二階建兵舎の一室が、三勇士の遺品陳列室にあてられていた。革の営内靴と束藁磨きでえぐり削られた厚い床板の一枚一枚、柱の一本一本までが、あまりにも長い間、将校や下士官たちの怒声、狂暴な体罰の響き、兵士たちの呻きなどを吸ってきたがために、いまだに微かに鳴っているような感じのその部屋の正面の壁には、明治天皇の写真や肖像画、軍人勅諭、御製、宮城の写真などが、うやうやしく掲げられてあった。その前に三畳敷ほどもあるガラスの陳列ケースが置かれ、三勇士が久留米工兵隊時代に使った被服類その他が、三名の兵士の写真とともに、丁寧に並べられていた。蒼白い蛍光燈に照らしだされたそれらの古ぼけた遺品をみつめているうちに、私の体は、むし暑い梅雨の晴れ間であったにもかかわらず、しんしんと冷えこんでいった。それは確かに三十七年前、いたずらにだだっぴろい小学校の運動場で私を襲った、あの忘れがたい、悪夢のような寒気そのものの感覚であった。

ひとたび三勇士の死に想い到るたびに、かならず私をとらえるこの異常な感覚の原因はあきらかだ。三名の兵士たちの〈壮烈無比〉の最期は、暗い孤独な少年期の日々、私が垣間みつづけた幾多の〈非業〉の死とかさなりあって離れることはなかった。

満洲・上海事変当時、洞海湾の浚渫船《しゅんせつせん》の労働者を父にもった私たち一家は、そのころはまだ見わたすかぎりぼうぼうと雑草のおい茂っていた湾南の埋立地に住んでいた。東から風が吹けば、八幡製鉄の大小無数の煙突の吐きだす黒煙が、父とおなじく浚渫船の船員や潜水夫やモーターボートの運転士の住む、むさくるしい五軒長屋の路地いっぱいにたちこめ、西から風が吹けば、セメント会社の太い短い煙突が、霧雨のように白い粉を降らせていた。その荒涼たる煙突の谷間で、なんと多くの無残な死ばかりみつめて少年の私は育ったことだろう。私たち極貧の労働者の家族十数世帯ばかりが、まるで棄てられたようにひっそりと暮らす埋立地のすぐ北の赤茶けた海には水死体が、埋立地を東西からはさむようにして並んだ低い玄武岩の妙見山と城山には縊死体が、そして南の鹿児島本線の鉄道土手には轢死体が、というふうに、私はさながら呪われた死の四辺形の中心に住んでいる恰好であった。もちろん、これはもっぱら地理的な条件によるものであり、たまたま東西南北に自殺の適所があったというだけのことであろう。しかし、子ども心には、自分の住んでいる場所が、この地上でもっとも恐ろしいところであるような気がしてならなかった。

今にしてさびしくふりかえれば、じっさいに私が目にした死者たちの数は、けっして少なくはなかったにせよ、それほど多かったわけではあるまい。どんなに不況のどんぞこの北九州工業地帯であったとしても、そう毎日のように自殺者があったはずはない。にもかかわらずそのころの私には、それこそくる日もくる日も、自殺死体ばかりを眺めているような感じのみが強かった。私はすっかり怯えて、もう二度と見にゆくまい、と何度決心したことか。だが、ききめはなかった。身投げが浮いているという声を聞けば、いちもくさんに背丈ほどもある葦むらをかきわけて岸壁へと走っていった。首吊りがぶらさがっているとなれば、葉の色も見えないほど煤塵にまみれた竹藪をかいくぐって、山腹をかけ登っていった。聞きなれた特異の鋭い汽笛の音がすれば、息を切らせて鉄道線路の踏切りへと飛んでいった。そして食事時も忘れ、母親の手伝いも忘れ、あるいは学校の始業時刻も忘れて、いつまでも死体のそばに立ちつくしていた。身体検査表にいつも「営養・乙」と記入されていた虚弱体質の私の体は、やがて氷づけにされたように冷えこみ、じっとりとあぶら汗にまみれた。死んだ女たちの顔は、いつもみな不思議に私の母に似ていた。そんな時、私は家に帰って母の顔を見るのが恐ろしくて、なるべく顔を見まいとつとめた。

みずからの爆弾で鉄条網とともに吹っとんだ兵隊たちの体はどうなったのか、もとより私には想像もつかないことであった。校長の話を聞きながら私の眼前に浮かんだのは、ただ、私が見たかぎりのあわれな死者たちの姿であった。とりわけ、ずたずたに五体のちぎれた鉄道自殺者たちの姿であった。三人の勇敢な兵士たちが、敵の弾丸にあたって死んだのではなくて、彼ら自身のかかえた爆弾でみずからの生命を絶ったということが、より一層なまなまと自殺者の姿を想い浮かばせる結果になったのであろうか。まだ生温かい肉と血のにおいまでが、私のまわりにただよってくるように思われてならなかった。

生きる希望も力もすべて奪われ、この世を呪いつつ死んでいったであろう、貧しい、ふしあわせな人間たちのみじめな姿と、天皇陛下のため、大日本帝国のため、笑って鉄条網にとびこんでいったといわれる雄々しい軍神たちの姿とが、こともあろうに一つになって離れないということは、子ども心にも苦しいかぎりであった。それはなにかとんでもない不忠であり、天皇に対しても、三軍神に対しても、このうえなく申しわけのないことであり、もし警察に知られたら、かならず罰を受けることのように思われた。必死になって私は二つを切り離そうとあせった。大きくなって三勇士のような兵隊になるためにも、それはぜひ必要なことであった。しかし、どんなに努力しても、その二つは離れようとはしなかった。

三勇士が八幡の防空演習に参加していたという話を、わが郷土にとってこのうえない名誉であるかのように校長が話したのは、それから間もなくであったと思う。その防空演習が行なわれたのは、彼ら三勇士が上海事変で戦死する前年――わずか二カ月後に満洲事変の火ぶたが切られる一九三一年七月中旬のことであった。私の住む埋立地にはカーキー色の天幕が張られて大勢の兵隊が露営し、さまざまの演習をくりひろげていた。私たち〝妙見のヨゴレ〟は、まるでわが庭を貸してやったごとく得意満面で、この時とばかり兵隊ゴッコに打ち興じ、蓄音機のお化けのような聴音機や高射砲のまわりをかけ歩いた。製鉄所の火の消ゆるげな、といって長屋中が、世にも珍しい見世物を見るようにわきたったのも、この時のことだ。大人も子どもも、病気で長いこと寝たっきりの老人までも、路地に据えたバンコに坐って、まだ明るいうちから一心に東のほうばかり眺めていた。眼路はるか、さえぎるもの一つない、絶好の観覧席であった。かぞえきれないほど多くの煙突が乱立する八幡製鉄の全景が、あまり広くはない船溜りをへだてて、手にとるように眺められた。さらにまた、この防空演習中に三勇士が道路を作ったということで、のちに記念碑まで建てられた若松市の高塔山の下方には、石炭運搬船の幾千本もの帆柱が、密生した杉林のように眺められた。

まだか、まだか、と大人も子どもも、まるで皆既月蝕でも待っているかのようにそわそわしていた。やがてとっぷりと日が暮れた。西の空が暗くなるにつれて、東の空が明るくなってきた。それはいつも見なれた夜景だった。無数の電燈がきらきらとまたたき、熔鉱炉の炎は天を焦がさんばかりに赤く映え、どろどろに熔けた鉱滓は真紅の血のように海へ流しこまれていた。ほら見い、いわんこっちゃなか。あれが消えてたまるか。もし消えたら俺の金玉をくれるわい！　そう塩辛っぽい大声で叫んだのは、一軒隣のフリチンおやじさんだった。彼は夏中いつもまっ裸で、褌もつけずに外を歩きまわるので、子どもたちからそう呼ばれていた。だが、残念ながらフリチンおやじの予言は適中しなかった。もの悲しい汽笛を合図に、電燈が一つ、また二つと消えてゆき、空はゆっくりと赤みを失い、はっと気がついた時には大工場全体がどっぷりと闇の中に沈んでしまっていた。誰一人、声をたてる者もなかった。蚊を追う団扇《うちわ》の音さえやみ、しばらくは身じろぎもしなかった。聞こえるのはただ、ごうごうと地獄の底から響いてくるような機械の唸りだけだった。それはかつて私が経験したことのない、えたいの知れない不安に心のおののく、底知れず無気味な闇であった。

まだ二等兵時代の三勇士がこの防空演習に参加していたという校長の話は、私に「わが郷土・鉄都の誇り」を与えるどころか、ますます私をみじめにするだけであった。無邪気にたわむれた兵隊のひとりひとりの顔、三勇士の写真の凜々しい顔、そしてあの鉄道線路わきにころがった血まみれの顔が、製鉄所をつつむ巨大な闇と溶けあって、私にのしかかり、打ちのめした。

鉄と油と石炭の焦げる辺境の工場町に育った九歳の少年は、貧乏に生まれた悔しさと悲しさ以外には、まだなにも知らなかった。いつもただなにかに怯えつづけているだけであった。しかし、一つの暗黒をおおいかくすために、さらに厚い暗黒が、すでに翼をひろげていたのである。その重い絶望的な暗黒の谷底で、ひそやかに都から村へ、村から都へと伏流する、ある一つのうわさがあった。冷厳な命令のままに従容として〈護国の鬼〉と化した三人の兵士の中に、被差別部落民がいるという、うわさであった。

三勇士とその死をめぐって、さまざまな毀誉褒貶《きよほうへん》が渦まきつつあった。その一つは、彼らの爆死は技術的失敗によるものであるという説である。新聞に書かれて遺族を激怒せしめた、速燃性導火線と緩燃性導火線の誤用説については、前に紹介したとおりである。おなじくまた、導火線の長さを誤ったという説もある。

「これはですなあ、命令した上官がですなあ、爆薬の導火線をですなあ、一メートルにしておけば、完全に鉄条網を爆破して帰れるんです。ところが、誤って五〇センチ、半メートルにしたんです。そこでですなあ、あの勇敢なる江下、北川、作江、三人は無残な戦死をとげたのです。事故です。上官のあやまちです。彼らは完全に爆破して帰るつもりだったんです。ところが、その導火線のそこから、ああいうことが起ったんです」

一九六五年一月二十八日、東京12チャンネル（現、テレビ東京）の『私の昭和史』第四十回に登場してこう主張しているのは、あたかも三十三年前の当日当夜に勃発した上海事変の〝火つけ役〟と目され、みずからもそのとおりだと断言して憚らない田中隆吉少将である。その当時、彼は血気にはやる陸軍少佐として上海駐在公使館付陸軍武官補の職にあった。よく知られているように、日中両軍が上海北四川路の一角で干戈《かんか》を交える十日前の一九三二年一月十八日には、もっとも戦闘的な抗日運動の拠点の一つであったタオル工場三友実業公司のある馬玉山路において、日本山妙法寺の天崎啓昇外四名に対する殺傷事件、つづいて十九日にはその犯人が隠れているという理由による三友実業公司の襲撃・放火事件等、一連の血なまぐさい挑発事件が起こっているが、その演出者が田中であった。「満洲建国工作にそそがれる列国の目をそらす手段として、中国人をそそのかして日本人僧侶を襲撃させ、日中関係が発火点に近づきつつあった国際都市上海で、事件発生のマッチをすった」（島田俊彦『満洲事変』）張本人として、その謀略性が強調されるゆえんである。

田中自身も『私の昭和史』でこの問題に言及し、当時関東軍の高級参謀であった板垣大佐から、「列国の目がうるさいから上海で事を起こせ。列国の目を上海に注がせて満洲独立を容易ならしめよ」という電報と、活動資金二万円を受けとったこと、その二万円を田中はかねて昵懇の〝男装の麗人スパイ〟川島芳子に渡し、三友実業公司襲撃の口実を作るため、不逞の中国人を唆かして日蓮宗僧侶を殺害させたこと、つづいて「日本人義勇団」を使って三友実業公司を襲撃させたこと、のちになって板垣参謀から非常に丁重な礼状がきて、「おかげで満洲は独立した」と賞められたことなど、歯に衣着せず語っている。

それはともかく、三勇士の凄惨苛烈な爆死の原因は、この謀略にたけた上海駐在陸軍武官補の証言のように、破壊筒の導火線の長さを誤ったがためであろうか。それともまた、導火線の種類を誤ったからであろうか。三勇士の小隊長であった東島少尉の抗議に応えて杉谷教授が説いているように、今となってはもはや「絶対的な真実を究明することは不可能」なことかもしれない。絶対に不可能ではないとしても、やはりきわめて困難なことであるにちがいない。ただ、田中隆吉の証言の中で注目されるのは、三名の兵士の死が「事故」であり、それも死んだ兵士たちのあやまちではなく、「命令した上官のあやまち」だと主張している点である。「命令した上官」とは誰を指すのか不明だが、はたして事実はどうであったのだろう。これもまた、今となっては「絶対的な真実を究明することは不可能」であるか、きわめて困難なことであるにちがいない。

いずれにしても、なぜ三勇士だけが爆死しなければならなかったのか。これは、当然生じる疑問であった。素朴すぎるほど素朴な疑問であった。というのは、杉谷教授も指摘するとおり、「この爆破作業に当った久留米工兵隊三十六人のうち、戦死したのは三勇士を含めて七人だけであった」からであり、しかもこの戦死者のうち、三勇士を除いて四名の兵士は、いずれも鉄条網に到着する以前に敵弾に斃《たお》れたものばかりである。そうであればあるだけに、せっかく苦心惨憺して鉄条網まで辿りつくことに成功した一組である。もし破壊筒に構造上の欠陥さえなければ、かならずしも生還不可能ではなかったと考えるところから、この疑問は発生している。

これに反論して、『爆弾三勇士の真相と其観察』の著者は次のごとく述べている。

「薬量と製作の仕方は申し分ないが、点火用導火索は短きに過ぎはしなかったかとの疑を持たれる人もあるようであるが、現に三勇士と同一行動をした他の一組は、何等損害を蒙らないで成功したのから見れば、其長さも適当であったと判定して良いと思う。導火索には速燃と緩燃との二種類あり、点火用に供するものは緩燃の方であって、一秒間約一糎《センチ》の速さで燃焼する。当時之が長さは三十糎で尚予備として更に一本をつけ、二本共点火した。点火より爆発迄は三十秒間あるわけである。（略）此の時間内には拠点を出て鉄条網に至り破壊筒を突込んで後退するの時間は充分あるのだ。夫れ故、三勇士の戦死の原因は導火索の長短ではないので、北川一等兵の負傷して一時倒れたことと、三勇士の任務遂行の熱誠から最後迄爆薬を抱えていたことからであって、是れが真相なのである。導火索をもっと長くして置いたなら、斯る危険を免れ得たであろうと論ずるものもあるが、長くして置いたのでは目的を達し難い事がある。之れ敵は我が挿入したる破壊筒を抜き去って鉄条網の外で破裂せしむるから、何にもならなくなる。（略）それだから破壊筒を挿入し数米後退して伏せば、すぐ爆発するのを理想とする。即三十糎は長からず短からず、最も適当なる長さであったと予は考える」

要するに技術上の欠陥は認められず、と小野一麻呂中佐は論駁《ろんばく》し、「色々の疑問を懐いたりするのは工兵技術の認識不足に原因するものではなかろうか」と反省をうながしている。あるいは小野中佐の説くとおりであったかもしれない。この絶大な確信にあふれた小野一麻呂の眼から見れば、およそ荒唐無稽な放言をして恥じるところのない田中隆吉のごときは、まさに獅子身中の虫であり、帝国軍人として許すべからざる存在であろう。

ショッキングではあるが信憑性の薄い田中発言は一応論外として、ただこのように小野中佐が、絶対に技術上の失敗はありえなかった点を、あえて力説強調しなければならなかったことは興味ぶかい。「命令した上官のあやまちではなかったか」という声は、半ば公然と高まりつつあったのである。もちろん、これは小野中佐が批判するように、技術上からいえば「工兵技術の認識不足」の現われであり、精神上からいえば「帝国軍隊の精神教育の神髄」に対する認識不足の現われであったかもしれない。と同時に、しかし、「高傑なる勇士の霊を誹謗する」ことが、巷間にひろまる風評の主たる目的でなかったことも事実だ。ことさら意識的に日本軍隊を貶しめようと図る者は別として、大多数の国民は鳴物入りの熱狂的な宣伝扇動のままに、三人の若者の勇猛果敢な行為とその犠牲的精神に感動すればするほど、哀惜の念もまたひとしおつのるばかりであった。そのいじらしい心情こそ、破壊筒の技術的欠陥説を抵抗なく受け容れ、とりどりの風聞の種子を無邪気に繁茂させる土壌でもあったのである。『真相と其観察』の著者の苦衷《くちゅう》は、察するに余りある。彼はくり返し「天命」という言葉までもちだして、苦しい説得を試みなければならなかったのである。

「三勇士より少しく遅れて発進した第二組は、比較的敵火を蒙ること少なくて鉄条網に破壊筒を挿入して、数米後退して地面に伏した。『ドン』と一声爆音は轟いた。此の爆発は三勇士の組のと殆ど同時であって、茲に両組共突撃路を完成し得たのである。然し一組は悉く殪《たお》れてしまい、一組は皆健かである。之れ全く天命と謂うより外はないであろう」

また、いう。

「小崎清、林田正喜、坂田栄一、野口好平の四勇士も亦三勇士と同一心裡の許に名誉の戦死をしたもので、死の程度に於ては何等甲乙無いが、三勇士は火の付いたものを持っていったと云う点と、身を粉砕して任務を全うした点で国民より一世の同情と敬慕とが集ったもので、天の命ずる所に外ならないのだ。空閑少佐の様に苦戦奮闘、最後迄忠烈を致して然も非運に遇いし気の毒なる勇士もある。其の外部に発露せらるる所には随分幸不幸がある様だが、軍人としては己を省み軍人精神に恥ずる所がなかったならば、それで瞑せなければなるまい。平素より其修養がなければなるまい」
明らかにこれは、皆おなじように廟巷鎮の鉄条網爆破作業で壮烈な戦死を遂げた兵隊でありながら、なぜ三勇士だけを特別扱いにするのか、という国民の批判をふまえた発言であり弁明である。三勇士のみをことさらに美化し、祭りあげようとする動きに対する不審の声は、なぜ彼らは生還できなかったのかという技術的な疑問と並んで、またひとしきり盛んであった。さすがの小野一麻呂中佐も、「天命」と「軍人精神」で押し切るほかはなかったのである。

爆弾三勇士の中に部落民がいるといううわさは、彼らの死をめぐってのさまざまな囁き声とまじりあいながら、この国の貧寒な風土深く滲みわたっていったのである。もちろんこれは、他のもろもろのうわさのように「七十五日」で時効がくるものでもなければ、小野中佐苦心の特効薬「天命」と「軍人精神」で中和させられる性質のものでもありえなかった。時がたつにつれて緑青のように烈しく日本人の魂を腐蝕させてゆくばかりであったのである。

三勇士の取材であけくれたこの三年間、会う人ごとに私はなんと大きなショックを受けつづけてきたことか。人々はもはやこの悲惨な戦争のあった年も、痛ましい三人の兵士の氏名も、ほとんど忘れかけていた。むりもないことだろう。既に四十年近い歳月が経過しているのだ。しかもその間に戦争は相次いで起こり、一々覚えきれないほど多くの軍神が生まれているのだ。しかし、ひとたび「三勇士」という言葉を耳にしたとたんに、人々はあたりを憚るように声をひそめて、「ああ、あの部落民の……」とつぶやくか、「あの三人の中にはこれがおったということですが……」と、あの血の凍るような手ぶりをしてみせるのがつねであった。

いつ、どこで、誰から、そのことを聞いたのか、一人としてはっきり覚えている者はない。ただ、どこかで、誰からか、それも三勇士が死んで間もなく、確かに聞いたことだけは、よく覚えているという。では三人の中の誰がそうであると聞いたのかと問えば、ある者はAと答え、ある者はBと答え、またある者はAとBの二人だと答える。不確実なることこの上ないが、にもかかわらず人々の記憶の中で、〈三勇士〉と〈部落〉とは固く結びついて離れることはないのだ。あたかも少年の日の私の記憶の底で、〈三勇士〉と〈自殺者〉のイメージが離れないように。

もし三人の兵士の中に部落民がいるといううわさが耳に入らなかったとしたら、人々の三勇士像は、恐らくもっと色あせたものになってしまっていたであろう。「三烈士の事蹟を永く国民の脳裡より忘却せしめざる」ための「絶好の方法」として、小笠原長生中将が熱情をかたむけて「各種の教科書、就中文部省編纂の国定教科書に永久に掲載すること」を要望したことは、はじめに述べたとおりであるが、国亡び、教科書絶えて、なおかつ永く国民の脳裡より忘却せしめられることのなかったのは、「三烈士の事蹟」ではなく、その〈部落〉説であったのである。他の部分がすっかり色あせて褐色に古ぼけ、時の紙魚に侵蝕されればされるほど、そこだけがますますくっきりとなまなましく原色に輝いてくるのであろうか。皮肉といえば、これほど大きな皮肉はあるまい。しかし、これは決して気まぐれな歴史のいたずらではない。要するに〈部落〉が消えないかぎり、〈三勇士〉もまた永久に消えないことを、無心に実証してみせてくれているだけだ。

「点火用意、点火」の号令も遅しと発進する一瞬、北川、江下、作江の胸中を、いかなる想念が去来したか、もとより第三者の臆測できる境ではない。戦況は既に酸鼻を極めていた。恐らくは生還もはや期すべからずと観じていたにちがいない。ただ、三兵士の誰が想像しえたであろう、彼らの屍がやがて空前の栄光に包まれようとは。ましていわんや空前の汚辱に包まれようなどとは。

部落問題研究所発行の『部落』一九六一年八月号で福地幸造はその問題にふれ、次のような証言をつきつけている。

――私は思いだす。「爆弾三勇士」が私たちをふるいおこさせていた記憶を。私の耳に入ってきたヒソヒソとした流言のことを。「ありゃ、四つや、エタに死場所を与えてやったのや、エタにああいうことをいいつけてやると喜んで死ぬんや」という声を、私は聞いている。二十年経った今でも、このときの衝撃が生々と思いだされてくるのだ。(『再び部落民兵士の手記を』)

あるいはまた、一九六七年五月の部落解放研究第一回全国集会において、解放同盟中央本部の谷口修太郎もその問題にふれ、次のような事実を報告している。

――敗戦の翌年のこと、高知の興津でおこったことである。復員してきたある兵士は床の間に「天皇」の写真とともにかかげられていた「軍神・肉弾三勇士」の写真をひきはがし、「エタのぶんざいで軍神づらをするな」と庭にたたきつけた。(『解放理論の創造』第一集・『解放の思想と思想の解放』)

戦士の悲惨、まさにここに極まれり、というほかはない。しんじつ、三人の〈英霊〉たちに霊あらば、果たしてこれをなんと見たであろう。しかもなおかつ、これをしも小野中佐の強調するごとく「天命」と諦め、「己を省み軍人精神に恥ずる所がなかったならば、それで瞑せなければ」ならないことなのであろうか。

いかにひたぶるに「お国のため」と信じて死んでいった兵士であろうと、彼が部落の出身であるかぎり、しょせん冷酷な差別の対象以外のなにものでもありえなかった事実を、近代日本部落史はいやというほど私たちに教えてくれている。どんなに純粋な偉大な行為も、すべて「エタ」という一語によって無残に凌辱されたのである。それが国家権力の名によって名誉ある行為であればあるほど、ますます露骨な冒瀆の糞尿をぬりたくられ、差別再生産の肥料に使われたのである。国家に対する死の忠誠こそが、部落差別の迷夢から同胞を醒ます絶大の証しであると信じて、どれほど多くの若者たちが戦野に屍をさらしたことであろう。しかし、もとよりそれは、なんと美しくも痛ましい幻想にすぎなかったことか。晴れの出征凱旋はむろんのこと、桐の小箱に納まっての哀れな帰還の際も、それが部落民の遺骨であるという理由で出迎えに参加しないというような差別事件さえ、しばしば起こっているのである。よるべもない魂魄は、いずこをさまよい歩いているのか。山河を蔽うて無告の民の怨念のみ深い。

帰命頂来地蔵尊
仏は上下のへだてなく
あわれみ給うぞ慈悲深き
お地蔵菩薩へ奉る
……

かならず君に尽せよと
朝夕教えしかいありて
今は護国の神と消ゆ
三千世界に子を持てる
親の慈愛は皆同じ
生れて二十三つとせを
怪我をさせまい病ませまい
夜は寝びえをさせまいと
心に休めず育て来て
忠義の二字を立てるため
……
必ず怨んで呉れるなと
出て行く我子に伏し拝み
親の心を悟りてか
喜び勇みて勇み立ち
軍のかど出に急ぎゆく

あわれみ給え我子らを
……
戦の門出のその時に
涙をかくしはげまして
お国の為に働けよ
親の体はやつれても
我子のからだを御守護あれ
敵に向いしその時は
敵弾避けさせ給えかし
万の神仏願をかけ
討死するのはいとわねど
どうぞ病死をさせぬ様に
凱旋待つのは親心
御国の為とは云いながら
……
曠野にねむる我が子等は

故郷の便りも知らずして
僅か三週立たぬ中
大和桜の散るように
変りはてたる我子なる
白木の箱に御写真
これが我子かけなげなや
胸がせまってさける程
あわれと思う親達は
かどでの朝のその日より
かげ膳供えて胸の中
ひもじい思いをさせまいと
我子を思う親心
どうぞ汽車やら舟の中
無事に上陸させ給え
戦死につきし其の時は
涙を呑んで出迎えし

親の心のいじらしさ
あわれみたまい地蔵尊
如何なる前世の因縁も
おゆるし給え地蔵尊
親の命のあるかぎり
家は家名のつづくまで
朝夕供養のその時に
香花燈明飯食を
供えて一心正念に
必ず御回向奉る
……
お地蔵様の御慈悲にて
未来は極楽浄土へと
導き給えや地蔵尊
南無や大慈の地蔵尊
南無や大悲の地蔵尊

一九三二年一月五日、満洲奉天省で戦死した陸軍輜重《しちょう》兵高橋高一上等兵の母親が、「毎夜一ト時か二タ時しか寝ずに」回向のために作り、わが子とともに戦死した兵士たちの母親に送った和讃の一部であるが、彼女はこれに添えた手紙の中でこう訴えている。

「御互様に可愛い息子が御国の為め君の為めに名誉の戦士を遂げて呉れまして、家の誉れは末代までも消えません。靖国神社へ護国の神と御祭りして戴き、恐れ多き事ながら上様に御拝んで戴き、此の上の光栄はないと思います。私ばかりではなく、皆様の御母さんも同じ心でいらっしゃる事と思います。又死の如何を問わず親が子に別れた程つらい事はありません。……私は泣きます。一日も泣かぬ日はありません。……然し御人様の前で泣く事はよしましょう。御互に息子の誉れに傷がつきます。人の居ない所でなきましょう」

ところで、〈日本精神の極致〉〈軍人精神の亀鑑〉とまで称えられ、日露戦争の広瀬中佐と比肩する軍神として祭りあげられた三勇士にしてなおかつ——というより、そうまで称えられ祭りあげられた三勇士であるがゆえに、一層口汚なく辱しめられなければならなかったという事実そのものの中に、部落差別のもっとも残忍醜悪な本質がむき出しにされているわけであるが、そのような恥知らずの中傷や誹謗はともかく、三勇士の中に部落民がいるといううわさは、いったいどこから起こったのであろう。もう一度、その問題に立ち戻ってみよう。

誰一人として正確な記憶を持っている者はいないことは既に述べたとおりであるが、いずれにしても勇士たちの戦死後間もなくのことであったという点だけは、誰もみな一致している。ほぼ一年の間にかなり広くゆきわたり、根をおろしていると推定して、それほど大きな誤差はあるまい。私の会ったかぎりでは、昭和八年ごろ、という人はあったが、昭和九年、という人は一名もない。恐らく、あの異常な三勇士ブームの高潮のあとを追うごとく、これまた異常な勢でまたたくまにひろまっていったのであろう。

「ええ、三勇士が戦死して間ものう、ほんの間ものうでしたばい。それはもう感激したもんですたい。三勇士の中に一人、俺たちと同じ部落民がおるというて……」

四十年近い昔の感激をかみしめるような表情でこう語るのは、長崎市の浦上部落に住む靴職のNさんであった。そしてやや暫く沈黙の後、いかにも感慨深げにつぶやいた。

「部落民で金鵄勲章を貰うたとは、爆弾三勇士とこの私ぐらいのもんでしょう」

一九一三年生まれのNさんは、現役召集以後敗戦まで絶えず戦争にひっぱりだされているが、華北戦線に出動中、陣地を死守した功績によって、功七級金鵄勲章を授けられたのだという。もっとも、金鵄勲章を授与された部落民兵士は彼と三勇士だけというのは、明らかに彼の思い違いである。もちろん、その数は微々たるものであるけれども、ほかにも授与された兵士はいるのだ。しかし、彼は長い間ずっとそう信じ、今も心から誇りにしているふうであった。といっても、彼はそのことを自慢するために三勇士をもちだしたのでないことも明らかであった。部落民兵士にとって、金鵄勲章を貰うことがどんなに困難であり、稀有のできごとであったかを、彼は告げたかっただけである。

全国水平社時代、軍隊における差別糾弾闘争のすぐれて戦闘的な指導者の一人であった井元麟之は、いわゆる一般民に較べて被差別部落民の戦死者の比率がきわめて高いことを指摘し、福岡市の部落を中心にして調べたところによれば、一般民の戦死者はおよそ十五〜十六世帯に一名であるのに対し、部落の場合は六〜七世帯に一名、じつに三倍にのぼっていると説いている。正確な数字は今後の調査にまたなければならないが、いずれにしても戦死者の数のみいたずらに多く、金鵄勲章の数は暁の星のように少ないことは確実である。もちろん、死んでどんな勲章を受けるよりも、生きて差別を受けないことこそ、なにより切実な願いであったであろうが。

「爆弾三勇士の場合も私と同じで、ほかの二人には勲章をやって、一人だけ、こいつは部落の生まれだからやらん、というわけにもいきませんものなあ。とにかく三人一緒に死んだとですけん」

Nさんはさびしそうに笑った。それから彼は、同じ兵隊でありながら部落民であるがゆえに、どれほど苦い屈辱の涙をのまねばならなかったかということについて、彼が経験したままをぽつりぽつりと話した。

「そんなふうですから、みんな本籍をよそに移してしもうたとです。ここに籍を置いておけば、大村連隊に入らんとなりません。大村に入ったが最後、たちまち浦上の部落ということがばれてしまいます。相手は手ぐすね引いて待っておるとですから。籍を移すのもやむをえんことでしょう。ばってん、在郷軍人の教育召集の時がおおごとですたい。教育召集はかならず本籍地で受けるのがきまりでしたけん。それでみんなもう教育召集のたびに大慌てして、福岡やら、岡山やら、大阪まで、飛んでいかんとならん。私はよくこういうてからこうてやったもんですばい。うちの在郷軍人会には、この地もと生まれの兵隊はまるでおらんごつあるなあ。教育召集のたびに、みんなどこかへ姿を消してしまうじゃなか、というて。軍隊も世間も、まったく差別に変りはありませんでした。爆弾三勇士がどんな大手柄を立てようが、これだけはぶち破れんということでしょうか……」

私は一人でも多くの「教育召集のたびに大慌てして」右往左往した浦上の老兵たちに会いたいと思った。しかし、それはもはや実現不可能な希望であった。アメリカ軍による二発目の原子爆弾攻撃の際、もっとも爆心地に近かった浦上部落は、一瞬にして壊滅させられてしまったからである。Nさんの家から近い法生寺の境内に建てられた「原爆犠牲者之慰霊塔」には、「昭和二十年八月九日原子爆弾による四百余名の犠牲者並びに戦争犠牲者の霊よ安らかに眠れ。浦上町」とのみ小さな文字が刻まれているが、この数字は全浦上町民のほぼ八割であるという。Nさんが助かったのは、たまたま再度の召集を受け、朝鮮に送られていたからであった。

ともあれ、いまなおさまざまな人びとの遠い記憶の闇空に尾を曳いて彗星のように燃えつづけながら、依然として多くの謎を含んだまま解決の糸口一つ発見できない、この三勇士〈部落民〉説は、そもそも部落の側から出たものであろうか、それともその逆であろうか。これまた、確実な手掛かりはほとんど見あたらない。しかし、「恐らく部落の側から出たものであろう」と説く人びとは、ほかならぬ被差別部落の内部にも決して少なくはない。その人たちの推測によれば、「三勇士の中に俺たちの仲間が入っているそうな」という形で、部落から部落へと伝わっていきつつあったうわさが、やがて部落外へも流布し、それと同時に悪意にみちた中傷に変わったのであろうという。

「三勇士の中に俺たちの仲間が入っているそうな」という小さな声が、どんなに大きな波紋をえがきつつ部落から部落へとひろがっていったかは、眼に見えるようにあざやかである。幾百年にわたって人外の屈辱にあえぎつづけてきた人間にとって、それはまったく夢にも思いがけなかった衝撃的な大事件であり、江下武二を軍神の一人として持ちえた炭鉱労働者が急に「肩幅」が広くなるのを覚えた感激にもまして、熱い烈しい感動であったのである。当然といえば、これほど当然なことはあるまい。

「いやもう大変な興奮でした。長い間、エタよ、四ツよと罵られ、踏みにじられるだけ踏みにじられてきたのですから。軍隊のひどさはまた格別でした。どんなにまじめに頑張っても、ぜったいに上等兵にはなれんとされたものです。同年兵がみんな星二つになってゆくのに、われわれ部落民だけは相変らずの一つ星。まるで宵の明星みたいにいつまでも星一つの二等兵というのは、われわれと営倉にぶちこまれた連中だけです。恥ずかしくてたまらないので、待ちに待った初めての正月休みがきても家に帰らず、藁蒲団の中で口惜し涙を流したものです。それだけに、三勇士の中に部落の仲間がおるということを聞いたときは、鬼の首を取ったような気がしました。見てみよ、世間のやつらは俺たちを四つ足扱いにしやがるが、俺たちの中から日本一の軍神が生まれたではないか。俺たちの底力を思い知ったか。そう、大声で叫んで、日本中に知らせてやりたいような気持でした。どこの家にも三勇士の写真を掛けて、ようやってくださいました、おかげで大手をふって歩くことができるようになりました、ようこそわれわれの恨みを晴らしてくださいました、と手を合わせて感謝し、わが親、わが子のように自慢したものでしたが……」と、涙をにじませて語る老人もあった。虐げられた少年たちの心に刻みこまれた印象は、大人たちにも劣らず鮮烈であった。次のような想い出の記も読まれる。「高等小学校二年生の時（昭和七年）唱歌で藤原義江の『討匪行』と一緒に『肉弾三勇士の歌』というのを教わった。

廟巷鎮の敵の陣
われの友隊すでに攻む
折から凍る如月の
二十二日の午前五時

命令下る正面に
開け歩兵の突撃路
待ちかねたりと工兵の
誰かおくれをとるべきや

中にも進む一組の

江下、北川、作江たち……

私たちは凜然たる肉弾の勇士の歌を声高らかに合唱して、学校の行きかえりを歩いた。ところが、何処からともなく『肉弾三勇士は部落民げな』という噂が伝ってきた。戦争話となると独りで戦争をしているかのように自慢話をするK爺さんなぞは、村内の共同風呂の湯桶の中や床屋の暖炉話に『ヌシ共ア、オドンたちば馬鹿にすんな。いざとなると爆弾ば抱いて手柄ば立つるごたアる者も居るとぞ』とか、『肉弾三勇士の中の二人ア部落の仲間げな』と、ふいちょうして歩いた。『お座』（命日に村中に案内して供養の法事をする仏事）の時なぞ、もっぱら肉弾三勇士の話でもちきった。気の早い所なんか肉弾三勇士の写真を、天皇の写真と並べて床の間の鴨居に掲げる家もあった。

私たちは子供心にナカマの勇士の壮挙をわがことのように共感をもって胸を張って歩いたものだった」（福岡県立若松高等学校演劇部編「勲章の記録」）

あらゆるうわさがそうであるように、この場合も、「仲間がいるそうな」が「仲間がいる」となり、三人の中の一人が二人に変わってゆくのは、けだしおのずからのなりゆきであろう。殊に九州では二人説が多い。事実はともかく、なんといっても地もとであるだけに心のたかぶりも一層強ければ、その触媒作用もますます高まっていったためであろう。しかしこのことは、かならずしも三勇士〈部落民〉説の発祥地が九州の部落であることを立証するものではない。

「もしほんとうに三勇士の中に部落の人間がいたとすれば、そしてそのうわさが部落の中から出たものであるとすれば、当然まず地もと九州の部落で話題になったはずです。そうなればもちろん、いちはやく私どもの耳にも入ったはずです。ところが不思議なことに……」と井元麟之はいう。「この福岡の部落に住んでいながら、私は一度もそんなうわさを聞いたことはありませんでした。私がはじめて耳にしたのは、松本（治一郎）委員長と一緒に京都へいった時のことです。京都の宿ではじめてそのことを聞いて、びっくりしたのを覚えています」

こうした経験をもつ彼は、「あまりに主観的な解釈かもしれないが」と断わってではあるが、発祥地はあるいは京都あたりではあるまいか、と推測する。それというのも、彼がこの古い都でこの新しいうわさを耳にしたのは、時あたかも三勇士の母親三人が西本願寺に招かれて荘厳な追悼法要が営まれた一九三二年三月十日から間もなくのことであったからだという。西本願寺の門徒であるとすればやはり……というようなうわさが、まず京都の部落を中心にして燃えあがり、やがて野火のように全国の部落へひろがっていったのではあるまいか。それは決して考えられないことではない、と彼は説いているが、果たして事実はどうであったのであろう。

いまなお未解決の問題のみ多い三勇士〈部落民〉説であるが、当時の全国水平社はどうこれに対処しようとしたのであろうか。あるいは私の不勉強のためかもしれないが、これという公けの記録は見あたらない。私が眼にしたかぎりでは、三勇士という文字が用いられているのはただ一度、彼らが戦死して三年九ヵ月後の一九三五年十一月五日付の『水平新聞』第十三号においてのみである。

――「軍隊に行った者でなければ真実のサベツの苦しみは判らぬ」というのは、滲むような訓練を耐え忍ぶ兵役の義務に服し乍ら、甚だしきに到っては砲煙弾雨の戦場に於てすらロコツにして惨忍極まる蔑視差別に虐たげられて来た兄弟達の告白である。軍隊内の差別を想うとき、吾々は腹のドン底から煮えかえるような痛憤を覚えずに居られない。しかも軍隊内の差別事件は今も尚お跡を絶たない。……

こう書きおこされた記事の見出しに三段抜きで、「営内の差別を一掃せよ」「肉弾三勇士を出した久留米工兵隊に果然差別事件」という活字が並んでいる。この年の九月、久留米工兵第十八大隊第二中隊の演習行軍中、一兵士が同僚の部落民兵士に対し差別言辞を弄したことに端を発した、糾弾闘争の第一報である。全国各地の軍隊でひんぴんと差別事件が起こっている折でもあり、加えて「曽ては歩兵第二四連隊事件で血と牢獄のギセイを払った福岡県下に於ける出来事である」だけに、全国水平社福岡県連合会はこれを重視、軍当局の責任を問うとともに、「軍隊内に於ける融和政策樹立要求」の闘争に入った。しかし、もとより、唯々としてその要求に応じる軍部ではない。例によって例のごとく、「統帥権の干犯」を楯にとって一歩も譲るところはなかった。内務省警保局のまとめた『昭和二年〜十七年における社会運動の状況——水平運動篇——』によれば、「軍隊側に於ては、師団参謀其他関係隊間に於て善後策を協議の結果、糾弾者に対し陳謝し、或は各隊将兵に対し改めて訓示等をなすに於ては、更に乗ぜらるる虞《おそれ》あるを以て憲兵隊にその処置を一任して静観することとせり」という。

このような不誠意きわまる態度に憤激して水平社は、軍部の出方次第では、同年十一月九日より十三日にわたって鹿児島・宮崎両県で行なわれる陸軍大演習を契機として、さらに第二段階の糾弾闘争を展開すべく決意を固めていたところ、たまたまこの秋季大演習に召集を受けていた予備役歩兵二等兵某が、突如として召集取消しになるという事件が勃発した。彼は、この久留米工兵隊差別事件の糾弾者たる水平社員の兵士と同一部落の出身であった。このため糾弾者側は、「大演習を機になんらかの不穏行動を敢行するを虞れての召集解除なり」とて一層態度を硬化、「大演習の期間を中心に一時は極めて憂慮せらるる状況に在りたるが、熊本県に於て九州全県の取締関係者の対策協議会を開催し、関係県の連絡を密にし適正なる取締を加えたる為幸い事なきを得たり」（『水平運動の状況』）というが、爆弾三勇士の出身部隊における糾弾闘争であるだけに、ひときわ注目された事件であった。

むろん、事件そのものは決して珍しい事件ではない。時々刻々に強まるファシズムの嵐のさなか、全国水平社の存亡をかけた糾弾にもかかわらず、ほとんど枚挙にいとまのないほど、軍隊内における部落差別事件が相次いでいる。「なにしろ相手は、人殺しの武器を腰にぶらさげた軍人でしょう。まるで社会の常識は通用しません。まだ毛も生えん少年時代から、幼年学校、士官学校というふうに、一般社会の空気から絶縁されて、人殺しの道ばかり叩きこまれた人間ですから、これほど厄介なものはありますまい。どんなこちこちの役人でも、まだしもシャバの空気を吸うておるだけに、少しはこちらの言葉も通じますが、軍人だけは救いがたい。とにかく二言目には〈統帥権〉をふりかざすのですから、話になりません。水平社はすぐに〈直訴〉を企てるといって非難されましたけれども、ほかに道がなかったからです。北原（泰作）二等兵の直訴闘争にしてもそうです。せっぱつまって〈統帥権〉の大本に訴える以外に方法がない所へ、軍隊のほうから追いこんでいったのです。そうでなければ、誰がいのちがけで天皇に直訴などするものですか」と当時の切迫した状況を語るのは、血なまぐさい筑豊の炭鉱町に生まれ、生来の反逆児のゆえに寺にやられて僧衣にくるまれながら、井元麟之ら福岡水平社の同志とともに、横暴な軍部を相手に闘いつづけてきた花山清である。

にもかかわらず、しかし、この久留米工兵隊における差別事件の示唆するものは、きわめて大きいといわなければならない。なぜなら、三勇士の歿後、既に四年近い歳月がたった時点での事件であるからである。彼ら三勇士にまつわるうわさは、もうとっくに全九州の隅々までゆき渡っていた。ましてこの三勇士を生んだ栄誉に輝く母隊では、知らない者とてない時代であった。しかもなお、選りに選ってこの工兵隊において、このような事件が発生したということは、彼ら勇士たちの中に仲間がいると聞いて抱いた被差別部落民の希望が、いかにうたかたの幻影に過ぎなかったかを、なによりも雄弁に立証するものであり、部落民兵士がどれほど純粋に祖国の運命に殉じようと、部落差別の厳存するかぎり、結果的にはむしろ差別意識は強められこそすれ、絶対に弱められず、抜きがたい偏見にみちみちた憎悪の炎に油をそそぐ働きをするだけであったことを、このうえなく冷酷な事実によって再確認させる事件となったわけである。福地幸造や谷口修太郎の証言に見られるような恐るべき侮蔑的言動が、臆面もなくまかり通るのも、けだしまた当然といわざるをえまい。

それにしても当時の部落解放運動は、三勇士〈部落民〉説について、なぜ明確な見解を表明しなかったのであろうか。『水平新聞』第十三号の記事にしても、肉弾三勇士という文字はただ見出しに使われているのみで、なに一つ具体的な事実が述べられているわけではない。かといって、もとより、「肉弾三勇士を出した」という九文字は、単に久留米工兵大隊を強調するための便宜的な枕詞ではないことも明らかだ。それと「果然差別事件」という六文字との間には、動かしがたい因果関係があればこそ、必然的に据えられた言葉であるにちがいない。にもかかわらず慎重に触れられなかったとすれば、その原因はなにであったのか。この記事を書いた井元麟之は言葉少なくただ「反動的な勢力に利用されるのを警戒して……」とのみ答えた。彼のいう反動勢力とは、この場合、軍部ファシズムと結託した、一部の右翼的融和主義運動のみを指していうのではなく、民族をあげて軍国主義に熱狂してゆく、時代の流れそのものをも意味しているのであろう。

時とともに速度をはやめてゆくその狂暴な濁流にもまれながら、三勇士像は、なおも戦意昂揚のさらしものとして、かぎりなく恥知らずな凌辱を受けつづけるのである。部落解放同盟書記長の上杉佐一郎は、「部落民でさえあのような勇敢なことがやれるのに、なんでお前らはやれないのか、といって軍隊内において軍国主義を強調する役割りを一面では果たしました」と、痛憤をこめて証言している。(『解放理論の創造』第二集)まさに爆弾三勇士こそは、部落の内に向かっては絶好の融和主義の武器として、外に向かっては逆に部落差別意識を煽っての殉国精神強要の武器として、巧妙に使い分けられつつ活用されたのである。その点を重視して、いわゆる三勇士〈部落民〉説を意識的かつ積極的に流布させたのは、全国水平社の反軍・反戦闘争から部落民を離反させようとする反動的融和主義運動の企みではなかったのか、と説く者もあるが、未だ事実は明らかではない。ただ、誰の目にも明々白々な事実は、その源はどこであれ、一網打尽に部落民大衆を〈聖戦〉にかりたてようとする融和主義者どもが、骨のずいまで三勇士をしゃぶりつくしたということである。もちろん、これは、単に三名の死者に対する許しがたい冒瀆であるばかりではない。もっとも悪質な戦争犯罪であった。

「三勇士は帝国主義戦争の犠牲者であると同時に、この戦争をささえた融和政策のもっとも典型的な犠牲者です。これは、私自身がその政策に利用された兵隊の一人として、自己批判をこめていうのですが……」

その人は、率直で誠実な態度で語った。いかにも古い久留米絣の紺のように質朴であたたかい人柄と生活の匂いの滲みでるような語り口であった。

福岡県山門郡三橋村の農村部落に生まれた彼の祖父源太郎が、いつごろ三井三池炭鉱に入ったのかはさだかではないが、明治二十年代には既に「キャッキャ市《いち》」「チンバ政《まさ》」と並んで「ヤリクリ源《げん》」と呼ばれ、三池炭鉱に睨みをきかす三羽烏の一人であったという。しかし、やがて「キャッキャ市」こと田中市太郎が刺殺されるという暴力事件を潮に、源太郎は三池を去り、ひとまず故郷の三橋村へ帰り、さらに博多へと出てゆく。一方、彼の父はまだ若いころから大の芝居好きで、同好の青年たちと素人芝居の一座を組み、筑後平野の農村を打ってまわるのが道楽であったというが、やがて一家が博多に移るに及んでいよいよ本職の役者稼業を志し、一九二三年夏には節劇《ふしげき》「青年美団」を結成した。九州の田舎まわりには、節劇（浪花節芝居）か新派しかもてない時代であった。集うは部落の美青年たち。多いときは座員五十名前後の大世帯であったという。「三日月次郎吉」「花笠文治」「野狐三次」「幡随院長兵衛」「どんどろ大師」「先代萩」「阿波の鳴門」「狐葛の葉」「四谷怪談」「累ケ淵」「忠臣蔵」などを四季に合わせて演じつつ、「青年美団」は九州各地を巡業してまわった。

こうした旅役者を父母にもった彼は、一九一六年、折しも巡業中であった長崎県島原の芝居小屋の楽屋で呱々《ここ》の声をあげた。まだほんの生まれたばかりのころから、彼は舞台に出た。ふつうなら人形を使うところを、赤ん坊の彼が使われた。小学校へもゆかず、彼は子役として舞台に立ちつつ、一座とともに旅まわりをつづけた。やっと三年遅れて学校に入ったが、それも巡業先の土地で、三日間、あるいは一週間というふうに、落着くまもなしに学校を転々としなければならなかった。学校の近い市街地の場合はまだよい。阿蘇や九重の山奥であれば、学校まで山坂こえて十粁以上歩くことも珍しくはなかった。子役の夜は遅い。観衆の涙をしぼらせる切狂言の役を終えて眠りにつくのは、いつも午前二時近くであった。朝は食事もとらず学校へと走っていった。空き腹をかかえた彼のもとへ弁当を届けてくれるのは、鐘太鼓を打ち鳴らしながら村から村へと口上を触れ歩くマチマワリであった。どんなに一つの学校に腰を落着けて勉強したかったかしれない。しかし、父重吉こと尾上鶴十郎（後に小鶴円）にあやかって芸名を小鶴と称した名子役の彼が欠けることは、「青年美団」にとっては致命的な傷手であったため、それを許されなかった。それどころか、不入りのために衣裳かつらまで座元に押さえられ、彼と母とは他の劇団に身売りしなければならないことさえあった。

そんな小鶴に勉学の途を切りひらいてくれたのは、松本治一郎であった。早くから松本治一郎に私淑して水平社員となり、松本のオヤジさんのためならいのちを捨てても悔いはないと信じていた鶴十郎に対して、「これからの若いもんには学問を身につけさせねばならん。水平運動の将来のためにもしっかり勉強させて、大学までやってやれ」と説いて聞かせたのは、松本治一郎その人であった。十八歳で漸く高等小学校を卒業すると、彼は役者の世界から足を洗って工業学校へ進んだ。

日本軍国主義が太平洋戦争に突入した翌年の一九四二年三月、彼は召集を受けて大阪第四師団歩兵第三十七連隊に入営した。この年の一月十七日、全国水平社は創立以来二十年にわたる解放闘争の幕をとじて、雄々しくも悲劇的な「自然解消」をみずからに宣告している。ありとあらゆる反体制運動が次々に弾圧と窒息を強いられていった中で、最後まで兇暴な軍閥ファシズムに抗して闘いつづけた運動の火の埋没である。それは、この国がもっとも悲惨な滅亡のとばりに完全におおわれつくしたことを告げる、歴史的な瞬間でもあった。内務省警保局はその間の経緯を次のように記述している。

——旧臘言論・出版・集会・結社等臨時取締法の施行せらるるに当り、本省に於ては全水の本来の使命並びに過去の闘争経歴よりして「全水は施行細則第四条の所謂思想結社なり」と認定し、更に「之が存続に関しては不許可方針とし、自発的解消の態度に出でしむる様指導する」の取締態度を決定し、其の旨大阪府・福岡県を通じて全水本部並びに全水幹部に対し示達したり。之に対し中央委員長松本治一郎其の他幹部の意嚮は、「当局に於ては過去の経歴行動よりして思想結社と認めらるるに於ては、其の意味の全国水平社は期間内に存続許可願を提出せざることに依って自然解消せしめ、必要あれば更に新なる団体を結成することとなるべし。蓋し純粋の融和運動を目的とする名実共の教化団体なれば当局に於ても、思想結社と認めらるるが如きことはなかるべし」として自然解消の態度を表明し、遂に存続許可願の提出を為さず。併し乍ら当局よりの「劃然解散声明を為しては如何」との慫慂《しょうよう》に対しては（略）荏苒《じんぜん》何等の措置も為さず漫然推移し居るの状況なるが、本件に関しては松本委員長自身が何等かの処置を為すと否とに拘らず、全水組織其のものは届出法定期間の経過と共に、即ち本年一月二十日法的に消滅したるものにして、従って今後全水としての行動は一切許されざるは勿論なり――と。

「劃然解散声明を為しては如何」という当局よりの「慫慂」を沈黙をもって拒絶した点を井上清は高く評価し、「全水のえらいところは、決してみずから解散しなかったことである。全水は第十六回大会（一九四〇年）を最後に、消えていった。しかし解散したのではなかった。旗は巻いた、しかし進んで旗をなげすてはしなかった。それは何といっても中央委員長松本治一郎の不屈の闘魂に負うところが大きかった」（『部落問題の研究』）と説いている。

ところで、この全国水平社が「自然解消」に踏み切った直後に「部落差別の元兇」日本帝国陸軍に召集された傷心の水平社員は、入営後間もなく中隊長より、幹部候補生を受けるようにと勧められた。「いいえ、受けません。受けても絶対に通らないことはハッキリしておりますから。私たちの仲間で、幹部候補生になることのできた者が一人でもありますか。将校になることのできた者が一人でもありますか。いまだかつてあったためしがないではありませんか」そう彼は答えた。彼にとって水平社は〈魂〉であった。それを無残に踏みにじった軍閥権力への怒りが、熱湯のようにたぎるのを、彼はこらえるだけで必死であった。それから二週間ばかりたって彼は大隊長に呼び出され、「軍の命令だ。背くことはならん」と申し渡された。彼は思いあぐねて、折しも大阪に滞在中であった松本治一郎をたずねた。ほうと面白そうに微笑んで「解放運動の父」は、「どうしても受けろというのなら、一つ受けてみたらどうか」と告げた。いつもと変らぬ慈父のまなざしであった。彼は意を決して幹候への途を進んだ。それにしても、なぜ軍部は、彼がもっとも警戒すべき部落の人間であり、しかも松本治一郎事務所の住み込みの書生であることを知りながら、あえて将校候補に仕立てようとしたのであろうか。彼の現住所は松本治一郎方と明記されていた。そして身上調査簿の彼の頁には、最後まで赤い付箋が貼られていた。

「要するに、軍隊内における差別糾弾闘争の鉾先をかわし、見せかけの融和政策を押し進めるための人質にされたわけです。松本先生のカバン持ちということであれば、こんないいカモはありませんから」

それだけに彼は、〈聖戦〉遂行のための融和政策の一枚看板であった三勇士のこととなると、遠い昔の他人ごととして見逃がすことはできないのである。それゆえに、彼は、最近、久留米市の「郷友会」(旧在郷軍人会・会員約六百)による三勇士の銅像再建の動きを知るやいなや、これに反対して、次のような意見書を部落解放同盟に提出せずにはいられなかったのである。既述の部分との重複を厭わず、ここに紹介しておこう。

「上海事変の時、廟行鎮で歩兵部隊の突撃路を開くために、久留米工兵第十八大隊が、鉄条網破壊の任務を帯びて鉄条網の爆破作業を行なった。昭和七年二月二十二日午前五時のことである。このとき、ダイナマイトを竹で包んだ爆破筒を、三人でかかえて鉄条網に飛びこんで、爆死して突撃路を開いた三人の兵隊がおった。作江、北川、江下という工兵であった。これが『肉弾三勇士』としてうたわれ、表彰され、歌にもなって、学校では唱歌としても教えられた。軍人精神の権化として顕彰され、久留米と東京に銅像が建てられた。久留米市では久留米がすりの『井上伝』とあわせ、『肉弾三勇士』は久留米の象徴として、鉄かぶとをかぶって爆破筒をいだいた三人の兵隊の実物大の銅像が、久留米市公会堂前に建っていた。今はその台石だけが残っている。この『肉弾三勇士』の銅像を、復活しようという動きが久留米市内であるということだ。

この『肉弾三勇士』の中、二人は部落出身である。(略)それにもまして、隠された重要な問題を忘れてはならない。それは、この『肉弾三勇士』の顕彰が、当時の軍部の『部落融和対策』の一つであったということである。ふりかえってみると、軍隊内に於ける部落差別を糾弾して福岡二十四連隊事件が起こり、軍隊内に於ける差別が方々で明らかにされていった。岐阜では北原泰作氏の天皇直訴事件が起こった。二十四連隊爆破の企てがあるとデッチあげて、松本治一郎先生を投獄するという事件も起こった。軍部は軍隊内に於ける差別を糊塗するために、被差別部落民の中で『手がら』をたてる者はいないかと探しておった。昭和六年の満洲事変に続く上海事変と、戦争への道を歩いていった中で、部落に対する融和政策は、部落大衆を戦争にかり立てるためにも、全国水平社運動をマヒさせるためにも、急を要した。その時である。破壊筒を抱いて鉄条網に飛び込んで、鉄条網の爆破と共に爆死した三人の兵士が出た。その中の二人が部落民であるということは、顕彰するにはあつらえ向きであった。

当時の中隊長は涙ながらに顕彰演説をやった。それによると、この時鉄条網を破壊する任務をおびて、並一応の手段では敵弾雨あられと飛び来る中ではできないので、三人がかりで抱えるような破壊筒をつくって鉄条網の中に突き込むようにして、八組の破壊班を編成した。その中の二組は、途中で敵弾に倒れた。四組は無事に鉄条網に破壊筒を突き込んで戻ってきた。一組は先頭の一人が足を撃たれたが、ひるまず点火した破壊筒をかかえたまま鉄条網に飛び込んだ。命令のままに行動した八組の者が全部顕彰されるべきである。突撃路を開くのに成功したのは五組である。何故一組だけが顕彰されなければならないのか。私の部下にはかわりはないと。

中隊長や大隊長には、軍部の意図がわかる筈はなかっただろう。軍部は意図的にその中の一組だけを顕彰したのである。破壊筒を抱いて鉄条網に飛び込んだ三人の中の二人が部落民であったからだ。（略）部落解放のための具体的措置は行なわず、一片の『エタ解放令』で貧困と差別を放置した為政者は、部落大衆を戦争にかり立てるため『肉弾三勇士』を顕彰することで、部落融和対策の一助として利用し、根本的施策をサボッてきたにもかかわらず、軍国復活の表徴として再び『肉弾三勇士』を登場させようとすることには、部落解放同盟として反対すべきである。一九七〇年五月二十九日」

たいへん長々と引用したが、もとよりこれは一人の同盟員の提案であって、今のところまだ、この銅像再建問題に関する解放同盟としての統一的な態度なり方針なりが、表明されているわけではあるまい。提案者がくり返し力をこめて強調しているように、「部落大衆を戦争にかり立てるためにも、全国水平社運動をマヒさせるためにも」緊急な融和政策の一環として、三勇士が終始利用されてきたことは否定しがたい事実である。また、一部の反動主義者どもが厚顔無恥にも「平和の象徴として」などと称しながら、じつはこの提案者のいう「軍国復活の表徴として」三勇士の再登場をうながしつつあることも、やはり否定しがたい事実であろう。その点に関するかぎり、この提案の趣旨に異論をさしはさむ余地はさらにない。

ただ、この提案をささえる二本の脚柱ともいうべき事実について見れば、未だなお少しく不安な部分が目立ってならない。その一つは、提案者は三勇士の中の二名が被差別部落民だと断定しているが、事実、そうであるのかどうか。その二つは、他の戦死者と差別して特別に三勇士だけが「顕彰」されたのは、やはり二名の部落民がいたからだと断定しているが、事実、そうであったのかどうか。もっと深く事実関係が追求されなければなるまい。いまさらいうまでもないことだが、問題は単に「軍国復活の表徴として」銅像再建を拒否することではなく、福地幸造のいう「日本の原罪のもっとも破廉恥な軍事機構の只中での〈部落差別〉をひきずりだしてくる」ことによって、われわれの〈内なる戦争犯罪〉を糾弾することであるはずだし、もしそれが貫徹されなければ、死せる部落民兵士たちは永久にわれわれの内に立ち帰ることはできないからだ。

八

またしても話はひどく前後するが、もう一度、作江一等兵の最期の問題に戻りたい。はじめに紹介したとおり、一九四二年度発行の第五期国定国語教科書によれば、彼は「天皇陛下萬歳」を唱えて、静かに目をつぶったという。これは果たして事実なのかどうか、私はこだわりすぎるほどこだわって、その根拠をつきとめようと努めてきたが、杳《よう》として不明のまま三年の歳月が過ぎてしまった。燈台下暗しとは、まったくこのことをいうのであろう。『上海派遣久留米混成第二十四旅団工兵第二中隊戦史』に、まごうかたもなくそれと明記されているではないか。著者は、当の第二中隊長であった陸軍工兵大尉松下環。帰還後まもなくまとめられた、ガリ版刷りの㊙冊子である。「実戦の体験と其の教訓」を部内幹部に徹底させる趣旨で作成されたものであるが、表現に若干の相違こそあれ、国語教科書の『三勇士』が、これを下敷きとして書かれたことはほぼ間違いあるまい。その点については後でふれるとして、まずはこの『戦史』の記述を中心に、一九三二年二月二日の動員令より同年三月二十五日の原隊帰還に至る間における、この工兵中隊の悲劇的な悪戦苦闘の跡を辿ってみよう。

勇猛果敢をもって鳴る久留米部隊を襲った悲劇は、決して上海上陸後に始まったものではない。『戦史』はいう。

――動員は計画に基き実施するを要す。混成旅団及工兵中隊等の編成は臨時の指令に基き実施せられたり。其完結は僅に廿四時間の超特急なりしも、爾後二日間待機せるを以て日数は結果に於いて応急動員に異らず。結局編成装備は劣弱にして、動員実施は整正を欠きたり。若し爾後引続き本動員を実施せば、在常人員及準備器材等を勝手に抽出せる関係上大なる齟齬と支障とを生じ、恰んど実行不能に陥りしならん。動員は臨時の変則を避け計画に基き整正に実行せざるべからず。

金沢第九師団を主力とする上海派遣軍の先遣部隊として、二十四時間以内に混成一個旅団を編成せよという命令を久留米第十二師団が受けたのは、陸軍が上海派兵を上奏、天皇の裁可を得た一九三二年二月五日より三日前の二月二日午後八時であった。かねて予想されたた出兵とはいえ、あまりにも火急の編成下令である。ために久留米師団は蜂の巣をつついたような混乱におちいり、派遣部隊の編成と装備は文字どおりの泥縄であった。が、ともかく下令どおり三日午後には編成を完了、今か今かと出動の刻を待った。その異常な緊張と困惑と焦燥にみちた待機は、まる四十八時間に及んだ。原因はもっぱら、派遣陸軍の戦力とその主導権をめぐっての、陸海軍の意見の対立によるものであった。海軍側がみずからの警備区域であるという理由によって上海戦線における主導権を主張すれば、陸軍側は統帥権の干犯であるとしてこれに反対。両者は鋭い対立をつづけた。壊滅の危機に瀕した海軍陸戦隊を救うために、涙をのんで海軍側が譲歩したのは、閣議が陸軍派兵を決定した日から二日後の二月四日である。この宿命的な権力闘争の二日間の空白を埋めるために、いかに多くの将兵の血が必要となるか。久留米混成第二十四旅団は、やがて惨憺たる体験によって思い知らされるに至る。むなしい待機の二日間は、そのままむなしい死の待機となった。もしこの二日間が、慎重な編成と装備の努力にあてられていたとすれば、と無念がるのも無理はあるまい。

特に松下工兵中隊の編成と装備は貧弱そのものであった。この臨時編成の中隊は、中隊長以下総員百名、二個小隊、八個分隊をもって組織された。人員少数のため、携行器材は極度に制限された。中小隊長の乗馬を除いては車馬なし。工兵の最大の武器である土工器具は正規の約二分の一、木工器具は約四分の三、爆薬は約五〇〇キロ、小銃弾五千四百発、手榴弾六十発（旅団に再三請求して僅かに入手）、カボック浮背嚢全員分（平時の練習用具）、自転車五台（佐世保にて購入）等が、かろうじて確保されたのみ。必要な資材は上海で調達可能であろうと考えられた。その判断の甘さのために、たちまち苦境に追いこまれようとは、いまだ知るべくもなかったのである。『戦史』は痛恨をこめて次のように述べている。

——所謂南船北馬と云うが如く揚子江沿岸の江南一帯は甚だしき水濠地帯にして、或は交通に或は灌漑に或は夜盗防止に大小無数のクリーク網状に存在して橋梁甚だ少く、三丁行きては小クリークに妨げられ、十丁行きては大クリークに阻まれる状態にして、敵は此れを利用して我を妨害するを以て行動敏活ならず。然も急遽出動したる旅団は遺憾ながら何等の渡河材料の準備なきを以て、如何にして此クリーク地帯に作戦すべきかは、全員就中時に吾人工兵の大なる関心事なりしなり。此れを以て二月九日午前十時大島少尉を上海の日本人倶楽部に派し、カボック、板、及結束材料等の調達に任ぜしむ。然れども焦慮之を待てども依頼せし材料は一向に到着せざるを以て、越えて十一日午前十時中隊長自ら上海に至り、先ず日本領事館内特務機関に交渉し、更に日本人倶楽部に至り、其の援助を受く。然るにカボックは日本の軍用に使用する事を察知せる華商のボイコットに会いて到底得る能《あた》わざるを以て、云々。

そうとも知らず松下工兵中隊は、とり返しのつかぬ二日間の空白の待機をへて、二月五日午後九時四十分久留米発、軍用列車で佐世保軍港へと運ばれた。江下武二の肉親や友人たちが、せめて最後の別れを告げるべく、深夜の炭鉱町の駅に立ちつくして待ちわびながら、ついに会うことのできなかったのもこのためであった。翌六日午前十一時、久留米混成旅団の将兵を乗せて、十一隻の軍艦は佐世保を発った。工兵隊の乗艦は巡洋艦神通。昼食は出陣を祝う赤飯に鯛の頭つき。しかし、せっかくの御馳走も兵士たちの腹には納まらず、口から吐きだされた。港口を出るやいなや、彼らの乗艦は猛烈に鋼鉄の体を揺りはじめ、陸兵は生きた心地もなかった。雨合羽をつけ、腰に命綱を巻いた、びしょ濡れの水兵が降りてきて、「甲板に出ることはならん。出たら命がないぞ」と吸鳴った。「選りに選ってこんな大シケに出征とは」と陸兵たちは嘆いた。「シケなんかではない。静かなもんだ海は。荒れ狂うとるのは海ではのうて、軍艦のほうだ。海の上を走っとるのではない。貴様たちを一秒でも早く上海に運ぶために全速力だ。海をもぐって走っとるんだ」と水兵は吸鳴った。それをきいて陸兵たちは、さらに激しく嘔吐を催した。

たけり狂った海獣のように獰猛な速度で走りつづけた軍艦の動揺が漸く静まったのは、哀れな陸兵たちが生きた心地もない一夜を過ごした、七日未明であった。艦隊は既に揚子江上を溯航しつつあった。第一次上陸部隊に指定された松下工兵中隊は、折しも氷雨の降る江上で、巡洋艦神通より駆逐艦水無月に移乗、黄浦江へと入った。それと知った呉淞要塞の中国軍が迎撃を開始、艦もこれに応射しつつ砲台沖を通過、約一粁上流の呉淞機関庫桟橋へ。船酔いに青ざめた兵隊たちの顔を一段と青ざめさせる実弾の洗礼であった。海軍陸戦隊と艦砲射撃の掩護下に彼らが上陸を開始、おおむね機関庫に集結を完了したのは午後二時であった。

——敵の主力は北方呉淞クリークを距てて呉淞鎮に拠り、其一部は尚お後岸に踏み止まり背水の陣を敷き、西南方は遠く我を包囲し頑強に抵抗す。陸戦隊員は霙《みぞれ》に濡れ泥土に塗れつつ機関庫附近の敵を駆逐せんとし、将士の死傷続出するも尚奮戦力闘する様、痛く吾人の士気を鼓舞せられたり。既にして暮色蒼然として至り、呉淞クリークの両橋梁は紅蓮《ぐれん》の焔を上げて炎上し、彼我の銃砲声は殷々として満目転《うたた》ゝ悽愴たり。此の夜、旅団の一部は陸戦隊と交代し敵と相対峙す。

松下工兵中隊長は、中国上陸第一日の状況をこう書きとめている。日本の兵士たちが生まれてはじめて迎える戦場の第一夜、それはまさしく死との初夜であった。「あんな恐ろしい思いをしたことはない」と、今も彼らは顔をしかめる。無残に破壊された機関庫の中の暗闇で、彼らは第一夜の眠りに就いた。実戦の経験をもたぬ兵士たちの睾丸をちぢみあがらせる銃砲弾の轟きも、長くは彼らの睡眠の敵ではなかった。まだ天地のゆらぐような船酔いから醒めない兵士たちは、疲労の蒲団にくるまれて、いつか前後不覚の眠りに落ちていってしまった。一夜明け、若い肉体がよみがえってはじめて、彼らは自分たちの体の下の異様な感触に気づきはじめた。彼らはそっとムシロをはぐった。そして、ハッとばかりに息を呑んだ。ムシロの下は、累々たる海軍陸戦隊員の死体であった。その間にも怒気も荒く陸戦隊員が、血に染まった戦友たちの屍を搬入しつづけた。水兵服に装着した白脚絆は、中国兵にとって、夜目にも著《しる》く絶好の射撃目標であった。加えて彼らは、不用意に立ったまま行動する習慣から容易に自由でありえなかった。

しかし、陸軍の兵士たちも、無邪気な点にかけては海軍以上であった。「のん気なことじゃったよ、今から思えば。中国人が中国語をしゃべる人種であることさえ知らんかったのだから。斥候《せっこう》に出てはじめて、あらまあここは日本語は通じんぞということがわかったげな調子じゃ、万事。日本語の通じん世界があることを、はじめて知ったとじゃもん」と彼らは述懐する。目にふれるかぎりのすべての物体が、彼らには恐怖と戦慄にみちた死の影に見えた。「いやもう、恐ろしいばっかりで、なにもかも敵に見えた。逃げていく敵さんを追うて、ある大きな家に入ったときのことたい。おまえ先に入れ、貴様が先に入れと背中を押しあいながら、へっぴり腰で中に入ったが、薄暗い部屋でさっぱり見えん。そのうちにだんだん目がなれて、ものの形が見えはじめた。たまがったのなんの。真正面の壁の前に、大男が、それも一人ではなか。三人も並んで、こっちを睨んでおるじゃなかかな。小隊長もびっくりして、撃て！ と号令をかけた。撃った、撃った、目をつぶって無我夢中に撃鉄を引いた。ところがなんぼ撃ってもさっぱり倒れんやないな。なーんが、倒れんはずたい。仏像じゃ。金の仏さまじゃ。その家はお寺やったとたいなあ」

実戦の体験をもたない兵士たちを恐怖せしめたのは、圧倒的に優勢な中国軍の火力ばかりではなかった。見るからに善良そうな農民や、愛くるしい女学生の姿にも、彼らは神経をすりへらさなければならなかった。いつ、誰が、どこから、手榴弾を投げるかもしれないという恐怖が彼らを日夜おびえさせた。

呉淞機関庫附近に兵力を集結した久留米混成旅団は、北方呉淞鎮方面の中国軍と対峙しつつ、当面の重点を呉淞クリークの渡河作戦に置いた。なんら渡河材料を携行していないだけに、松下工兵中隊はその蒐集に腐心しなければならなかった。夜陰にまぎれて押収した舟は八艘にすぎず、急造木舟の製作に全力を注いだ。軽橋製作のための材料調達もまた焦眉の急務であった。しかし『戦史』の記述のとおり、「華商のボイコット」によってカボックの入手は不可能となり、やむをえず建築材料の圧搾キルク板をもって代用しなければならなかった。

その間にも中国軍は、呉淞クリークの左岸一帯に兵力を集結しつつあった。混成旅団はこれに対応するため、約五粁上流で渡河作戦を強行、左岸に地歩を獲得して爾後の攻撃を準備することに決した。上海派遣陸軍部隊にとって最初の大攻防戦となった紀家橋の渡河作戦である。渡河部隊には岡本歩兵大隊（二中隊欠）が当てられ、工兵中隊からは東島小隊（一分隊欠）がこれに配属された。大隊は二月十二日正午、応急のキルク製軽橋材料を携行して機関庫を出発、渡河地点に近い西唐橋の部落へと向かった。目的地に到着したのは午後四時過ぎであった。休む間もなく東島小隊は架橋作業に従事した。翌十三日午前五時三十分までに架橋すべしという大隊命令であった。

——昼過ぎより寒気次第に加わり霙降る。彼我の銃声不気味に響きて暮色漸く深し。当夜上弦の月あれども妖雲空を閉して暗し。午後十時組立作業を完了す。悽愴の夜半過ぎて十三日午前四時三十分、一部歩兵の援助により隠密に河岸に搬出す。（『戦史』）

製作した軽橋は長さ五〇メートル。クリークの幅に二、三メートル足りない分は、歩板を架してこれを補った。歩兵大隊はただちに渡河を開始、はじめて左岸に橋頭堡を確保した。しかし、中国軍は猛然と反撃。激烈な攻防戦が終日くり返された。

——斯くして岡本大隊は次第に優勢なる敵に包囲せられ、此上前岸に踏み止まり戦闘を継続せんか、終には離脱困難となり爾後の作戦を妨害するを以て、遺憾ながら午後八時過旅団命令にて碇大隊の収容に依り夜暗に乗じ後退す。工兵小隊又橋梁を撤し十四日午前五時機関庫に帰還集結す。（『戦史』）

この戦闘中、東島工兵小隊は橋梁守備に任じられたが、中国軍は上流より木舟を放流して橋梁の中央部を切断、工兵隊員は弾雨を冒して裸体となり、泳いでその補修に当らねばならなかった。また、歩兵大隊の背後を衝いて殺到する中国軍に対し、「寡以て衆を支え携帯弾薬を殆んど射耗し尽さんと」する小銃戦闘をも引受けなければならなかった。東島小隊の射耗した小銃弾数は約三千発。歩兵が工兵作業の掩護射撃をするのではなくて、工兵が歩兵の掩護射撃に当らなければならなかったのである。この苦い経験によって工兵隊は、以後多大の不便を忍んで可能なかぎり多量の小銃弾を携行することとなった。また、軽機関銃の必要を痛感させられることとなったのである。下元旅団長は、東島小隊の労を多とし、次のような功績確認証を授けた。

――東島小隊ハ二月十三日岡本大隊紀家宅附近ニ於テ呉淞河渡河ニ際シ終始勇敢ニ動作シ巧ニ架橋ヲ行イ、又敵ノ攻撃ヲ受クルニ際シテハ之ヲ確実ニ掩護シ敵火ノ許ニ補修ヲ行イ、以テ岡本大隊ノ作戦遂行ニ完全ニ協力シタルハ武功顕著ナルモノト認ム。

「まったく危機一髪だった。どうにか命拾いをしたのは、敵が突撃攻撃をしかけなかったおかげだ。民族性の相違だろうか、中国軍は日本軍のように一挙に突撃で勝敗を決しようとしない。あくまで射撃戦一本だ。あの時もしも日本式に、〝突ッコメー、ワーッ！〟とやってこられていたとしたら、こちらは全滅だったかもしれない」と、東島小隊長はその状況を私に語った。「引返す途中の心細さといったら。足もとのぬかるみに落ちる霙の音までが、敵の弾の音のようにきこえて肝がつぶれるようだった。呉淞鎮のほうの紡績工場が海軍飛行隊の爆撃で燃えて、クリークぞいに流れてくる煙までが、あの時ばかりは、押し寄せてくる敵の大群のように見えてならなかった。そんなはずはないがと、いくら目をこすってみても、やはりそう見える。念のため部下にきいてみたが、やはりそう見えるという。やっと夜明け近くになって味方の塹壕のふちまで辿りついたとたん、すーっとその大群が消えて、ただの煙に見えはじめた」

悪戦苦闘をつづける先遣久留米部隊の将兵たちが待ちに待った金沢第九師団の諸隊は、これよりさき、二月九日、十日の両日、輸送船十六隻に積まれて宇品港より上海へ急行。第一梯団（九隻）の揚陸は十五日完了。第二梯団（七隻）の揚陸も十六日完了。第十九路軍に対する撤退要求を拒否された植田謙吉第九師団長は、怒り心頭に発して即戦即決を決断、無謀にも主たる攻撃目標を江湾鎮方面の中国軍主力部隊に指向した。総攻撃の日時は二十二日未明と決せられた。師団命令に従って久留米旅団は二十日午前五時、暗黒裡に行動を開始、旅団の攻撃地点たる廟巷鎮へと進軍した。連日の悪天候のため、比較的身軽な歩兵の歩行すら困難なほどの泥濘であった。多量の武器弾薬その他諸資材の運搬は、すべて臂力《ひりょく》に依らねばならなかった。緊急動員のため旅団は車馬を持たず、たとえ持っていたところで泥濘とクリークに妨げられて使用は不可能であった。工兵隊はその打開策として背負式運搬具の製作をした。朝鮮民族の使用するL字型の千木である。廟巷鎮へ、廟巷鎮へと目指す久留米旅団の諸部隊、輜重特務兵、在上海日本人義勇軍、徴用中国人労務者の背にする千木の数は五百個以上に達した。しかもなお、重い渡河材料を背負った工兵の辛苦は、言葉に尽せないほど深刻であった。果てしない泥濘とクリークとの格闘のあげく、工兵中隊がようやく堅塁廟巷鎮東方一千メートルの一寒村麦家宅に辿りついたのは、当二十日の夕刻であった。

——当夜は至厳なる警戒裡に数軒の民家の土間に分宿し、武装の儘露営火を囲み藁の中に夜を徹す。逃げ後れたる土民は恐しさに凍え居れり。徹宵繁き敵の流弾は屋根及壁を打貫き、竹林に当りて谺《こだま》し、又敵砲弾落達し炸裂する様は物凄きばかりなり。(『戦史』)

明けて二十一日はもっぱら攻撃準備に費やされ、工兵隊は鉄条網の強行破壊のための破壊筒急造に全力を注いだ。その経過については前に述べておいたから、あらためてくり返さない。午後五時、松下工兵中隊長は部下将兵全員を集めて命令を下達。当夜の状況を松下大尉は次のように記している。

——今や旅団攻撃の成否は一に懸りて此の決死的破壊作業の成否にあるを以て、全力を尽し万難を排し一意任務の達成に邁進する様訓示し、陣中僅に得たる支那酒を酌み交わしぬ。破壊隊員は背嚢を整理し、残る戦友に煙草を与え後事を托する等、覚悟の程も観取せられて頼母し。冬の日は暮れ易く驟雨《しゅう》さえ至り流弾の唸り絶えず耳朶《じだ》を抉《えぐ》りて蕭条の気戦場に満つ。午後六時大島小隊は先ず出来上りし急造破壊筒一箇を携え天主堂に、東島小隊は二箇を携え金馮宅に分進す。懸念せる爆薬は午後八時頃麦家宅に到着せしを以て更に破壊筒五箇を急造し、大島小隊に二箇、東島小隊に三箇を送致せる後、中隊の主力は午前三時半金馮宅西端に進出し東島小隊の直後に待機す。陰暦十七日の月は暗雲に閉され地上には暁霧低迷す。敵陣の警戒は至厳にして其の銃砲の射撃は終夜間断なし。

鉄条網破壊隊員の人選とその編成は、それぞれの小隊長がみずから当った。助攻方面を引受ける第一小隊大島少尉は三組（組長以下四名一組）を、主攻方面を引受ける第二小隊東島少尉は第一班として三組（組長以下三名一組）、第二班として二組（おなじく組長以下三名一組）を編成。決死の破壊隊員の人選は、どのような基準によっておこなわれたのであろうか。「いろいろと根も葉もない憶測がされたようだが、どれもみなまったく事実無根だ。二月十三日の呉淞クリークの渡河作戦に参加させられなかった隊員を選んだだけである。この渡河作戦に参加できなかったことを大変残念がっておったし、功績が公平にあげられるよう配慮するのが長たる者の務めでもあり情けでもあろう。殺そうと思ってではない。生きて平等に手柄をたてさせたいと思ってのことだ」と、東島少尉は沈痛な面もちで私に語った。

『戦史』はまず大島小隊鉄条網隠密破壊の状況を、次のように記録している。

――大島小隊は天主堂に於いて送致せられたる残りの破壊筒を受け取りたる後、既に突撃陣地の位置に進出せる歩兵に追及し中央中隊の位置に至り、歩兵が突撃陣地を掘開する間工兵は陣地内に廿五米を隔てて三個の破壊拠点を構成し、概ね何《いず》れも午前二時過ぎに完成し、満を持して放たす《(ママ)》緊張の内に時機の到るを待つ。既にして午前五時朝霧一しきり濃く棚引きしを以て小隊長は好機逸すべからずとし、各組長を中央に集め「天の祐《たすけ》だ今の内に前進せろ」と命令す。小隊長は中央前五米にあり。三組共枚《ばい》を銜《ふく》み匍匐《ほふく》前進す。左右の組殆んど望見すべからず。中間迄前進せし頃中央正面の機関銃は俄に連続射撃を浴す。南無三しまったり発見せられたるか、第一組は依然前進するも第二、第三組は一時地に伏して動かず。此の時第二組の先頭田中一等兵は「班長殿もう見つけられましたよ強行で行きましょう」と云う。内田（亀夫）伍長は「心配するなあれはチャンコロの盲撃だ、もう暫く我慢して伏せとれ、こんなに霧が深いのに分ってたまるか」と囁きつつ暫くじっと地に伏すれば、敵の疑も晴れしものか射撃も止む。依りて再び前進を起せしも正面の機関銃気に懸るを以て右に七、八米それて前進す。小隊長は鉄条網前約二十米附近に停止し推進す。各組共鉄条網に辿りつき挿入を開始す。然るに第二組の位置は鉄条網の深さ破壊筒の長さより大なるを以て（戦後此の位置は鉄条網通路の交叉部なるを知る）浅き所はなきものかと探せば、左方七、八米の位置浅きを知り、虎の尾を踏む心地にて破壊筒を抜き出し部下を静に移動せしめ漸く挿入を終る。されどここに一つの気懸りあり。そは後方に於て水濠を渡る際後尾の柴田上等兵破壊筒を持ちたる儘誤りて水中に落ち込み濡れ鼠になりしを以て、導火線に防湿設備は施しあるも果して点火するや否や即ち之なり。これを以て組長は若し点火せざる場合は最後の切札として手榴弾の威力を借りて誘爆せんものと思い、此れが安全装置を解きて傍に置き、柴田上等兵を右に田中一等兵を左に佐々木一等兵を数米後方に置き点火準備を完了す。

——此の時将《まさ》に予定の点火時機午前五時三十分なり。作業順調に運びし第一及第三組は点火を終りさっと身を引き小隊長の線に後退伏臥するや、間もなく第三組続いて第一組の爆音は戦場を震駭《しんがい》し、両所に紅蓮の焔と濛々たる爆煙昇騰し鉄条網は木葉微塵に飛散するを見る。然るに第二組の四名の黒き影は閃光に依りて瞬間狭霧に投影せるも、又霧中に没し去りて消息なし。小隊長は「しまった隣の爆破にやられたか」と心痛す。然るに此の組は猛烈なる爆破の風靡力を受け土砂を浴び暫し失神せるなり。稍〻《やや》ありて内田伍長ふと目を開けば耳はジン〳〵鳴る。「俺は鉄条網破壊に来て居るのだ、どうしてこんな風になったんだろう」と思い、右の柴田上等兵左の田中一等兵を「こら〳〵」と小声にてゆり起せば彼等も暫し呆然たりしが、我にかえりし柴田上等兵は「班長殿、破壊筒がありませんよ、いや〳〵有りました、土に埋って居ります」と云う。「よし田中も早く点火準備をせろ、よいか点火だ」濡れし導火索の点火を気遣いしに天の祐か嬉しや本点火具も予備点火具も見事に点火したるなり。「後へ」と呼びつつ突撃陣地目がけて一気に後退すれば、小隊長も他の両組も共に突撃陣地に駈け戻る。間髪を容れず更に爆音は乾坤《けんこん》を圧して轟く。三組共に上首尾なり。一同歓喜して萬歳を連呼して止まず。中隊長森田大尉は軍刀を振い先頭に立ち三条の爆破孔より突撃に移る。続いて大隊長森田少佐又予備隊を提げて突進し来り「工兵有難う、予備隊前へ前へ」と連呼しつつ潮の如く雪崩込む。時に午前五時四十分なり。斯くて守兵を屠《ほふ》り客家宅附近敵の第一線を奪取す。此の方面の攻撃は歩兵の損害も極めて少く、工兵も亦鉄条網の破壊直後僅に田中一等兵左肩胛部に負傷せるのみ。

次に東島小隊鉄条網強行破壊の状況はどうであったのか。

——東島小隊は金馮宅に於て送達せる残りの破壊筒を受けとりたる後、午前三時半金馮宅西北側大隊主力の集合位置、第三中隊の後方に伏臥しあり。続いて大隊本部よりの小声に依りて前進を開始す。十米行きては止まり二十米進みては伏せ、一進一止肉迫す。敵前二百米に達せる頃、敵は何に依りて之を察知しけん、各種の火器を揃えて猛射す。之が為匍匐し地形を利用しつつ敵弾を潜り遮二無二前進を続くれば、遂に朧《おぼろ》に鉄条網の杭をも認め四、五十米に近接せる事を知りたるを以て全員を伏臥せしめ、点在する墓地を利用し歩兵は突撃陣地を工兵は破壊拠点の掘開に着手せしも、敵弾愈〻《いよいよ》繁くして作業意に任せず。附近は一帯の麦畑にて拠るべき地物更になく唯鉄条網の直前五、六米の所に二個の墓地の土饅頭あり。松山歩兵大尉と共にありし東島少尉は先ず之に取付くを以て上策なりと判断し、馬田軍曹に命じ第一班の第一組は右の墓地、第二及第三組は左の墓地に向わしめんとす。然るに敵の射撃は益〻熾烈を加え、殊に廟巷東北側の方向より間断なき敵機関銃の射撃を受け損傷続出する有様にて前進容易ならず。時間は刻々に経ち、突撃時間の午前五時三十分は将に過ぎんとす。今は猶予すべき時に非らざるを以て歩兵中隊長に作業の掩護を依頼せしに、歩兵は工兵の両側より軽機関銃を以て射撃を開始し発煙筒を投擲《とうてき》す。此の時は南方よりの微風あり。煙幕は美事に展張せられしを以て此の機逸すべからずとし、「敵弾は高し、第一班は直ちに墓地に取着け」と怒号す。此の声に応じ馬田軍曹を中心とする第一破壊班の三組は急ぎ前進を開始す。然るに此の時は煙幕も薄れかかり雨霰の如き十字火を浴せられ、右に進む第一組は先ず小崎一等兵傷つき、続いて後尾の浜川上等兵、中央の持田一等兵も亦傷つく。小崎一等兵は左上膊部に貫通銃創を受け居るを以て右手にて単身破壊筒を引摺り驀進《ばくしん》せしも、更に迫撃砲弾の為左顔面を砕かれ、惜しむべし此の勇士も亦遂に鉄条網数米前に斃る。中央に進む第二組も先頭の中場一等兵傷つき、次て中央の山崎一等兵は弾薬盒に敵弾命中せし為自己の小銃弾暴発して破壊筒上に打倒され（携帯小銃弾は弾薬盒の底を打ち抜きて大地に打込み被服は破れたるも奇蹟的に助かる）如何ともする能わず。左方に進む第三組も威勢よく併進せしも、三名共に機関銃の集中火を浴び将棋倒しに殪《たお》さる。

——鳴呼憾《うら》むべし第一班は三組共に事成らず。班長馬田軍曹は右の墓地を楯にとり、直前の機関銃に向い第二組の小佐々一等兵の集めて渡す死傷者の手榴弾を鉄兜に打ちつけて点火し、十数発連続投擲しつつ躍り出で単身鋏断作業を決行す。東島少尉は斯くの如き情況なるを以て更に左後方約十米附近に待機せしめし予備班の二組に大声疾呼強行破壊を命ず。予備班長内田伍長は第一班の情況に鑑み一度拠点を出発せんか鉄条網に辿り著くことすら困難なる情況なるを以て破壊筒を点火するの余裕なきを知り、直ちに両組に点火を命じ出発せしむ。而して予備班の作江、江下、北川一等兵の第一組は直ちに点火し弾丸雨飛の中を疾駆す。然るに中途にて又先頭の北川一等兵傷つき三名もはずみを喰いて転倒し空しく十数秒を経過したる為、導火索は燃え進み時刻は刻々に迫る。然るに三名は尚お勇敢に起き上り鬼神の如く再び燃ゆる破壊筒を抱き上げ、奮迅鉄条網に躍りかかりて挿入すれば、轟然一発鉄条網は飛散せり。然れ共哀れ勇士も亦肉弾と化す。予備班の第二組は点火しかねしを以て班長来りて共に点火し稍〻遅れて発進し、此組は幸にして目的を達して無事帰還す。続いて起る爆音に此処にも突撃路は開く。突撃路三条を開設し得たり。小隊長も生存せる部下も「鉄条網は破れたぞ、突撃路は開いたぞ」と通報す。松山第三中隊長は負傷しつつ指揮し、突撃喇叭《ラッパ》を吹奏し喊声をあげ突撃に移り、続いて碇大隊長爾余の部隊を進めて突撃乱入し、遂に堅塁廟巷の一角を占領せり。時に午前六時十分なり。暁霧朝日に漸く薄れ行く頃、打砕れし陣頭には高く日の丸の旗翩翻《へんぽん》たり。戦場の此処彼処には彼我の死傷散乱し、戦線は犬牙錯綜して暫し動揺は止まず。

いたずらに犠牲のみ多く、あまりにも成果の少ない総攻撃であった。むろんその原因の第一は、『戦史』の指摘するとおり、「主攻撃正面の選定」の誤りにあった。一朝にして八名の部下を失わねばならなかった松下工兵中隊長は、深い痛恨をこめて次のように述べている。

――混成旅団が其の主攻撃点を廟巷鎮に指向せる間は遂に突破は不可能なりき。又第九師団がその主攻撃点を江湾に指向せる間は遂に突破は不可能なりき。更に又海軍陸戦隊が閘北の敵を突破せんと渾身の努力を傾注せるもそれ自体に於ては遂に突破し得ざりき。戦闘綱要に曰く「主攻撃正面ノ選定ニ方《あた》リテハ……迅速ニ突破ヲ完了シ得ベキ薄弱部ニ著意スルハ陣地戦ニ於テ特ニ緊要トスルトコロナリ」と。蓋し翫味《がんみ》すべき事なるべし。

欧米列強環視の中で一刻も速やかに中国軍を殲滅《せんめつ》し、もって大いに国軍の威武を宣揚しようとする軍首脳部の気負いは、既に焦燥に変りつつあった。しかもなおかつ、中国軍に対する軽侮は根深く抜きがたかった。その救いがたい焦りと侮りこそ、じつはこのような強引な正面攻撃にかりたて、むなしく多くの血を流す結果を生んだのである。築城教育に託しての『戦史』の筆鋒は、ここに至って一段と鋭さを加える。

——混成旅団が廟巷附近の一陣地帯を突破するのに一日半の攻撃準備と七日間の蚕食攻撃を要せり。而して此の攻撃準備間に於ける攻撃築城に依る肉迫は拙劣にして、陣前に於て既に莫大なる死傷を生じ、敵陣地の一角を占領せるも攻撃頓挫の貌なり。此れが為爾後の攻撃進捗せず全般の攻撃経過を著く遅延せしめたり。国軍歩兵が平素築城教育を等閑に附し居る覿面《てきめん》の報いとは云え、慨歎すべき事なり。近時演習若《も》しくは図上戦術に於て、構築に数日乃至数週を要したる縦深陣地に対して、一挙突破等と云いて数時間の瞬く暇に攻撃し終る如く指導するものあるも、苟《いやし》くも攻者が不死身にあらざる限り、防者が抵抗の意志を断念せざる限り、到底無人の曠野を行くが如き手前味噌には参らざるべし。

中国軍の頑強な抵抗の意志に加え、その熾烈な射撃によって、我がほうがいかに士気を萎縮沮喪《そそう》させられたかを、『戦史』はまたきわめて率直に証言する。

——敵は昼間全く認識し得ざる遮蔽位置より猛射を浴せたり。又夜間も終始猛撃を継続せり。其の濃密なる射撃は経験せざる者は殆んど想像もつかざるべし。廟巷の鉄条網の杭の如き、敵弾少くも二、三十発、多きは八十乃至百発余貫通せり。然らば斯くの如き盲射は果して何等の効果なかりしや。否此の盲射の我に与えし物資上の効果は大ならざりしも、精神上の脅威は蓋《けだ》し偉大なるものありき。忌憚《きたん》なく云えば此の猛射の我を畏縮せしめ、偵察に連絡に或は部隊の移動に築城工事に消極退嬰に陥らしめし効果は果して幾何《いくばく》ぞや。若し支那軍にして例の猛射を実施せざりせば、我攻撃実行の進捗蓋し易々たるものありしならん。操典に曰く「射撃ハ近距離ニ於テ敵兵ヲ確認シ十分ナル効果ヲ予期シ得ルニ至リテ開始スルヲ本則トス」と教えあり。今回の場合は変則とも云うべきか。

「日本軍の場合は、薬莢《やっきょう》の員数一つ違ってもうるさい。ところが廟巷鎮で第十九路軍の塹壕を覗いてみたらどうだ、射って射って射ちまくって、塹壕の斜半分は薬莢で埋まっているではないか。まるで湯水のように弾を使用しているのだ」と東島小隊長も語っているが、まったく想像を絶するばかりの猛射であったのである。日本兵の心理的動揺を非難することはできない。休む間もなく内戦の弾雨をくぐりつづけてきた第十九路軍の兵士たちに対して、日本軍の兵士は、いまだかつて実戦の経験をもたぬ者ばかりであり、辛うじてごく少数の古参将校や下士官が、日露戦争やシベリア出兵の経験をもつのみであった。恐怖の廟巷鎮攻撃に参加した福岡歩兵第二十四連隊の一兵士は、その戦慄にみちた突撃の状況をこんなふうに告白した。

「忘れもしまっせん、廟巷鎮の総攻撃だけは。なにしろ生まれて始めてのこと、将校も兵隊も無我夢中のメクラ滅法ですたい。工兵隊の肉弾攻撃で鉄条網は破壊されたものの、それからさきが大ごと。隊長の突撃命令で陣地はとびだしたばって、いっこうに前さへ進みまっせんと。鉄条網の手前でぐるぐる廻るばっかりですたい。隊長は隊長で軍刀ふりあげ前へ前へとおらびながら、ぐるぐる。われわれ兵隊は兵隊でそのあとからワーワーおらびながら、ぐるぐるぐるぐる。まるで鳥の群が輪ばつくって啼いて舞いよるげなふうでしたろう。今から考えりゃ嘘のげな気のしますばって。恐ろしさのあまりの群集心理というもんでござっしょうかこれが……」

ともあれ、この払暁攻撃によって中国軍は約三〇メートル後方の第二線散兵壕まで退却したが、やがて午前十時過ぎより猛然と逆襲を開始した。みずからの犠牲によって突破口を開いた松下工兵中隊が、ふたたび前夜の前進基地麦家宅まで後退せよという旅団命令を受けたのは、その日の夕刻であった。その悲哀にみちた退却の一夜を、『戦史』は次のように記録している。

――中隊は薄暮に乗じ収容せる戦死者を外壕中に仮埋葬し粛然として黙禱を捧げ、紅蓮の炎を上げて燃ゆる廟巷を後にして負傷者を担ぎ水濠の縁伝いに後退す。時々膚を刺す水中に滑り込み濡れ鼠となりて這い上りつつ金凴宅南側を経て将に麦家宅に入らんとして数十発の射撃を受く。彼の我を包囲しつつありし敵なるか友軍なるか不明なるを以て南方に迂廻し、午後十一時白楊村に入る。此処にても又射撃を受けしも、友軍隣接師団の射撃なるを知れり。此処にては死傷者の処置（野口一等兵死亡）及給養（殆んど朝より喫食し居らず）をなせり。既にして下士斥候の報告に依り、麦家宅は未だ敵手にあらざるを知り直に帰還す。（中略）先に麦家宅に帰来せんとせし際我を射撃せるは友軍にして、我工兵中隊を誤認し敵の夜襲と間違え、歩工兵は散開し砲兵は射撃準備を整え、手ぐすね引きて待ち居たるなり。迂廻せるは蓋し天祐とも云うべく、当時を追憶すれば慄然たるものあり。

——尚該地に於ける部隊（混成旅団にあらず）が払暁前不吉にして悲しむべき同志撃を演ぜるを目撃せり。特に彼我の戦線錯綜し戦況険悪なる夜間は、移動する部隊も駐止せる部隊も充分沈着して適切なる処置を講ずるを要す。例え戦史に現れること少なかるべきも実戦場裡に惹起せらるること少なからざるべきを想像せらる。心すべきことなり。

二月二十三日から二十九日までの一週間は、もっぱら第二次攻撃の準備に費やされた。

二十三日、荒木陸相は膠着した戦局を打開するためにさらに二個師団の上海派遣を要請、閣議はこれを承認した。白羽の矢は、善通寺第十一師団、宇都宮第十四師団に立てられ、新たに白川義則大将が上海派遣軍司令官に任じられた。二十七日、白川大将は司令部と善通寺師団の先遣兵団を率いて小松島港より上海へ。その門出にあたって賀陽宮殿下はみずから諸隊の「御見立」。さらに乗艦羽黒には侍従武官の「御差遣」。雌雄を決すべき切札であるだけに、異例の力の入れようであった。時の善通寺師団歩兵第四十三連隊長辻権作大佐は、この恐懼《きょうく》感激の深夜の出陣の模様を次のように述べている。

——二十七日午前二時、軍旗奉迎、東面して、大元帥陛下の萬歳を三唱し、次いで畏し賀陽宮殿下を迎え奉りて敬礼す。喇叭君が代の響き、厳粛壮重なる曲に今更乍ら一死君恩に酬ゆるの念、腹の底から湧き起る。連隊は建制順序に、隊伍整正、歩武堂々、営門を出づ。大緑門や献灯、国旗翻々家毎に、群集する老若男女。萬歳々々萬々歳、徳島県民歓送の嵐は、喨々たる喇叭の音と相和して歩兵の足為に軽く、馬の足掻も勇ましく、いや勇まし過ぎた事件は後節にゆずるとして、欣然壮快の極。出陣やよくぞ男に生れたる。「オイチニ〳〵と足並を揃えて行くのが歩兵隊……吾等も大きくなったなら、兵隊さんになりまして天皇陛下に御忠義と、親に孝行致します。」誠心こめて唱えたる、無邪気の歌に吾知らず、ホロリと落す一雫。蔵本八坂神社、佐古椎ノ宮、諏訪神社、眉山八幡宮や、勢見金刀比羅及忌部神社等、途すがら暁闇に遥拝して神霊の加護を祈る。市外の沿道要所には、遠き山里の人々が態々《わざわざ》出て来て歓呼の雨。素朴律義な有のままを以てする彼らの厚志は又格別戎衣《じゅうい》の袖を絞らずには居られない。東天漸く紅に、旭光将に紀淡海上に浮ばんとし、小松島港外に我海軍の精鋭、あの無敵艦隊の堂々たる雄姿を眺めた時、連隊の将兵は思わず快哉を叫んだ。（辻権作著『必勝』前篇）

話は余談になるが、辻連隊長のいう「勇まし過ぎた事件」とは何であったのか。天衣無縫の同大佐は、上海より帰還後、参謀総長閑院宮家の御前講演に於て、こんなエピソードを披露している。

「忘れも致しません、二月二十七日午前二時と云う夜中に、畏れ多くも賀陽宮殿下には、態々我連隊に御成り遊ばされ、衛兵所の前で御見立の光栄を賜るのでありました。私は愛馬徳島号に跨《またが》り、必勝軍旗の前に在って馬の足搔も勇ましく、殿下の御前に差しかかりますと、どういうはずみか馬が恐縮し、後すざりして尻餅をつきましたので、私は軍刀を片手に抜いて持ったまま、不覚にも馬から落ちたのであります。乗馬に御堪能な殿下の御前で、恐懼措く所を知らず、穴あらば這入りたい位に思いましたが、思い直して、再び馬上の人となり営門を出でますと、群集が手に手に旗や提灯を振り廻して萬歳を叫ぶのでありますそれまではよろしゅう御座いましたが、写真班が『マグネシューム』をぱっと燃しましたので、馬が驚くまいことか、非常に驚きまして、私は馬諸共深い溝の中に落ち込んだのであります。ほんとに戦の首途《かどで》に何たる無様なことで御座りましょう」

しかし、辻連隊長にとって、再度の落馬にもまして無念な事件があった。「真に遺憾なりし一事は出発乗艦に際し一名不足した事である。人員点呼に厳格なりし第一代乃木師団長を追想して誠に慙愧《ざんき》に堪えない」と彼は痛惜している。が、ほかには万事支障なく全員乗艦を完了。今東郷の令名高き末次信正第二艦隊司令長官の率いる巡洋艦妙高、那智、羽黒、足柄、木曽の各艦は、午後四時、小松島を出港した。「狂瀾怒濤甲板を洗う。艦速大にして動揺甚しく、為に陸兵は殆んど船暈《ふなよい》を催し、全く惨状を呈す」と。

二十九日午前七時、艦隊は呉淞沖に投錨。陸軍部隊は駆逐艦に移乗し、夜陰にまぎれて揚子江岸の七了口沖に向かった。ここでさらに発動艇に移乗、三月一日午前五時三十分を期して一斉に上陸を開始した。いわゆる七了口の敵前上陸作戦がこれである。

「師団に於ては動員下令と共に上司の指示を待つことなく、既に揚子江岸よりの敵前上陸を顧慮し、予《あらかじ》め準備研究することを怠らなかった。尤も当時揚子江本流沿岸よりの上陸は至極困難なりとの情報ありしも、厚東師団長は師団積年の○○と部下の○○戦闘に関する能力とに信頼し、必勝を期して之を決行したき意見を上司に具申せられたとのことである。而して師団では第一案として、揚子江岸七了口附近の敵の抵抗を予期して上陸し、敵本軍の背後を衝き、以て一挙に戦局を解決すべき作戦方針が略々《ほぼ》決定されたのである」と辻連隊長は述べているが、その方針どおり七了口の上陸作戦は中国軍の背後を衝き、江湾鎮から廟巷鎮にかけて膠着させられた日本軍を攻勢に転じさせる端緒となった。辻大佐はその意義を強調して曰く「本戦闘は当面の敵に徹底的打撃を与えたのみならず、全般の戦局に多大の影響を与え得たものと確信する。即ち十九路軍長蔡廷鍇は本戦闘の効果に支配せられて上海方面総退却の動機を作り、本夜半から退却の途に就いた。流石《さすが》に戦略的退却上手の名将と敬意を表し置く」と。

おなじくこの朝、久留米混成旅団は第二次攻撃を敢行し、漸く廟巷鎮の堅塁を突破。

――夕陽西に舂《うすつ》く頃、工兵中隊は歩兵大隊と共に砲撃に依りて転覆し血《ち》腥《なまぐさ》き敵屍散乱せる田園に浸入す。中隊は午後六時過ぎ概ね集結を終る。此の夜は真の闇にして流弾尚お頻りに地上を掠《かす》むるを以て、敵の交通壕を辿り連続せる壕底の敵の屍を踏みつつ沈家溝に進出す。前半夜は尚お銃砲声盛んなりしも、夜半以後漸く戦場の銃砲声のどよめきも止みて、上陸以来戦場は始めて静粛となりぬ。敵はいよいよ退却を開始せるなり。既にして夜の明くるを待ち屋外に出づれば、見渡す限り一面黒豆をこぼしたるが如く紫色に腫れたる古き屍あり、生々しき死体あり、真に敵屍累々たり。嗚呼吾今戦に勝ちたり。嗚呼何ぞそれ豪快なる」(『戦史』)

三月三日、松下工兵隊は多量の行李器材をもてあましつつも追撃戦に参加。大場鎮一帯の第二陣地の規模宏大に驚きつつ、西へ西へと小南翔を経て南翔へと進んだ。しかし、土工と射撃と退却を三大特技とするとさえいわれる第十九路軍の足は速く、茅盾のいう「非常に頑健そうな、まるで太陽ビールの瓶のようにふくらはぎの太い」日本軍の追跡を許さなかった。ゆくさきざきの村落は、「敵も土民も隻影を止めず、更け行く夜は寂として犬の遠吠え頻りなり」という光景であった。この日、さしも難攻不落を誇って日本艦船を脅かしつづけた呉淞砲台軍も撤退。つづいて翌四日には獅子林砲台も沈黙。漸く日本軍はその要求せる撤退地域内（租界の境界線より各々二十粁）から中国軍を排除することができたのである。依って白川軍司令官は三日午後二時、停戦を命令した。松下工兵中隊は八日午前三時まで南翔鎮の守備に当り、次いで「江南の水漸くぬるみて小村の楊柳緑をふき古城の桃花将に綻《ほころ》びんとす」る宝山城に移駐、十九日午前七時三十分宝山を発って午後零時三十分第六室蘭丸に乗船、呉淞桟橋より一路日本へと航行した。二十二日には検疫のため宇品港外似島《にのしま》着。二十三日朝、似島発。二十四日午前六時門司港着。同夜、門司一泊。翌朝午前十時四十分門司駅発列車にて久留米へ。『上海派遣久留米混成第二十四旅団工兵第二中隊戦史』は、その本文を次のような言葉で結んでいる。

――三月廿五日午後一時五十五分久留米駅着、軍民の熱誠なる歓呼に迎えられて凱旋す。只共に倶《とも》に手を携えて征途に上りし戦友の或は江南の花と散り、或は廃疾の身となり、今日の歓喜を分ち得ざるものあるを思えば、哀愁そぞろに万斛《ばんこく》の思いあり。終り。

以上が『戦史』の明らかにする松下工兵中隊の戦闘経過のあらましであるが、この間における同中隊の戦死傷は十九名（死亡八、負傷十一）を数えている。戦死の八名は、すべて二月二十二日払暁の廟巷鎮第一次攻撃の犠牲であり、戦傷十一名の中七名も、おなじくこの第一次攻撃の際の銃砲創である。三勇士の中、江下、北川両一等兵は、「即死」「全身爆創」と記録され、作江一等兵は、「死（二時間後）」「右大腿部及左手指切断爆創」と記録されている。

下元旅団碇大隊の第四中隊第三小隊第一分隊長として、三勇士の開いた破壊口から突入した石丸武季さん（当時歩兵伍長）は、この瀕死の作江一等兵を「最初に発見して言葉を交わしたのは自分である」と私に語った。

「突撃命令で無我夢中にとびだし、突破口のすぐ手前の土饅頭のかげまで走っていったとはよかばって、さてふり返って見れば、分隊の兵隊は一人もついてきておらん。いや、わたしが勇敢だったわけではなか。恐ろしさのあまりに突っ走ったとですたい。ところがすぐそばのほうで、なにやら、奇妙な呻き声がする。ハッと思うて、その声のする方向を見てみれば、一人、兵隊がころがっておるではありませんな。それも仰向けになって、腰から下は裸で。片手で陰部をおさえて、ウーン、ウーン、呻いてござる。わたしゃ、たまがってしもうた。この人はいったい、なんばしござるとじゃろか、この朝の寒かとに裸になって、弾の中で。わたしゃ、そげなふうに思うた。なにしろ生まれてはじめての戦争ですけん、見当もつきまっせんたい。この人が作江一等兵であったということは、あとでわかったことですたい。とにかく、捨ててもおけんので、ごそごそ這うていって、あんた、こげな所でなんばしござるな、と声を掛けて近寄って見れば、なんと片脚はつけ根からちぎれて、目もあてられんむごい状態じゃ。生きてござるけん、よけいにむごか。気はしっかりしてござった。苦しい息の下から、しきりに、チキショウ、チキショウ、と叫んでござった。そこにやっと部下の兵隊たちがやってきましたけん、その一人を、救護を求めて後方に走らせました。そしてすぐに助けにくるけんと励まして、わたしたちは突破口から突っ込んでいきましたばって……」

三勇士の分隊長内田伍長が作江一等兵を発見したのは、それから間もなくであった。その悲惨な最期の状況を、『戦史』はこう書きとどめている。

——此の間内田伍長は更に開設せられし突撃路の附近に進出すれば、予備班の第一組中、北川一等兵は左方水濠を越えて敵陣地内に、江下一等兵は突撃路の傍に吹き飛ばされ、共に全身爆創即死し、作江一等兵も亦左方に吹き飛ばされ右大腿部切断し爆創を受けしも未だ即死に至らず。馳け寄りし班長は作江一等兵を土饅頭の蔭に抱き入れしに、吉田看護兵も馳せ来り「しっかりせよ傷は浅いぞ」と云いつつ水筒を口にあてて水を飲ます。作江一等兵は苦しき息の下より「班長殿突撃路は開きましたでしょうか」と問う。班長は作江の顔を突撃路の方に向けてやり、「よくやったぞ、作江見えるか、あれがお前達の開けた突撃路だ、歩兵はあれから突撃して行ったんだぞ」と云えば彼はいと満足気なり。出血多く時の経つにつれて生気も失せしを以て「何か云い残したい事はないか」と問えば、「有りません」と答ゆ。暫くして「萬歳々々」と云いつつ落命す。此の時敵砲弾の破片飛び来りて内田伍長の右大腿部に命中し、班長又作江一等兵に重りて倒れ伏す。

小隊長東島少尉は、「作江がしきりに腰が痛い、腰が痛いというので、皆で一生懸命に腰をさすってやった」と語っている。三勇士をはじめ戦死した部下の位牌を作って自宅に祭り、いまなお毎年二月二十二日にはねんごろに法要を営みつづけている東島少尉は、彼自身が兵隊あがりの将校として人一倍部下を愛していただけに、いっそう作江の苦痛を訴える言葉が耳に残って離れないのであろう。上海戦線から帰還して後、三勇士についての講演を依頼されて諸学校の演壇に立つたびに、かならずその話をするのがつねであった。しかし、やがてぷっつりと彼はその話だけはしなくなった。恐らく彼の講演を聴く生徒たちの尻の痛さのためであろう。「腰が痛い、腰が痛い」という作江の言葉が生徒の失笑を誘うので、その話はしないほうがよいのではないかという意見によるものであった。

ところで、『戦史』に記録されているように、あるいはそれを下敷きにして作られたにちがいない国語読本の文章にあるように、作江一等兵は、ほんとうに「天皇陛下萬歳」を唱えて絶命したのであろうか。私の問いに答えて東島少尉は、「自分は聴いていないが、作江は最期になにかを語りたげに口を微かに動かした。恐らく天皇陛下の萬歳を唱えたのであろう」と謹厳寡黙に語った。それにしても、おなじく『戦史』の記録に基づいているであろうにもかかわらず、独り『爆弾三勇士の真相と其観察』の著者小野一麻呂中佐のみは、何故あえてこの「天皇陛下萬歳」の一語を記録しなかったのであろうか。今となっては残念ながら確認すべき術もない。が、日本民族の来し方、行く末を思えば、それはどうでもよいような気のみ頻りである。「天皇陛下萬歳」を唱えることによってでなければ救済なく、三唱すれば忽ち救済される、日本人の思想の根こそ重要であろう。

江下武二の仏前に、古き黒い鉈豆《なたまめ》が一本ひっそり、供えられているのが強く印象的であった。九州ではこの豆を、タチワキ、あるいはタッチャキ豆と呼びならわしている。かつて武士の妻たちは、夫の出陣に先立ってこの実の一粒を戎衣の袖に縫いこんだという。タッチャキの花は、ひとたび根のほうからうらうらへと咲きのぼり、ふたたびうらうらより下って根方へと咲き戻るところから、切ない祈りをこめたものである。昼なお暗く生い繁る南国の山中、このタッチャキ豆の高く樹林によじのぼって咲く赤紫の花を目指してゆけば、きっとその根に、草むす屍があったという。

あとがき

私がはじめて爆弾三勇士のことを書こうと思い立ったのは、本書のプロローグで述べておいたように、『夕刊フクニチ』新聞の依頼によるものであった。しかし、なにぶんにもごく短期間（一九六九年七・八月）六一回の連載で、枚数も二百枚余りであった。したがって十分に書きこむこともできず、いたずらに読者を退屈させる結果に終った。翌七〇年六月、井上光晴君に求められて季刊『辺境』に発表するにあたって、幾分の肉づけを試みるべく努めたが、労多くして功少なく、ひとたび固まったものは到底手なおしはきかないものだという教訓をえただけである。思いきって土台からやりなおす以外にみちはないと思うが、いまはもうその気力もない。それができないかぎり、せめてこのまま消えうせてほしいと望んでいたが、筑摩書房の原田奈翁雄君の慫慂《しょうよう》もだしがたく、ついにまたしても生き恥を黄塵の巷にさらすこととなった。戦況のあらましを知りたいという若い読者の希望によって、終章を新たに書き加えた。いずれにしても首尾一貫せず、さぞかし読者を混乱させるばかりであろう。なんとも申しわけない。

右往左往の三年間、三勇士の遺族、上官、戦友、その他おびただしい方々に多大の迷惑をおかけしました。衷心よりお礼とお詫びを申しあげたい。なおまた、中国側の関係資料を調べ、いちいち翻訳までしてくださった高畠穣君に対しては感謝の言葉もない。葛琴「総退却」、戴叔周「前線通信」、沈端先・洪深・茅盾「一・二八事変の思い出」等、すべて同君の労によるものである。

本書に引用した戦前の文章は、すべて現代かなづかいに改め、句読点も適宜加えさせていただくことにした。筆者各位のご寛恕を請いたい。但し、廟巷鎮と廟行鎮は統一せず、原文に従った。

タイトルは『夕刊フクニチ』時代は「坑夫の神様」、つづいて『辺境』時代は「爆弾三勇士序説」であったが、ここに未完のまま一巻にまとめるにあたって、あえて「天皇陛下萬歳」とすることにした。ひたすら天皇のために身命を捧げることを、おのが光栄として死んでいった兵士の鎮魂のためである。ふりかえってみれば、明治以来、私たち日本人がこれほど熱誠をこめてくりかえし叫びつづけてきた言葉はなかろう。そして、おそらくこれからもやはりくりかえしくりかえし叫びつづけてゆくのであろう……。愚かな私もまたそう叫びつづけて育ち、兵士となり、敗戦を迎えた日本人の一人として、他に本書に冠すべき言葉を知らない。いつかもし許される日がおとずれるならば、さらに書きすすめたいと思う。しかし、見とおしはかならずしも明るくはないような気もする。
最後に、本書の装釘をすすんで引受けてくださった田村義也君の友情にあつくお礼を申しあげたい。

一九七一年八月七日　著者しるす

「業担《ごうか》き」の宿命

日本帝国の降伏によって第二次世界大戦が終わった一九四五年、私は二十二歳になっていた。日本軍がいわゆる〝満洲事変〟という名の侵略戦争を起こしたのは、私が八歳になった一九三一年であるから、私はそのかけがえのない二十二年間のほぼ三分の二を、侵略戦争の砲声と共に過ごしたことになる。

親を恨むわけではないが、そもそも生まれた年からして吉《よ》くない。私が生まれたのは一九二三年八月七日であり、その二十五日後の九月一日に関東大震災が起きている。まったく、忌わしい年に生まれたものである。これはまあ天災と思ってあきらめるほかはあるまいが、どう思っても忌わしすぎる人災だけは、到底忘れることができない。

阿鼻叫喚の焦土で大規模な朝鮮人狩りがくりひろげられ、数千名の朝鮮人が虐殺されている。南葛労働会の河合義虎や純労働者組合の平沢計七ら十名が、亀戸署で軍隊に殺害されている。さらにまた、大杉栄と伊藤野枝らも憲兵大尉甘粕正彦によって憲兵隊で扼殺されている。〝皇威〟果つる地で起きた事件ならあきらめもつこうが、いずれも天皇陛下のおひざもとでおこなわれた〝儀式〟だから、ますますもってあきらめきれない。

この凶暴きわまりない天皇制軍国主義がついに崩壊した年の夏、私は乗るべき船を失った陸軍船舶砲兵として広島に駐留していた。その〝軍都〟広島が原子爆弾によって灰燼に帰したのは、私が満二十二歳の誕生日を迎える前日であった。

ふりかえってみれば、私はその呪われた年から呪われた年までの二十二年間、ひたすら「天皇陛下の赤子《せきし》」として軍国主義教育を受け、召されては「大元帥陛下の股肱」として忠節を尽くしたのである。短い期間、関東軍砲兵として〝満洲〟に駐留していたことはあるが、戦闘の経験はない。しかし、もし戦場に駆り出されていれば、どんな非人間的な悪業も働かなかったという自信はない。天皇制への狂信が日本人をいともやすやすと鬼に変えるという恐怖だけは、骨身にしみて経験している。自嘲と自己批判をこめて、「天皇制の業担《ごうか》き」と名乗るゆえんである。

『天皇陛下萬歳』などというものを書かねばならなかったのも、思えば、その逃れがたい「業担き」の宿命であろう。

古い記憶のアルバムをめくってみると、日本軍の勝利を祝う旗行列や提灯行列、出征兵士の歓送や遺骨の出迎えなどに駆り出された折の光景ばかりが、妙にぎっしりつまっている。「御真影袋」が生徒ひとりひとりに配られたのは、小学校何年生のときであったろうか。その大きな袋は、新聞や雑誌などに載っている、天皇や皇族の写真を切りとって保存するためのものであった。足でふんだり、洟《はな》をかんだり、尻をふいたりしては天罰があたる、と教師に説教されたことなども、ついきのうのことのように思い起こされる。

そんなさまざまの記憶の中でも、ひときわ印象強く子供心に焼きついて離れないのが、〝上海事変〟のさなか、廟行鎮の華と散った「爆弾三勇士」の話であった。なにしろ郷土九州が産んだ軍神だから、これにまさる教材はない。得たり賢しとばかり、学校ではくりかえしくりかえし、「爆弾三勇士の歌」を歌わされたものである。おかげで廟行鎮という地名は、他のどんな名高い古戦場にもまして親しい地名になってしまった。

ただ、ひそかな背徳の愉しみを幼い私に教えてくれたのも、やはりこの歌であった。歌い出しの「廟行鎮の敵の陣」という文句を、こっそり「廟行チンチン毛が生えて」と歌い替えては、なんともふしぎな快感をあじわっていた。作者の与謝野鉄幹に聞かれたら、さぞかし大目玉をくらうところだろう。

九州福岡市を本拠とする『夕刊フクニチ』新聞が郷土作家シリーズを企画し、私にもなにか一本、郷土に関係のある人物なり事件なりを、ノンフィクションとして書いてほしいと言ってきたとき、私がためらわず「爆弾三勇士」を選んだのも、一つには忘れがたい幼年期の思い出がからんでいたせいであろう。なお一つには、私に与えられた連載期間は一九六九年の七月と八月であったので、敗戦記念に焦点を合わせて、読者と共に戦史の古傷をえぐってみたいとも考えたわけである。

しかし、残念ながら短い連載期間であったために、傷口をえぐるどころか、ろくろく表皮もはがないまま打ち切ることになった。あけて七〇年六月、井上光晴編集の季刊誌『辺境』に再発表の機会を与えられたが、これもまたぶざまな空振りに終わった。『夕刊フクニチ』連載当時のタイトルは「坑夫の神様」であり、『辺境』のほうのそれは「爆弾三勇士序説」である。さらにこれを筑摩書房で単行本としてまとめるにあたり、「天皇陛下萬歳」と改める。しかし、どのように改名してみたところで、中身のほうはさっぱり変りばえがしない。いたずらに鬼面人を驚かすのそしりはまぬかれまい。ただ、その名に託す私なりの想いはあった。つぎのような随筆を書いたのも、それからまもなくのこと。

いまの若い人たちにはなじみが薄かろうが、一九三二年の上海事変当時、中国軍の鉄条網の破壊作業で爆弾とともに壮烈悲惨な戦死をとげ、軍神としてあがめられた「爆弾三勇士」がある。

このほど私はその記録をまとめるにあたって「天皇陛下萬歳」という題をつけた。一つには、ひたすら天皇のためと信じて散っていった兵士たちの弔魂のためであり、さらに一つには、その一言にこめられた意味を、あらためて日本人の思想の問題として考えてみたかったからである。

ふりかえってみれば明治以来、この「天皇陛下萬歳」という一言ほど、くりかえしくりかえし、熱誠をこめて、声をかぎりに叫びつづけられた言葉はあるまい。そしてどれほど多くのひとびとが、その一言を唱えつつ息をひきとっていったことであろう。あるいはまた、死にもまさる苦しみを、「天皇陛下のために」「大元帥陛下のために」と信ずればこそ、耐えのびてきたことであろう。

ところでつい最近、私の本の発刊広告をみた一人の青年が私に向かって、「天皇陛下マンザイ」という本を出されましたね、と語りかけてきたのにはびっくりさせられた。未知の読者からの手紙もまいこんでくるが、若い世代の文字はほとんど例外なく「天皇階下」であって、「天皇陛下」ではない。

そんな時代であるだけに、このたびグアム島で元日本兵の横井庄一さんが発見されたというニュースの衝撃は大きい。とりわけ天皇について語る、横井さんの言葉の一つ一つが鋭く胸をえぐる。その極限の生存と発言をめぐって、すでにさまざまの論議がまきおこっている。甲が不屈の大和魂をたたえれば、乙は戦争のむなしさを説き、丙は天皇の戦争責任を追及するといったぐあいである。
それらの議論に私は水をさすつもりはない。これからも、もっともっと多くの議論がまきおこってよいと思う。まきおこらなければいけないと思う。そのことを通してはじめて、天皇とは、私たち日本人にとって一体なにであるのかという問題が、あきらかにされるのである。
もとよりこれは、大元帥陛下の大命のままに、戦場に召し出された皇軍兵士だけの問題でもなければ、戦争一般の悲劇に解消できる問題でもない。
在日朝鮮人の民族的怨念に執着しつづける作家の井上光晴は、戦火のさなかに強制徴用されて異国日本の炭鉱桟橋におり立った朝鮮人労務者が、期せずして発した言葉を、次のように記録している。
——テンノヘイカ　パンザイ　パンザイ
——テンノヘイカノタメ　タンコユク
水俣漁民の人間的呪詛に執着しつづける作家の石牟礼道子は、その著『苦海浄土』に、次のような凄絶な叫びを記録している。一九六七年、園田厚生大臣が水俣病患者のリハビリセンターを訪問した折のこと。突如、強度のケイレン発作とともに、一人の女性患者の口から絶叫がほとばしり出る。

――て、ん、のう、へい、か、ばんざい

つづいて彼女のうすくふるえる唇から、めちゃくちゃに調子はずれの「君が代」が流れ始める。「そくそくとひろがる鬼気感」であったと記されている。

私たちはいまこそ、横井さんの血涙に、それらの血涙を重ねあわせてみる必要にせまられているのではあるまいか。そして、そうすることが、横井さんの犠牲にむくいる、なによりの心づくしになるのではあるまいか。それはまた、ひたすら「天皇のために」死んでいった無数の英霊と、その母たちにつぐなう道であるのではなかろうか。いまは井上光晴や石牟礼道子とともに、その「そくそくとひろがる鬼気感」を、なによりもまず大切にしたいと思う。そうでなければ、それこそ「天皇階下マンザイ」になりかねないからである。

（「横井さんの犠牲に思う」朝日新聞・一九七二年二月二日）

「爆弾三勇士」の一人である作江伊之助一等兵が、果たして国定教科書に記されているように、「天皇陛下萬歳」を唱えて息をひきとったのかどうか。そのことに私がこだわりつづけたのも他意はない。おなじ運命を負わされた日本人の一人として、事実をあきらかにすることが、せめてもの弔いであると思ったからである。犠牲になった兵士を美化するために、唱えもしない言葉を唱えさせることは許されない。

彼ら三勇士にまつわる「部落民」説も、一つにはその恥知らずの美化に対する、恥知らずの反動であったと私は見る。じっさいに三人の中に被差別部落民がいたのかどうか、いたとすれば誰がそうであったのか、そのことは一般民衆にとって問題ではない。一言、あれは部落民だ、と言えば、たちまちいっさいの光輝は消えてしまう。これほど霊験あらたかな呪文はない。しかも相手は、辺土の炭坑夫であり、沖仲士であり、木挽きである。おとしめるにはもってこいの対象だ。寄ってたかって差別の快感を楽しむことになるのも当然のなりゆきだろう。

たとえ三勇士の中に一人の部落民もいなかったところで、おそらく状況は変わらなかったろうと思われる。彼らをおとしめ、彼らの功績に泥を塗るためには、これ以上効果的なデマゴギーはないからである。

かつて杉浦明平は「上野英信の本三冊」と題する書評の中で『天皇陛下萬歳』をとりあげてこの問題にふれ、つぎのような不満の意を表している。


坑夫と同じように、しかしその坑夫からも差別されていた被差別部落民にとっては、三勇士のたれかが部落出身者だったとしたら、さらに大きな敬慕と救済とであったにちがいない。上野は、残る二人の勇士の生活と歴史とをも、江下とおなじように、徹底的に追求するかまえを見せながら、その入口で取材はとまってしまう。世間の取沙汰のように、はたして三勇士の中に被差別部落出身者がまじっていたかどうかもあいまいのまま中断され、「肉弾三勇士」として完成されなかった。日本の社会と歴史との底を流れる生活と思想とを源流にまで辿りつけそうな予感がするこのエッセイが未完で終ったのは、残念とくりかえすよりはない。

たぶんこれは、大多数の読者の偽りない意見でもあろう。私自身、誰にも劣らず残念に思っている。そしていまでも、時間と生活が許せば、さらに書きすすみたいという願望を棄てきれない。ただ、私の目的は、言われるように三勇士の中の誰が被差別部落民であったか、誰がそうではなかったか、をあきらかにすることにあるのではない。三勇士にまつわる「部落民伝説」のくろぐろとした影の正体をつきとめたいということだけである。

それは、誰が部落民であるかないかをあきらかにしさえすれば、解決がつくというような性質の問題ではない。私たち日本人がもっとも深いところで天皇制とかかわりあう「秘部」の問題であろう。

このほかにも、さまざまの批判や要望が読者から寄せられている。蒙をひらかれたことも少なくない。それぞれ今後の仕事を通して深めてゆきたいと思う。なお、読者の一人から、「非人」という言葉を使ったことについて、著者としての見解を問われている。

指摘を受けた言葉を私が使っているのは、「プロローグ」の末尾のあたりに据えた一人の老坑夫の話の中の、「あれが、戦死したわしのせがれの写真たい。親孝行一つでけんじゃったわしに、あいつが親孝行してくれる。わしを、養うてくれる。どうやら非人にもならずに、生きていける、あれのおかげで……」というくだりである。別にもう一個所、やはりおなじ「プロローグ」の中で、京都西本願寺大谷御廟のそばに建てられた三勇士の墓についての思い出話として、「戦争中はお非人さんの名所でございました」という言葉も紹介している。さらにまた九十六ページには、「非人になったものも少のうなか」という言葉も紹介している。

いずれも「乞食」「もの貰い」という意味で使われているものだが、なぜあえてそのような差別言辞を使ったのか、ということを私は問いただされているのである。私も率直に誠意をもって応えたいと思う。

「非人」という言葉を、「乞食」という文字に書きあらためるのは簡単である。私に話をしてくれた老坑夫や呉服店の女主人も、たまたま無意識にそのような古い慣用語を使っただけであるから、書きかえをこばむことはなかったはずである。しかし、この作品に関するかぎり、私はそれをしたくなかったのである。客観的に見れば、きわめて未熟な、欠陥だらけの記録であろうが、私は三勇士に対するせめてもの弔い合戦のつもりでとり組んだのである。私としてはこれほど精魂をこめて書いた作品はないと言ってもよい。それだけに一語一句に気も配ったつもりである。「非人」という言葉にしても、むろん、その例外ではない。

しかもあえて私が二人の言葉のままを文字にすることにしたのは、たとえ無意識の慣用にすぎなかったにしても、「乞食」という言葉をもってしては到底掬いとれない、濃密な「歴史の澱《おり》」がたたえられており、期せずして「爆弾三勇士」の悲劇をよりなまなましく感じとらせていると判断したからである。

まるで地底の暗黒のように重く哀しい老坑夫の言葉につづく、魯迅の「暗黒はただやがて滅亡していく事物に付随しうるだけであって」云々という言葉を読んでくだされば、私のひそかな願いも理解していただけるのではあるまいか。

一九八六年二月二十日　　著　者

（径書房「上野英信集5」〈一九八六年五月刊〉より再録）

中公文庫版あとがき

上野　朱

大学を中退してわざわざ炭鉱に入ったのはなぜか——上野英信の来し方について最も多く寄せられた質問はこれだろう。旧満洲の建国大学在学中に招集され、広島県宇品《うじな》に配属中に原爆に遭う。敗戦後に編入学した京都大学を卒業間近になって自ら退学し、筑豊の炭鉱に飛び込んで一坑夫として働いた英信は、なぜ炭鉱にという問いに「広島の地獄を見てしまったからには、以後は地獄そのものを生きるよりほかになかったのだ」と答えていた。これはこれでひとつの、偽りのない気持であったろう。だが日本人の大半が戦争を知らない世代となり、「自己責任」なる無責任極まりない言葉がまかり通る時代になってみれば、あれは英信なりの戦争責任の取り方だったのではないかと考えるようになった。

それまで炭鉱労働の経験はなかったとはいえ、それがいかに危険な仕事であるかという知識はあったはずだ。にもかかわらず原爆症をかかえたわが身を坑底に放り込むこと。そこにはもし事故に遭って死ぬならそれまでだという一種の諦観と、そうなることではじめて、あの戦争で命を奪われた無数の人々の、せめて足元に横たわる資格が得られるかもしれぬという、黒い情念のようなものがあったのではなかろうか。それが皇軍兵士として否応なく「天皇陛下萬歳」という呪文を唱えてしまった者の責任の取り方であると。

実際に筑豊に身を置いてみればそこは坑夫への蔑みや搾取、部落差別や民族差別など、この国が作り出してきた矛盾の坩堝《るつぼ》である。そして自らは未だに落盤や原爆症から生き延びているとなれば、「いわれなき神」の正体を突き詰めようとするのは当然だろう。

阿部謹也氏の指摘通り、問いも答えも踏み込み不足に終わっているという感は否めないが、三勇士遺族からの厳しい拒絶に直面することも、当初から予想していたのではないかと思う。爆死した兵士の肉親の口を閉ざさせるものは何か問い続け、いつかその呪いを焼き滅ぼせ、それが「天皇陛下萬歳」の代わりに英信が遺した最期の言葉かもしれない。

今回、中公文庫に収めるにあたっては、新たに髙山文彦氏からエッセイを頂き、編集部の金澤智之氏にもお世話をおかけした。またカバーは、英信がわが娘のように可愛がっていた山福朱実さんが本書のために制作してくれたもの。軍神にも勇士にもならなかった著者に代わって御礼申し上げます。

（うえの・あかし　著者長男）

解説

遺された課題

阿部謹也

小学校四年か五年の頃、いずれにしても終戦間際のことであった。級友数名と川越の学校から田舎の一本道を疎開していた伊佐沼の家に帰る途中、突然上空で空中戦がはじまった。日本の旧式な戦闘機一機が四〜五機のP51と戦っていた。空を見あげる私たちの上でやがて日本の戦闘機は不時着し、アメリカ軍のP51が私たちを襲ってきた。あわてて五〇メートル程走って近くの農家にとびこみ、息をころしていた。しばらく爆音がきこえていたが、やがてその音が遠ざかったかに思ったとき、級友の一人が「とび出そう。俺たちは決死隊だ」といって、何も危険を冒してとび出す必要は全くなかったのに、私たちは銃弾のなかをくぐってゆく突撃隊のような気持で道にとび出して一散に走った。あれから四十年以上の年月がたっている。

上野英信氏の『天皇陛下萬歳』をよんでいてふとこのときのことを思い出したのである。小学校四〜五年の子供にあのような振舞をさせたものは何であったか。それは当時の教科書や新聞、雑誌にあふれていた決死隊の話ばかりでなく、なんといっても爆弾三勇士の原像が私たちの胸の奥に焼きついていたからなのである。

小学生の言動にこのような影響を与えた爆弾三勇士のイメージはあれから四十数年たち、かなり風化しつつも、決定的な変化を蒙ることなくこの国では生きつづけている。たしかに爆弾三勇士を知っている小学生は少なくなっているかもしれない。しかし爆弾三勇士の死がまきおこした波風は今でもこの国には変ることなく形をかえて人びとの生活をいつでも襲いかねないのである。事実三勇士の遺族は今でもその波風に耐えて生きてゆかねばならないのである。

ひとつの国の人びとの生活の奥底に流れている心情、あるいはその国の人と人との関係のあり方の変化を知ろうとするとき、いろいろな方法があるだろう。しかしその国において死がどのようなものとしてとらえられているのか、人びとが死者をどのように位置づけているのかをみるとき、その国がみえてくるものである。古来日本人は死後の世界に深い関心はよせても、死そのものには大きな意味を与えていなかった。死は穢れとされ、死に瀕した者は家のひさしの下のさしかけ小屋に移された程である。庶民にとっては死は自然な出来事であり、格別の意味づけは必要ではなかった。共同体にとっては橋や堤防の建設のときに人柱がたてられることはあっても、それはそれとして記憶されていったにすぎない。

いうまでもないが爆弾三勇士の戦果は鉄条網を爆破したことなのであって、他の決死隊は何組も成功している。しかし作江、江下、北川の組が爆弾三勇士として讃えられたのは戦死したためなのである。上野英信氏が本書において、「すでに生還期しがたいと観じた兵士たちの内なる〈天皇〉と〈死〉との結びつきこそ重要でありましょう」と述べ、「かぎりなく深い死の淵から、〈天皇〉がまごうかたもないみずからの絶対者として、たちあらわれたということです。〈天皇のために〉死すべき存在としての日本兵士にとって、それはきわめて自然なことです。彼らの〈死〉は〈天皇〉と結びつかぬかぎり、実体をもちえません。〈天皇〉もまた兵士の〈死〉と結びつかぬかぎり、実体をもちえません。両者が一つに結びつくことによって〈天皇〉と〈死〉とははじめて共に実体を獲得したのです」というとき、日本の歴史のなかに天皇と庶民と死について新しい事態が発生していることを述べているのである。

もとより防人の歌には「今日よりは顧みなくて大君の醜の御楯と出たつ我は」という歌がある。また「海ゆかば水漬くかばね……」の歌も古代天皇制と日本人の関係の一面を示している。しかしたとえ防人の歌の作者の名がのこされていたとしても防人として死ぬことがその後の防人の遺族や本人の顕彰に大きな変化をもたらしたことはなかったと思われる。しかも江戸末期にいたるまでこのような天皇と庶民と死のかかわりはほとんど実体をもっていなかったのであり、日清、日露の戦い以後はじめてこのような死の形が浮上してきたのである。

爆弾三勇士をめぐるさまざまな毀誉褒貶の渦の変化を辿りながら上野氏は「貧しい労働者、農民の赤化対策こそ、じつは三勇士を際限なく美化しようとする運動の目標であったことを見逃してはなるまい。赤化の波の思想的防波堤として、いやが上にも三勇士美談は構築されねばならなかったのである」と述べている。このような観察はたしかに事態の一面はとらえているといえるであろう。また三勇士の一人が被差別部落の出身者であったという根拠のない噂について、「三勇士であるがゆえに、一層口汚く辱しめられなければならなかったという事実そのものの中に、部落差別のもっとも残忍醜悪な本質がむき出しにされている」と述べ、この噂についても「まさに爆弾三勇士こそは部落の内に向かっては格好の融和主義の武器として、外に向かっては逆に部落差別意識を煽っての殉国精神強要の武器として、巧妙に使い分けられつつ活用されたのである」と述べている。この点も否定できない事実であろう。

しかしながらこのようなことが明らかになったとして、上野氏が遺族の厳しい拒絶に対して本書の冒頭でかかげた痛切な手紙に答がえられたことになるのだろうか。遺族が上野氏に会い、資料を提供することを拒んでいる原因は以上の二つの点が解明されたとしても決してとり除かれることはないからである。たしかに上野氏は三勇士をめぐる新事実を、丹念に掘り起され、私たちが知らなかった多くの点を解明された。三勇士伝説の形成をめぐる事情はかなり本書によって明らかになったといってよいであろう。しかしながら上野氏がはじめに狼狽した遺族の反応のよってきたるところについては本書においてはほとんど答えていないどころか、それが何故なのかという問すら十分な形で発せられてはいないのである。上野氏は遺族が「どれほど深く傷を負わされているか……いやという程思い知らされた」と述べながら、その遺族の痛みを自分の痛みとして受けとめ、そこから三勇士を顕彰したり、非難したりする人びとの群が渦まくこの半世紀の日本人の生活の営みの軌跡を描くべきではなかったか。何故なら遺族に対する中傷など遺族が生きにくくなる状況こそは三勇士に対するこの国の人びとの評価の変化を直接に反映しているからである。同じことは二・二六事件の関係者の遺族についてもいえることである。

かつて国際的なテロ事件を起した犯人の父親が息子を極刑に処してほしいと新聞記者に語った話が伝えられたことがあった。この国においては事件の当事者と家族との区別がいまだ明瞭になされておらず、何らかの事件にかかわらざるをえなかった当事者の遺族は思いもかけぬ状況のなかに追いこまれてしまう。家は本来個人がよる最後の砦であった筈である。その砦の主人が息子に極刑を願わなければならない状況を生み出す構造がこの国にはあるのである。

何らかの不祥事を起したと目される人は新聞紙上で「私は潔白だが世間を騒がせて申し訳ない」と謝罪することが多い。ここには罪の意識は共同体や世間との関係のなかでしか自覚されていないから、世間や共同体もこのようにして個人の行為を関係の世界のなかで評価しようとする。その結果個人の行為の顕彰と非難が共同体と世間の間で多様な形で形成され、家族はその波に翻弄されることになる。何故このような社会の構造が出来上っているのか。ここには明治以来のこの国の共同体的特質と国家権力とのなれ合いの構造が露呈されている。

上野氏はすでに引用したように兵士の〈死〉は〈天皇〉と結びつかぬかぎり実体をもちえなかったと鋭く喝破している。個人が自分の死を死ぬことができず、自らの死を何らかの別のもので意味づけねばならない構造がいつから生れたのか。この問題は日本人の死生観の変遷のなかで把えられなければならず、個人の行為が社会・国家との関連のなかでのみ評価されるこの国の構造はどうして生れたのか、そして日本近代社会において個人とは何であったか、現在も何であるのかという問題として答えなければならないであろう。上野氏は自分の幼かったときにみた数多くの死の風景について語っている。ここから問題が立てられねばならなかった。しかしそれはもはや上野氏の仕事ではない。上野氏は爆弾三勇士の歴史的実像に限りなく近づこうとし、そのために本書において上海事変を含む歴史的経過を詳しくあとづけられた。今のべた問題を上野氏は次著において展開されようとしていたに違いないからである。爆弾三勇士が現在まで私たちにのこしている課題は現代日本人の人的関係のなかで新たに提起され、解かれてゆかなければならない問題なのである。このように考えるとき、上野氏の著書を出発点として私たちは爆弾三勇士の問題を含む日本人の人間関係の構造の分析に向わなければならないのである。

同じことは原爆の被爆者についてもいえる。被爆者が差別されてゆくこの国の情況を考えるとき、私たちはこれら一連の事件の深層にこの国の人間関係のひとつの特質をみなければならなくなるのである。苦しんでいる人に暖かい目を向け、日本社会全体がこの人びとと共に生きようとするような姿勢を、なぜもつことができないのか。

当時の日本人は金子光晴の詩をかりれば、「しきたりをやぶったものには、おそれ、ゆびさし、むほんにん、狂人だとさけんでがやがやあつまる」日本人であった。その日本人をのせた「氷塊が、たちまち、さけびもなくわれ、深譚のうえをしずかに辷《すべ》りはじめるのをすこしも気づかずにいた」。そのために第二次大戦とその後の苦しみをなめなければならなかった。金子光晴がこの詩を書いた当時と基本的にはなにひとつ変っていない。氷塊の状態は当時よりはるかに悪くなっている。いつくつがえるとも知らない氷の上にいる私たちに、上野氏の本書は鋭い警鐘を鳴らしつづけているのである。

（あべ・きんや　歴史家）

巻末エッセイ

殉教としての記録文学

髙山文彦

私は長いこと上野英信氏の本を読んでこなかった。仕事部屋には最近まで、ご子息上野朱氏の『蕨の家』一冊が、石牟礼道子、渡辺京二お二人の著作群のあいだにひっそりと差し込まれてあるきり。地球をまわる衛星みたいに、おそるおそる遠くから眺めるようなありさまだった。

自分の高祖父母が九州山地の家を焼かれ、一家離郷、筑豊へ。そして息子夫婦（私の曽祖父母）の代まで炭鉱で働いたのであるが、娘時代をそこで送った祖母から悲惨な話ばかりを子ども時代にさんざん聞かされて、英信氏の「闇の砦」までのぞいてみようとは思わなかったのだ。

北九州ならどこにでも転がっているような話ではあるが、わが祖父となる人も若いころ、門司か若松か戸畑かで体半分以上、任侠の組にどっぷり漬かり石炭の荷積みにかかわっていたし、その妹は芸者へ出され、父親のいない二人の男児を産んだ。祖母は十六歳で同じ九州山地の村から出てきたこの祖父を婿として迎え、私の父を産み、そして芸者の最初の子を自分の籍にいれた。その父と芸者の息子は戦前の一時期まで戸畑で暮らした。ついでにもうひとつ言っておくと、私の妻の高祖父は遠賀《おんが》郡水巻で石炭を運ぶ船頭をしていた。みじめな私の祖先とは違い、「最後の船頭」と呼ばれた人で、刃傷沙汰の絶えない川筋者たちをよくまとめ、石炭輸送に貢献した人物として石碑が建っている。

私の身内はこのように、だれもかれもが石炭で真っ黒。英信氏の文学なんて、わざわざ求めて読む気など起きなかった。

ところが、松本治一郎と部落解放運動の歴史を調べるために九州に通いはじめてみると、拒みようもなくいろいろな人の口から英信氏の名前がぽろりと語られた。筑後では本書のテーマである「爆弾三勇士」の話が聞かれたが、本書をまともに読んで正確に話す人はまれで、おもしろそうなところを抜き出して語る人のほうが多かった。「爆弾三勇士は三人とも部落民であり、軍隊内の差別のために真っ先にあんなふうに先陣をきらされたのだ」という内容が大半を占めるいっぽう、「いや、あれはつくり話。部落民はひとりもいない」「いやあれは、実際は敵の陣地の手前で誤って爆弾を爆発させて死んだのだ」というものまであった。あとで本書を読んでわかったことだが、そういう人たちは、核心に迫りきれていない英信氏の書きぶりに惑わされ、適当な自前の解釈に走ってしまったのだろうと思われた。

長崎で印象深かったのは、「これから長崎でも部落解放運動がはじまるぞ。準備をしておきなさい。おれはこれから南米に行ってくる」と言い残して立ち去った男がいたという話。これを話してくれた被差別部落の人は、名前を訊く間もなくさっさと消えていったこの人物が、後日テレビの教養番組でインタビューにこたえているのを見て、「あれは上野英信という人だったのか。こんなに偉い先生とは思わなかった」とおどろいたという。

このように行く先々で英信氏が語られ、石牟礼、渡辺のお二人からも親しげに語られるのを聞いて、私は朱氏の本を読み、そしてそれからだいぶ経って英信氏に師事した川原一之氏と宮崎で遅い出会いを果たした。土呂久《とろく》鉱害事件に関する同氏の一連の著作は自分の故郷の出来事でもあるのでたいてい読んでいたが、英信氏の評伝として第一級と思われる『闇こそ砦』を読むに至って、とうとうご本人の世界に直接足を踏みいれてしまったのである。

さて、阿部謹也氏の解説にもあるように、本書は問いも答えも踏み込み不足に終わっていると私にも思える。しかし、これがたとえば『苦海浄土』のように事実としてあった出来事とそうでない創作による患者たちの「語り」によって細密に描かれた「石牟礼道子の純文学」(渡辺氏評)のようであったとしたら成功していただろうか。ありえないだろう、という答えが素直に返ってくる。

石牟礼さんははじめから小説として書いたのであり、英信氏にはそもそものような特別な野心はなかった。言葉や声までもがれた重篤な水俣病患者の心の内側の語りを石牟礼さんが読みとり天賦の筆で書いたのは、「悶え神」となった彼女の霊性の豊かさによるものであって、そうして書かれた当事者のだれからも非難が起こるどころか、ほぼ全員から涙ながらに感謝されたのは、まぎれもなくそれが本人の語りそのものであったからである。

英信氏はたとえ三勇士の遺族に会えたとしても、その内容によっては会ったことさえ書かなかったのではあるまいか。私は三勇士の一人が部落民であったかどうか、英信氏はなんらかの確証をもって知っていたのではないかと思っている。自己の使命を「記録文学作家」として規定する心の矜持とは、事実を曲げて書くことを絶対にしないのは当然としても、手垢にまみれて真実から遠ざかってしまった事実のほんとうの意味や価値を再検討するとき、人間としてのやさしさや豊かで公平な想像力が求められる。遺族の傷ついた心を思いやり、知ってしまっても英信氏はそれを内心に秘め、そして死ぬまで他言もしなかったというのが、本書の核心に隠れているように思われるのだ。

もとより重心は「三勇士部落民説」の真実解明に置かれているのではない。戦争というものがどのようにして起こり、どのようにして全国民をそこへ誘導し、熱狂させ、みじめで無残な名もなき兵士の死をも蟒蛇《うわばみ》のように呑み込んで神話化し、さらなる戦意高揚をいかに図ろうとしたか。その構造の真相に英信氏は分け入り、自己の戦争責任の贖罪としたかったのではなかろうか。

ご本人にその意図があったかどうかわからないが、初版が出たのが一九七一年であることを思うと、日本の戦後ジャーナリズムの歴史においてきわめて早い時期に、天皇を頂点とする大日本帝国というものがいかに「カルト」であったかを世に問うたのが本書なのであった。このような言葉が流布するよりずっとまえに、まさしく英信氏の筆と思考はそこへ向かっているではないか。「大日本帝国＝カルト国家」のあられもない形相と構造を描き出した点において、少なくとも本書は成功していると私は思う。

その赤子《せきし》の一人として若者は満洲建国大学に進み、「世界がぜんたい幸福にならないうちは個人の幸福はあり得ない」と自己犠牲の精神と農民芸術の勃興を格調高くうたいあげた宮沢賢治の「農民芸術概論」への熱くて深い共感とともに五族協和を夢みたが、じつはそれさえもカルト国家の思想的前衛を自他ともに認めた国柱会運動の範疇にあったという現実を知ったときの動揺は、どれほどのものであったろうか。

広島での原爆被曝、敗戦、京都大学編入と卒業直前の中退、そして学歴を隠して炭鉱労働へ、という青春の流転は、同氏なりの戦争責任のとりかたであったと評する人が多いけれども、しかし私にはただそれだけには包摂しきれぬ、外部にまで溢れ出しそうな正と負の熱情が秘められているような気がしてならない。

川原一之氏の『闇こそ砦』によれば、敗戦の日、英信氏は腹を切って死のうとした。なぜかしかし思いとどまり、京大へ進むのだが、このとき彼は一度は死んでいるのだ。では刀を腹にあてたとき、「天皇陛下萬歳」と叫んだだろうか。もうその絶叫は力なく封印されたはずである。

原爆が炸裂した広島市内を救助のために歩きまわり、目のまえに横たわるこの世のものとは思えぬ人間の惨状を目に焼きつけた同氏は、みずからも被曝し、いつ自分にも原爆症があらわれるか恐怖におびえながら京大に進むのだけれども、宮沢賢治のあの「農民芸術概論」の実践はここでは無理と判断し、農業ではなく炭鉱に行こうと照準を定めたとき、すでに彼のなかにはこのような呪詛があったのだ。

「あえて誤解を恐れず告白するが、この二十三年間、私はアメリカ人をひとり残らず殺してしまいたい、という暗い情念にとらわれつづけてきた。学徒召集中のことだが、広島で原爆を受けたその日以来、この気持はまったく変わらない。おそらく、死ぬまでこの情念

から解放されることはあるまい」(「私の原爆症」『上野英信集』所収)

だれ一人取り残さない世界幸福への希求とアメリカ人への殺意が並立する精神世界の孤独を抱えて地底へくだった同氏の心の内側を想像してみると、落盤やガス爆発で死んでもかまわない、いやそのような死にかたこそ「天皇陛下萬歳」を叫んできた自分のような者の戦争責任のとりかただろうと思いつめていたようすが感じとれる。どこか自暴自棄にも似たこのような落とし前のつけかたを、自然現象の突然の擾乱《じょうらん》にまかせていたように思われる。

原爆投下への殺意が彼を地底に走らせ、実際に落盤事故に遭いながら生き残った幸運をたずさえて鞍手の坑夫長屋跡を買いとり「筑豊文庫」をつくったとき、ようやく彼には賢治の「農民芸術概論」が命をもった純粋な美しい珠玉として胸に再生したのではなかったか。記録文学とは、なんと殉教の色合いの濃いものであることか。

歴史の研究が進み、いまでは昭和天皇に戦争責任はあると明確に立証する学者も出てきている。これからの日本は、天皇を京都にお返しし、いまの皇居には江戸城の一部でも復元して、大災害に見舞われたときの都民の避難所として、また食糧自給のささやかな協働の場として、いよいよ共和国へと生まれ変わっていくときに来ているように思われる。

水俣病の痙攣《けいれん》発作に突如として見舞われながら、「て、ん、のう、へい、か、ばんざい」と大臣のまえで絶叫した女性患者にとっても、平成の天皇皇后と面会し言葉をかけられて感激に震えた胎児性をふくむ水俣病患者ひとりひとりにとっても、ピアノをかこみ団欒する昭和天皇一家の写真を家に飾り独り身の慰めとした土呂久の女性鉱害患者にとっても、長い苦しみの底をのたくるように生きながら、やはりどうしても天皇は心の最後の救済者であった。

炭鉱で働いた私の先祖たちも、さまざまな境遇から炭鉱にやってきた人たちも、天皇は最後の最後で自分を救ってくださる菩薩と変わりない存在であることは、もはや日本人の古代からの心性と言うほかない。あの石牟礼さんでさえ、「美智子様とお友だちになりたかった、文学のお友だちに」と言い、車椅子姿で熊本空港までわざわざ見送りにいき、侍従に託された皇后美智子の言葉を聞いて涙に震えたのだ。

こんな話を聞いたら英信氏はなにを思うだろうか。答えは出ない。だれの口からもその死のときに「天皇陛下萬歳」などとは叫ばれない、見てくれだけは戦争放棄の平和がぼんやりと広がる、まるでおとぎ話の国の話である。

（たかやま・ふみひこ　作家）

『天皇陛下萬歳——爆弾三勇士序説』
単行本　筑摩書房、一九七一年十一月刊
文　庫　ちくま文庫、一九八九年二月刊
洋泉社MC新書、二〇〇七年五月刊

編集付記

・本書は洋泉社MC新書版『天皇陛下萬歳——爆弾三勇士序説』を底本とし、上野朱「中公文庫版あとがき」、髙山文彦「殉教としての記録文学」を増補したものである。
・明らかな誤植と思われる語句は訂正し、ルビを適宜施した。
・本文中、今日の人権意識に照らして不適切な表現が見られるが、著者が故人であること、執筆当時の時代背景や作品の歴史的意義を考慮し、原文のままとした。

中公文庫

天皇陛下《てんのうへいか》萬歳《ばんざい》

——爆弾三勇士《ばくだんさんゆうし》序説《じょせつ》

2024年11月25日　初版発行

著　者　上野《うえの》 英信《えいしん》

発行者　安部 順一

発行所　中央公論新社

〒100-8152　東京都千代田区大手町1-7-1

電話　販売 03-5299-1730　編集 03-5299-1890

URL https://www.chuko.co.jp/

ＤＴＰ　平面惑星

印　刷　三晃印刷

製　本　小泉製本

Published by CHUOKORON-SHINSHA, INC.

Printed in Japan　ISBN978-4-12-207580-1 C1136

各書目の下段の数字はＩＳＢＮコードです。978－4－12が省略してあります。

中公文庫既刊より

い-103-1
ぼくもいくさに征くのだけれど　竹内浩三の詩と死　稲泉　連
映画監督を夢見つつ23歳で戦死した若者が残した詩は、戦後に蘇り、人々の胸を打った。25歳の著者が、戦場で死ぬことの意味を見つめた大宅壮一ノンフィクション賞受賞作。
204886-7

お-2-13
レイテ戦記（一）　大岡昇平
太平洋戦争の天王山・レイテ島での死闘を再現した戦記文学の金字塔。巻末に講演「『レイテ戦記』の意図」を付す。毎日芸術賞受賞。〈解説〉大江健三郎
206576-5

お-2-14
レイテ戦記（二）　大岡昇平
リモン峠で戦った第一師団の歩兵は、日本の歴史自身と戦っていたのである――インタビュー「『レイテ戦記』を語る」を収録。〈解説〉加賀乙彦
206580-2

お-2-15
レイテ戦記（三）　大岡昇平
マッカーサー大将がレイテ戦終結を宣言後も、徹底抗戦を続ける日本軍。大西巨人との対談「戦争・文学・人間」を巻末に新収録。〈解説〉菅野昭正
206595-6

お-2-16
レイテ戦記（四）　大岡昇平
太平洋戦争最悪の戦場を鎮魂の祈りを込め描く著者渾身の巨篇。巻末に「連載後記」、エッセイ「『レイテ戦記』を直す」を新たに付す。〈解説〉加藤陽子
206610-6

さ-27-4
完本　昭和史のおんな（上）　澤地久枝
情死、亡命、堕胎、不倫……昭和のメディアを「騒がせた」女たちに寄り添い、その知られざる苦闘を追ったノンフィクション。文藝春秋読者賞受賞。
207569-6

さ-27-5
完本　昭和史のおんな（下）　澤地久枝
有名無名の女たちの生が、昭和の姿を鮮やかに蘇らせる。二・二六事件の遺族を追う「雪の日のテロルの残映」を増補した完本を文庫化。〈解説〉酒井順子
207570-2